SOMMAIRE

* Pour approfondir votre lecture, *Au fil du texte* vous propose une sélection commentée :

- de morceaux « classiques » devenus incontournables, signalés par ●➔ (droit au but).
- d'extraits représentatifs de l'œuvre, signalés par ⊂➔ (en flânant).

POCKET CLASSIQUES

collection dirigée par Claude AZIZA

ROBERT LOUIS STEVENSON

L'ÉTRANGE CAS DU Dr JEKYLL ET DE M. HYDE

Préface et commentaires par
Maurice MOURIER

POCKET

ISBN 2-266-09027-5

PRÉFACE

L'Étrange Cas du Dr Jekyll et de M. Hyde offre son second triomphe auprès du public à Robert Louis Stevenson. Comme le premier, *L'Île au trésor*[1], parue d'abord en magazine (automne 1881-hiver 1882), cette longue nouvelle ne s'impose toutefois pas d'emblée. Écartée, sans doute à cause de sa tonalité sombre, du lot des *Christmas Stories* de 1885, c'est-à-dire des publications vedettes, à la vente assurée, elle est finalement insérée dans la livraison de janvier 1886 de Scribner's Sons, et passe inaperçue... jusqu'à ce que l'Église d'Angleterre s'empare de cette trouble histoire censée se dérouler à Londres (on y reconnaît en fait moins la cité tentaculaire du Sud que le décor écossais d'Édimbourg, familier à l'auteur né dans cette ville en 1850) et en fasse le sujet de prônes édifiants sur l'éternel affrontement, en chacun de nous, du Bien et du Mal.

Aujourd'hui, peut-être qu'en effet une propension naturelle à la simplification pousserait à une lecture spontanée aussi manichéenne que sont assurément opposées, par leur physique et par leurs mœurs, les deux figures antithétiques entre lesquelles se clive, sous l'effet d'une drogue mi-savante mi-magicienne, et en tout cas fort théâtrale, un médecin digne, riche et d'apparence rangée. Alors l'infernal Hyde, matérialisé comme son vice secret par le pauvre Jekyll (à la fois

1. Voir notre édition de ce titre, dans la collection « Lire et voir les classiques », n° 6065, 1991.

puissant de la terre et d'âme mal trempée) s'emparerait peu à peu de tous les ressorts de sa victime et finirait par entraîner à sa suite, avec la fougue de sa jeunesse, dans les désordres de la concupiscence et du péché, un homme mûr qui n'a plus d'autre ressource, pour échapper à l'éternelle damnation, que d'anéantir son double malfaisant en s'ôtant à lui-même la vie.

On remarquera cependant que d'imposantes nuances viennent, sur plusieurs points capitaux, compliquer ce schéma caricatural. Par exemple Stevenson demeure, de bout en bout d'un texte où la brusquerie, le caractère éruptif du cauchemar sont constamment contrebalancés par certaine méticulosité hyperrationnelle (comme on dit hyperréaliste) de la narration, en tant qu'artiste un agenceur d'intrigues trop subtil, en tant que psychologue un trop bon connaisseur des complexités nécessaires à un personnage crédible, pour ne pas remarquer l'illogisme du cas clinique représenté par la transformation de Jekyll en Hyde. Car si le sujet du conte était bien ce phénomène connu en pathologie sous le nom de « dédoublement de la personnalité », on s'attendrait que Jekyll, altruiste en quelque sorte professionnel de par la vertu du serment d'Hippocrate, subît également *deux* types de métamorphoses. Dans l'une, comme c'est effectivement le cas ici, la part mauvaise de son tempérament se cristalliserait bel et bien en ce petit gnome repoussant de Hyde. Mais dans l'autre un saint Vincent de Paul, à l'état latent dans les actions caritatives et autres manifestations de l'excellente nature du « bon docteur », viendrait certainement à la lumière et répandrait alentour le parfum de ses vertus. Comme le sait le lecteur, il n'en est rien : si Hyde constitue effectivement le voyou sans état d'âme attendu, Jekyll rendu à lui-même ne cesse pas d'être Jekyll, un homme ordinaire, qui couve et cache son Hyde en lui. Et le narrateur coupe court à toute interrogation critique du lecteur sur le fondement à sens unique du dédoublement, en faisant mener — astuce remarquable du récit — un raisonnement tout de minutie casuistique là-dessus par Jekyll en personne, dans sa confession finale.

On peut aussi se demander ce qu'il en est exactement, du point de vue d'une exploitation possible en chaire, du spectaculaire dénouement imaginé par Stevenson, non peut-être sans quelque grinçante ironie de la part de cet enfant de l'Écosse puritaine « converti » (à vingt-six ans, en 1876) à l'agnosticisme. Il est en effet savoureux de noter à quel point le piège théologique dans lequel s'est enfermé Jekyll est efficace. C'est par un dernier sursaut de sa conscience chrétienne, afin de frustrer *in extremis* Hyde, dont la vitalité l'a emporté sur sa (relative) sagesse, d'une victoire abominable et couronnée de blasphèmes (les graffiti sur les livres de dévotion), qu'il commet le péché suprême, plus mortel pour l'âme que tout autre, celui du suicide. D'où l'équation dérangeante : supprimer son démon, c'est se damner. Et comme, par ailleurs, du péché qu'incarne Hyde, le texte ne nous dit rien, se bornant sur ces matières délicates à des circonlocutions embarrassées ou à des allusions plus ou moins décryptables (voir plus loin), tout se passe, dans ce texte aussi étrange que son titre, comme si le lecteur était amené, dans l'ombre de Jekyll, à troquer quelque infamie inconnue (les turpitudes de Jekyll avant Hyde, puis ces mêmes turpitudes changées en Hyde et sans doute augmentées, ou modifiées, mais dans quel sens ?) contre une perte irrémédiable et certaine : les flammes de l'Enfer promises à quiconque confisque à son profit la mort conçue par Dieu comme un passage vers l'au-delà, que l'homme débile n'est nullement maître de forcer pas plus qu'il ne peut anticiper sur l'instant où il s'ouvre. Curieuse façon de gagner son salut !

On peut néanmoins faire confiance aux prêcheurs de la cathédrale Saint-Paul, qui mirent Jekyll et Hyde à la mode. Car s'il est avec le Ciel des accommodements, combien plus faciles sont ceux qu'octroient les libertés prises avec un texte littéraire ! Jekyll ne se dédouble pas en un demi plus un demi ? Qu'à cela ne tienne :

on expliquera sans doute — comme le suggère le médecin pécheur lui-même — que sa coupure effective en un tiers de tendresse humaine (ce qui reste du vieux Jekyll) et deux tiers arrogants et fringants de méchanceté noire (le jeune Hyde) résulte comme mathématiquement de la composition primitive du docteur, où un zeste de mal inemployé et par là même très virulent se dissimulait dès l'origine sous une abondance de bien, d'où on tirera quelque effet supplémentaire de manches, en parfaite conformité avec la morale puérile et honnête, cette version accessible et édulcorée du christianisme. Pour le dire simplement : qui vole un œuf vole un bœuf ! Laissez subsister en vous, non dissoute par l'acide de la tempérance, ne serait-ce qu'une molécule de malignité (tel était Jekyll avant Hyde ; son serment d'Hippocrate à l'égard des autres, quand il se parlait à lui-même, se changeait en serment d'hypocrite : il faut bien amuser la bête de temps en temps, si c'est pour donner à l'ange le temps de souffler, cela ne tire pas à conséquence), et bien vite cette « molécule », comme dit le neveu de Rameau, s'agrégera à d'autres et formera un cancer dont vous serez étouffé. La tragique issue, généralisable, de l'affrontement de Hyde et de Jekyll, cette façon à la fois héroïque et fatale dont Jekyll tranche le nœud gordien et précipite dans le Tartare la victime avec son persécuteur, quelle plus belle illustration imaginer du dilemme insoluble de l'âme quand elle s'est, même à titre homéopathique, médicamentée grâce au poison des voluptés interdites : le moyen d'éviter que vos erreurs ne vous acculent tôt ou tard à devoir choisir entre Hyde, cette peste, et le suicide, ce choléra, n'est-ce pas de s'abstenir de *tout* péché ?

Mais de telles interprétations du texte, au reste tout aussi légitimes arguties que d'autres, ont l'inconvénient majeur de ne reposer, de la plus grossière à la plus élaborée, que sur l'exégèse non littéraire de fragments découpés dans la fiction, et singulièrement sur le dernier volet, explicatif, du conte, où nous voyons d'abord

Lanyon, ami et adversaire scientifique de Jekyll, donner une solution (étrange mais rationnelle) à une histoire qui jusque-là s'inscrivait pleinement dans le mécanisme d'indécidabilité dont le critique formaliste Tzvetan Todorov a montré, dans une analyse justement célèbre, qu'il commandait l'effet produit sur nous par toute littérature fantastique [1]. Puis, dans la continuité du récit de Lanyon, le notaire Utterson et le lecteur avec lui acquièrent, grâce au journal de Jekyll, une connaissance exhaustive du phénomène dissociatif qui a jusque-là fait fonctionner, dans l'énigme, le couple Hyde/Jekyll : tout est dévoilé, disséqué, enchaîné selon une logique qui est aussi une chronologie, toute question, à l'exception de celle du « truc » magique de la potion transformatrice — mais c'est de règle pour l'insert, fût-il comme ici très ponctuel, d'un élément quelconque de science-fiction dans une trame par ailleurs pseudoréaliste —, reçoit une réponse suffisante et satisfaisante pour l'esprit, tout rentre dans l'ordre.

Il est clair pourtant que, loin de se réduire à son double appendice justificatif final, *L'Étrange Cas du Dr Jekyll et de M. Hyde* nous fascine d'abord (et cela est vrai en particulier lors de l'expérience d'une première lecture, expérience qu'une des tâches du critique doit être de retrouver à volonté, chaque fois qu'il se penche sur une œuvre qu'il connaît bien, faute de quoi il risque d'en fausser gravement les proportions) par l'atmosphère d'« inquiétante étrangeté » — pour reprendre la formule que Freud applique à la *Gradiva* de Jensen [2] — qui imprègne ses deux premiers tiers.

Nombreuses sont les procédures textuelles qui contribuent à façonner et finalement à installer cette étrangeté, mais elles ont toutes pour but d'entretenir, chez

1. Cf. *Introduction à la littérature fantastique*, par Tzvetan Todorov, Éditions du Seuil, collection « Poétique », 1970.

2. Cf. Freud, *Délires et rêves dans la « Gradiva » de Jensen*, traduction de Marie Bonaparte, NRF Gallimard, collection « Idées », 1971.

le lecteur, un sentiment d'incertitude sur ce qui se passe réellement, ou de lui faire éprouver la sensation désagréable d'une dissonance entre les informations objectives que lui transmet le récit et les moyens employés par l'écrivain pour décaler les faits par rapport au contexte où ils sont censés se produire, ou encore pour créer des écarts significatifs dans le *tempo*, généralement lent et peu animé, de la voix narrative.

Gênant ou excitant, ce sentiment d'incertitude du lecteur tient avant tout, on s'en doute, à l'ombre dense qui entoure les activités répréhensibles d'un double héros qui s'avance masqué. Son incarnation Hyde, la plus improbable pourtant, surgit la première, comme par hasard et du reste non pas directement mais tenue à distance par le compte rendu, en forme d'anecdote palpitante et inédite, fait par un certain Richard Enfield, garçon aux manières franches mais un peu naïves, tandis que son interlocuteur, le flegmatique notaire Utterson, attend la fin de l'histoire pour laisser entendre qu'en fait il connaît parfaitement sinon l'affaire précise qu'on lui révèle (la conduite à la fois inexplicable et odieuse de Hyde en une circonstance particulière), du moins quelque chose des dessous qu'elle dissimule. Quant à Jekyll, curieux père non sexuel mais assurément biologique de Hyde, avant d'occuper toute la fin du conte par le document auto-accusateur qu'il lègue à Utterson, il n'est guère qu'une sorte de comparse qui se glisse, de loin en loin, à travers les failles d'une intrigue à peu de personnages, qui a l'air de ne lui être que très secondairement consacrée.

En fait, c'est Hyde, cet être de la nuit, qui occupe pendant les deux tiers de la nouvelle la fonction de protagoniste, dans les rares mais d'autant plus véhéments épisodes d'action (en particulier lors de l'incompréhensible assassinat de Sir Danvers Carew) et, pendant tout le reste du temps, dans les sinueuses ruminations d'Utterson sur la perversité universelle, ou ses spéculations moroses concernant la nature des liens qu'une destinée malheureuse a dû contraindre son ami le sage et joyeux Jekyll à nouer avec un être si évidemment démoniaque que l'est Hyde pour tous ceux qui le voient, sont témoins de ses rages ou entendent seulement parler de lui.

On a depuis longtemps cru observer qu'il n'y a pas de femmes dans *L'Étrange Cas du Dr Jekyll et de M. Hyde*, et l'on a trouvé bizarre qu'il en fût ainsi puisqu'il est bien certain que les plaisirs auxquels s'adonnait régulièrement, sous le voile du secret et dans le quartier de basse débauche de Soho, un Jekyll au-dessus de tout soupçon, et, avec une probabilité plus forte encore, ceux que n'a guère de motif de réfréner désormais, après la métamorphose, son double Hyde, sont de nature sexuelle. N'est-ce pas à Soho précisément que Hyde a fixé ses pénates, chez une équivoque ex-« marchande à la toilette », pour parler comme Balzac, dès qu'il s'est matérialisé, courant s'enfermer dans un lieu dont le riche Jekyll avait dû expérimenter depuis longtemps les avantages ? Et la sensation d'effrayante liberté dont Jekyll avouera *in fine* qu'il ne peut plus se passer, pourquoi chercherait-il à en disposer « en jeune homme », si ce n'était pas le syndrome de Faust par lequel il était tourmenté dans sa défroque (bien réelle hélas !) de barbon sans vivacité mais non sans désirs ? Des pulsions sexuelles, donc, et fort exigeantes, récurrentes, ne laissant à celui qui en est la proie aucun repos, mais sans objet visible.

On a invoqué, pour tenter d'éclairer cette anomalie, la censure, tant collective, celle de la société victorienne — dont on peut mesurer, dès avant l'époque de Stevenson, quelles gênes, d'ailleurs bénéfiques pour son art, elle a imposées à Lewis Carroll dont le *hobby* consistait à photographier nues des petites filles [1] —, que familiale, puisque l'épouse américaine du roman-

1. Cf. notre article : « Je est une autre : portrait de Lewis Carroll en Alice », *Cahiers de sémiotique textuelle*, n° 12, université de Paris X, mai 1988, pp. 175 sq.

cier, Fanny Van de Grift-Stevenson, semble avoir surveillé d'assez près non seulement la santé fragile, mais encore les tendances bohèmes et butineuses de son grand enfant, âgé de dix ans de moins qu'elle [1].

Il nous semble pourtant que ce genre d'explication par l'extériorité de l'œuvre, surtout quand il s'agit d'un auteur aussi conscient des aspects techniques de son travail que Stevenson, est à manier avec d'infinies précautions. Un homme qui se préoccupait à juste titre des moindres phonèmes figurant dans la prose de ses confrères [2] aurait-il pu, quand il s'agissait des ingrédients structurels d'un des récits auxquels, à l'évidence, il attachait le plus de prix, puisqu'il lui avait été quasiment dicté par ses actifs « génies » intérieurs [3], céder à des exigences qui lui eussent paru profondément incompatibles avec ses desseins d'écrivain ? Certainement pas. Il semble y avoir des exemples avérés de destruction par Stevenson de manuscrits qui auraient déplu à Fanny [4]. Détruire, voilà qui est dans sa nature emportée. Mais laisser paraître une œuvre châtrée nous ne le croyons pas possible.

1. La thèse de l'action littérairement castratrice de la jalouse Fanny est — éloquemment mais de façon peut-être moins convaincante que convaincue (cf. plus loin) — soutenue en particulier par Francis Lacassin dans « Robert Louis Stevenson ou le fantastique de l'expiation », préface de *L'Étrange Cas du Dr Jekyll et de M. Hyde* dans l'édition partielle des *Œuvres* de Stevenson publiée chez Robert Laffont, collection « Bouquins », 1984, pp. 1009 sq.

2. Cf. dans notre édition de *L'Île au trésor*, *op. cit.*, pp. 335 sq : « De quelques considérations techniques sur le style en littérature », un article capital de Stevenson, qui établit sa doctrine littéraire et fut publié pour la première fois en 1885, année même de la composition de *L'Étrange Cas du Dr Jekyll et de M. Hyde.*

3. Il s'agit des fameux *brownies* dont l'écrivain, mi-facétieux mi-sérieux, affirme que dans ses rêves créateurs ils faisaient à sa place au moins la moitié du travail. Cf. notre dossier historique et littéraire, pp. 124 sq.

4. Stevenson aurait ainsi, en 1883, brûlé un manuscrit de roman où il évoquait l'amour de jeunesse qui l'avait lié à Claire, une prostituée, au point qu'il envisagea de l'épouser, au grand scandale de la bourgeoise lignée des Balfour-Stevenson.

D'ailleurs, il est faux qu'il n'y ait pas de femmes dans *L'Étrange Cas du Dr Jekyll et de M. Hyde*, cette tragédie qui se déroule pour l'essentiel entre célibataires d'âge mûr, comme jadis (en 1837), sur le registre plaisant, *Les Aventures de M. Pickwick* de Dickens. Mais elles tiennent, dans les marges du récit, des rôles moins effacés qu'effrayants à divers titres. À tout prendre, la vieille sorcière qui sert de logeuse à Hyde dans sa garçonnière de Soho, malgré son visage de démon *(devilfaced)*, est celle qui frappe le moins le lecteur, car ce sont les autres, au nombre de quatre, qui contribuent, plus que Hyde lui-même, à engager le texte sur ce qu'André Breton appelait les « territoires blâmables ». Elles sont jeunes, et uniformément victimes d'attentats certes différents et de gravité variable, mais marqués néanmoins tous par une violente volonté d'humiliation, d'offense, de négation du féminin.

Cela est hors de discussion pour l'incident initial, fort peu justifiable si l'on y songe du point de vue de la vraisemblance, et cela de plusieurs façons. On *voit* si nettement la scène qui a bouleversé Enfield, cette fillette sortie déjà de l'enfance (il précise qu'elle a « huit ou dix ans ») qu'un petit homme brutal fauche dans sa course puis piétine « calmement » comme on ferait d'un chiffon tombé d'une fenêtre, que le caractère insolite des circonstances annexes n'apparaît qu'à la réflexion : malgré les détails réalistes complaisamment égrenés par le narrateur-personnage (la fillette court parce qu'elle est pressée, on l'a envoyée chercher le médecin pour un malade), n'est-il pas un peu surprenant que ce soit précisément une enfant que ses parents aient réveillée et chargée de cette commission « vers trois heures d'un obscur matin d'hiver », surprenant aussi qu'à cette même heure nocturne et comme par enchantement, « un attroupement important » se produise aussitôt autour du corps de l'enfant, dans ce Londres dont, six lignes plus haut, on nous disait que les rues étaient « toutes aussi désertes qu'une église » ? En vérité, l'événement auquel nous assistons dans le récit d'Enfield a toute l'instantanéité, l'évidence, le caractère magique (gestes insensés des personnages, foule surgie du néant), mais aussi l'irrationalité foncière du rêve. Et son but unique est de montrer (d'abord aux yeux de celui-là même qui raconte) une mise en scène sadique « idéale » où un mâle immole à sa haine immédiate de la femme une femelle (encore) innocente.

Mais, contrairement aux apparences, il n'y a guère plus de vraisemblance, et certainement on repère moins de nécessité, dans le rapide et choquant échange qui, au cours de la veillée tragique dans la maison de Jekyll, oppose Poole, le vieux majordome stylé du docteur, à la femme de chambre qui pleure. Pourquoi le récit éprouve-t-il le besoin d'individualiser un instant cette pauvre créature terrorisée en l'extirpant du « troupeau de moutons » anonyme que constitue l'ample valetaille d'un praticien cossu, sinon pour favoriser cette réplique du majordome qui jure si nettement avec la bonne éducation qu'il avait montrée jusque-là : « *Hold your tongue !* » (« Fermez-la ! ») ? D'un côté une jeune fille éperdue, de l'autre un bouledogue qui aboie avec une telle « férocité » que le narrateur lui cherche immédiatement des excuses (Poole est à bout de nerfs, après une rude semaine passée à se dire que son maître a dû être assassiné par Hyde) : on est loin, ici aussi, quoique la violence ne dépasse pas le stade verbal, de la courtoisie nécessairement déployée à l'endroit du « beau sexe » dans un contexte victorien.

Mais il est deux dernières interventions de personnages féminins dans l'histoire, l'une ponctuelle, l'autre longuement développée, et dans les deux cas leur aspect louche semble avoir pour fonction de cacher quelque chose, que le texte ne dit pas. Contentons-nous d'abord d'en détailler les principales composantes, sans trop de commentaire. Lorsque, dans sa confession finale, Jekyll changé en Hyde erre dans Londres comme une âme en peine avant son rendez-vous de minuit avec Lanyon, il se détache de son double au point de parler de celui-ci à la troisième personne et de ne pouvoir exactement se remémorer les actes qu'en somme il a néanmoins commis sous cette forme crapuleuse de lui-même. C'est déjà la nuit, comme lors de la promenade solitaire d'Enfield [1], Londres se vide. Mais voici pourtant une femme qui s'approche et l'étonnante rencontre suivante s'ensuit : « Il arriva qu'une femme lui adressa la parole pour lui proposer, je crois, une boîte d'allumettes. Il la frappa au visage et elle s'enfuit. » De nouveau un hasard, analogue à celui qui présida au heurt fortuit de Hyde et d'une fillette au carrefour de deux rues, de nouveau une violence exercée spontanément, avec une sorte d'immédiateté réflexe, par l'homme contre la femme, mais deux détails nouveaux intriguent : c'est la femme ici qui prend l'initiative d'une approche, et elle se trouve punie dans ce qu'elle a de plus personnel (de plus attirant ?), son visage.

Enfin, l'épisode le plus tragique du conte, et le seul véritablement criminel, celui de la crise sauvage au cours de laquelle Hyde bat à mort Sir Danvers Carew, a pour témoin unique une « jeune bonne » dont le narrateur impassible souligne, avec un souci du détail psychologique qui pourrait, de prime abord, paraître superflu, qu'elle était « semble-t-il, portée au romantisme », ce qui, vu sa passivité ultérieure, son évanouissement, ses pleurs qui annoncent ceux de la femme de chambre hystérique en face de Poole, suggère qu'elle s'était mise à sa fenêtre, en pleine nuit, pour rêver d'une façon niaise à son amoureux. Et c'est dans cette posture alanguie qu'elle devient la voyeuse (qu'elle se fait

1. Enfield qui arrive à la jonction de rues où il est témoin du comportement bestial de Hyde alors que, comme il le note lui-même bizarrement, « *I was coming home from some place at the end of the world, about three o'clock of a black winter morning* » (« Je rentrais chez moi, de quelque part au bout du monde, à trois heures environ d'une noire matinée d'hiver »), cette expression périphrastique emmêlée semblant suggérer qu'il a passé la nuit lui aussi « en garçon » — tout comme Hyde qui rentre de Soho, nous le saurons plus tard — et revient de quelque frasque en une compagnie et des lieux que seul l'*understatement* peut circonscrire.

la complice involontaire, car eût-elle une seule fois crié, cela suffisait peut-être à effaroucher ce tigre de Hyde) d'une autre scène improbable à forte valeur érotique ajoutée, celle où un vieux beau à cheveux blancs (dont la bonne ferait volontiers son protecteur) aborde un jeune homme, lui demande quelque chose qu'on n'entend pas, et se fait pour toute réponse massacrer à coups de canne.

Pourquoi « érotique », il est temps de se le demander et de rassembler en un faisceau de présomptions l'ensemble de ces incidents ou accidents que le texte a maintenus dans l'obscurité. Sauf dans le cas (qu'on peut considérer de ce point de vue comme un leurre partiel du récit, une tentative d'égarer le lecteur sur de fausses pistes) où Hyde n'est présent dans ces péripéties incertaines que sous les espèces pernicieuses d'une force mauvaise qui traverse la lourde porte du cabinet de Jekyll et transforme à distance le brave Poole en furieux, le juvénile mauvais génie qui arpente l'espace intérieur d'un bienfaisant médecin est toujours le protagoniste de l'action. Son rôle est toujours celui d'un être en proie à des pulsions jubilatoires (dont Jekyll confessera le caractère ludico-lubrique avec une manière de regret qui balance entre repentir sincère et admiration pour l'énergie renouvelée de « la bête »), à des entraînements incontrôlables, qui piétine, frappe, tue comme un buffle en rut.

Son tempérament le plus instinctif le pousse à la détestation démesurée des femmes : petite fille fragile mais déjà, de par son âge, capable de laisser derrière elle l'« *odor di femmina* » qui le rend fou ; péripatéticienne et « allumeuse » pathétique des rues du Londres nocturne dont l'invraisemblable métier (qu'elle vende « du feu », et non à cette heure et en ce lieu, comme il serait logique, son corps) est souligné par l'indécision presque comique de Jekyll (« *offering, I think, a box of matches* », « lui offrant, je crois, une boîte d'allumettes »).

Mais que peut bien faire l'honorable Sir Danvers Carew, dans une ruelle écartée du bord mal famé de la Tamise, vers minuit de nouveau — décidément l'heure du crime dans *L'Étrange Cas du Dr Jekyll et de M. Hyde* ! —, surpris par le regard ingénument admiratif d'une petite bonne rêveuse [1] alors qu'il salue « avec une politesse raffinée » un tout jeune homme trop nerveux ? Est-il vraiment obligatoire que nous suivions ladite bonne dans son témoignage si influencé par l'idée qu'elle se fait d'« un monsieur bien », et croyions, là aussi contre toute vraisemblance, que le vieil aristocrate tient des *propos* « sans grande importance » et par exemple (comme c'est naturel à cette heure en ce lieu !) demande tout benoîtement son chemin à un inconnu ? Non, sans nul doute. La soudaine réaction de Hyde ne saurait s'expliquer que par la nature des *propositions* du sympathique gentleman hors d'âge. Malheureusement, comme il arrive parfois dans de tels regrettables faits divers, l'aventure tourne mal instantanément. Car, au lieu d'avoir rencontré, comme le lui laissait espérer la silhouette chétive entrevue au fond d'une impasse, le jeune homme consentant, aux douceurs de fille, qu'il convoitait, Sir Danvers Carew est tombé sur un super-macho si outragé qu'on l'ait pris pour une femme, en dépit de l'exécration qu'il porte à tout le féminin, que cet affront ne saurait se laver que dans le sang.

Revenons maintenant sur le charme de ce récit vénéneux, dont l'exégèse interne suffit à prouver à la fois que ce n'est pas pour complaire au goût supposé puritain de son épouse Fanny que Stevenson en a détruit une première version, et que, si cette destruction a bien eu lieu et a fait disparaître une rédaction antérieure plus

1. La jeune bonne aurait dû se mettre au lit « vers onze heures ». Elle a préféré rêvasser à sa fenêtre par une nuit de pleine lune propice aux « lunatiques » criminels. Son évanouissement dure jusqu'à « deux heures du matin ». L'effroyable scène du meurtre délibéré mais non prémédité de Sir Danvers Carew doit donc se dérouler autour de minuit.

crue, le résultat final se trouve être plus subversif encore de comporter tant de lacunes narratives et de s'offrir à nous si maquillé. En effet, si *L'Étrange Cas du Dʳ Jekyll et de M. Hyde* se réduisait à l'analyse froide (on a beaucoup — beaucoup trop — insisté sur cette supposée froideur du style) d'un dédoublement réussi de la personnalité et des conséquences psychologiques et sociales néfastes d'un tel attentat perpétré par la « science moderne » contre les desseins de la Providence, même si l'on ajoutait à l'intérêt à la fois anecdotique et théologique de ce type d'histoire celui de la rigueur quasi policière d'une enquête, il y a gros à parier que cette variation très habile sur le thème du savant fou aurait avec le temps un peu perdu de son parfum singulier, et en tout cas résisterait mal à la dure épreuve des lectures successives.

Mais ce conte presque entièrement nocturne, enveloppé dans les brumes d'un Londres fantomatique, et à propos duquel nous n'avons aucune raison de supposer que Stevenson nous ait menti en affirmant qu'il a pour lui jailli tout armé des zones équivoques du songe, ne conserve sa capiteuse puissance de surprise et d'effroi qu'en raison précisément de ses manques, de ses mensonges, de son allure aussi nettement (quoique non visiblement) bancale que l'est le pas de Hyde, reconnaissable entre mille, selon les témoins, dans le silence de la nuit, alors que, observé de près, il ne peut être mis en rapport avec aucune infirmité précise, et ne présente, en somme, aucun signe particulier.

Lacunes, manques, et mensonges. Non seulement l'homosexualité, dans sa variante agressivement masculine, est (probablement) une des clés du personnage de Hyde, donc de son père matériel et cependant spirituel Jekyll, dans l'épaisseur de non-dit du livre, mais elle semble relier entre eux, par des voies souterraines, tous les autres vieux garçons endurcis de l'histoire, qui se connaissent depuis le collège, se fréquentent chaque semaine ou plus régulièrement encore, s'offrent des cadeaux et forment une sorte de famille informelle.

Il est caractéristique à cet égard que ce soit Utterson qui aille reconnaître au poste de police le corps fracassé de Sir Danvers Carew, même si Stevenson, soucieux là aussi d'une vraisemblance plus théorique que convaincante, a pris la précaution de donner à la démarche du notaire une cause objective[1].

Mais il n'agit pas, en l'occurrence, seulement ès qualités, comme substitut unique de la cellule familiale absente qui devrait entourer le cadavre de son correspondant. Car c'est sa propre canne — dont il avait jadis fait don à Jekyll — qui constitue l'arme du crime. Par un cheminement spectaculaire, voici donc que cette pesante masse virile a circulé d'Utterson à Jekyll puis à Hyde, pour finir par terrasser un vieillard bien connu dans le milieu de notables auquel Jekyll, Utterson, Enfield, Lanyon appartiennent autant que Carew, établissant ainsi une sorte de terrible chaîne morale des complicités qui lie indissolublement le vertueux notaire (quand il procède à son examen de conscience, il s'endort heureux de n'avoir trouvé rien dans son passé qui puisse lui faire honte) à Jekyll le pécheur, par un de ces pactes d'adolescence, où faute peut-être d'échanger du sperme, on partage le sang.

La trame narrative de *L'Étrange Cas du Dr Jekyll et de M. Hyde* repose du reste pour l'essentiel sur les entrevues successives de ces couples exclusivement masculins, qui se font et se défont au gré des nécessités de l'enquête (Utterson et Enfield, Lanyon et Utterson, Utterson et Hyde, Poole et Utterson, Utterson et Jekyll, l'officier de police et Utterson, puis de nouveau Jekyll et Utterson, puis Utterson et Guest, son premier clerc, de nouveau Lanyon et Utterson, puis le trio Enfield/Utterson/Jekyll, et de nouveau Poole/Utterson), et

1. Cette cause objective est évidemment la lettre, destinée à Utterson, que l'on trouve dans la poche de Sir Danvers Carew. « Cachetée et timbrée », elle sera remise au notaire par la police mais — énigme troublante — du contenu de cette lettre, dernier témoignage d'une victime illustre abattue dans des conditions particulièrement abjectes, le lecteur ne saura jamais rien.

semblent ainsi figurer autant d'échos affaiblis du couple par essence *contre nature* du conte, celui qui unit dans la même peau, pour le meilleur et finalement pour le pire, Jekyll et Hyde.

Mais de toutes ces paires de doubles, aucune n'est plus révélatrice peut-être que la première, dans son apparente transparence. Comment en effet tuer le temps du morne dimanche anglais quand on s'appelle Utterson ? Eh bien ! le vieux notaire consacre ce temps mort, avec une régularité qui, note le narrateur, étonne fort le reste de son entourage, à des promenades urbaines en compagnie d'un jeune homme dont rien, a priori, ne devrait lui rendre la présence indispensable, sinon une amitié dont le même narrateur ne peut nous donner une idée qu'en utilisant une métaphore vraiment très inattendue, puisque c'est celle-là même qui, dans l'ancien contexte de la courtoisie, avait servi à Marie de France, notre poétesse du XIIe siècle... pour suggérer l'attachement charnel soudant le Chevalier à sa Dame dans le célèbre *Lai du Chèvrefeuille* [1] : « *His affections, like ivy, were the growth of time* » (« ses affections, comme le lierre, croissaient avec le temps »). Le moins que l'on puisse dire est que ces excursions *men only* dans *L'Étrange Cas du Dr Jekyll et de*

1. Cf. Marie de France, *Lai du Chèvrefeuille*, vers 67-76 : « Il ne pouvait pas vivre sans elle. / Ils étaient tous deux / comme le chèvrefeuille / qui s'enroule autour du noisetier : / quand il s'y est enlacé / et qu'il entoure la tige, / ils peuvent ainsi continuer à vivre longtemps. / Mais si l'on veut ensuite les séparer, / le noisetier a tôt fait de mourir, / tout comme le chèvrefeuille » (*Les Lais de Marie de France*, traduits et présentés par Laurence Harf-Lancner, Le Livre de Poche, collection « Lettres Gothiques », 1990, p. 265). Il va de soi que Stevenson, connaisseur enthousiaste de la littérature française, avait lu Marie de France, qui passa sans doute sa vie à la cour du roi d'Angleterre Henri II Plantagenêt, à Londres. Il a habilement substitué le lierre, plante parasite et étouffante qui ne fleurit que de façon imperceptible, à l'odorant chèvrefeuille, arbuste volubile et léger, c'est-à-dire l'étreinte mortelle à la douceur de l'union des corps. Mais c'est un indice de plus d'une diabolisation par le narrateur de la relation homosexuelle.

M. Hyde réservent au lecteur bien des surprises... textuelles !

Sous l'effet de la circonspection induite par une écriture si piégée, on remarque alors combien le jeu de Stevenson avec les noms de ses personnages est singulier (voir notre dossier historique et littéraire, pp. 189 sq.), combien cette écriture prétendument glacée se leste, dans les nombreux passages d'évocation (en particulier météorologique) des « extérieurs » londoniens, de vocabulaire poétique et de discordances rythmiques, forcément savantes chez un auteur que la technique de la phrase obsédait, discordances qui ressortissent à l'esthétique baroque et font tache au milieu de la fausse impassibilité d'un récit classique se conformant extérieurement aux canons du drapé pompeux et des nauséeuses bienséances de la littérature victorienne.

Une seule fois, afin sans doute de rompre sèchement le confort intellectuel qu'apporte une lecture bien huilée, l'attaque contre le récit ronronnant déborde du cadre restreint de la phrase ou du paragraphe, affectant la logique événementielle même qui fonde notre croyance (imprudente) en la véracité du narrateur, et nous lisons avec incrédulité, dans le compte rendu fait par le Dr Lanyon de la visite (à minuit, bien sûr !) que lui a rendu Hyde/Jekyll venu récupérer chez son ami le contenu d'un tiroir marqué E (sans doute pour *Experiment*), une lettre de Jekyll qui s'ouvre par cette indication temporelle : « 10 décembre 18.. », quand tout le contexte prouve qu'envoyée le matin même du jour prévu pour ladite visite — jour noté par Lanyon comme étant « le 9 janvier » — : elle recèle donc, bien visible au haut de la page, une erreur chronologique de près d'un mois commise par Jekyll. Symptôme patent de l'état d'angoisse où se trouve le docteur, incapable désormais de réintégrer son ancien personnage ? Peut-être, mais plus vraisemblablement indice, posé là par le narrateur, et derrière lui par le malicieux écrivain pince-sans-rire qui le manipule, pour signaler qu'à trop se fier au cours tranquille d'une histoire qui joue au reportage et au jeu de la vérité, on risque de se méprendre[1].

Ne s'intéresserait-on donc qu'aux particularités d'une écriture qui dérange et déplace sciemment le réseau des convenances ou bouscule les règles de la narration sincère et véritable, *L'Étrange Cas du Dr Jekyll et de M. Hyde* sentirait déjà le soufre, ce soufre délicieusement irritant pour les papilles dont on use afin de protéger les vieilles futailles de toute prolifération fongique indésirable. Et c'est bien sa malignité sulfureuse en effet qui a empêché l'œuvre de moisir. La morale simpliste et pure qu'on enseigne au catéchisme y perd sans aucun doute, mais la préservation des droits de l'art, sacrés et imprescriptibles, est à ce prix.

L'Étrange Cas du Dr Jekyll et de M. Hyde, chef-d'œuvre de 1885, est à peu près inséparable d'une série de contes inquiétants dont le décor et l'atmosphère sont d'Écosse. Stevenson a composé de tels contes tout au

1. « Le 9 janvier, il y a quatre jours de cela, j'ai reçu par le courrier du soir, une lettre recommandée... », écrit Lanyon avec une application à l'exactitude qui imite le style lourdaud d'un rapport de gendarme. Et Jekyll, dans sa pathétique supplique, exige : « Je veux que vous remettiez tout engagement que vous pourriez avoir pris pour la soirée... » (donc celle du 9 janvier). Nous savons du reste par le récit précédent qu'après les deux mois de sérénité où le Dr Jekyll a renoué avec ses amis et la vie mondaine (ce sont les deux mois qui suivent le meurtre de Carew), et après en particulier l'agréable soirée qu'Utterson a passée chez lui, en compagnie de Lanyon, « le 8 janvier », le notaire se voit interdire l'entrée de la maison de Jekyll « le 12, puis de nouveau le 14 ». Cette soirée du 8 est mentionnée aussi par Lanyon, surpris de recevoir le lendemain soir de cette entrevue une missive du docteur. Tout corrobore donc la date de la visite de Hyde/Jekyll à Lanyon, à minuit le 9 janvier, ce qui rend celle de la lettre de Jekyll (10 décembre) absolument injustifiable, sauf clin d'œil, supposé par nous, adressé par le narrateur au lecteur. Le Parisien actuel aura remarqué avec un peu d'envie qu'à Londres vers 1885 il était possible d'envoyer en recommandé une lettre un matin et d'être suffisamment assuré qu'elle parviendrait à son destinataire le soir pour fixer rendez-vous à celui-ci à minuit le même jour. Ce qui prouve surabondamment que, comme on ne cesse de nous le répéter, notre fin du XXe siècle est l'époque de la vitesse.

long de sa carrière, depuis la fin d'une adolescence à la fois contrainte et sauvage passée à Édimbourg et dans les collines environnantes, jusqu'aux derniers mois de sa courte vie. Alors, fixé dans l'archipel des Samoa, en plein Pacifique Sud, il lui arriva, comme un peu plus tard à Gauguin, peignant à Hiva-Hoa (îles Marquises) un paysage breton sous la neige, de troquer les énervantes douceurs d'une brise humide et chaude contre une replongée purement mentale aux vieilles brumes froides des années d'enfance.

Pour éviter d'alourdir le présent volume, nous avons réservé ces textes pour un volume ultérieur, à paraître dans la même collection.

dans de sa carrière, depuis la fin d'une [illegible] [illegible] [illegible] [illegible] [illegible] [illegible] [illegible] dans les éditions [illegible]

Pour notre édition, [illegible] volume nous avons [illegible] [illegible] [illegible] [illegible] la même collection.

L'ÉTRANGE CAS DU Dr JEKYLL ET DE M. HYDE [1]

À Katharine de Mattos [2]

Gardons-nous de défaire les liens que, selon sa loi, Dieu a noués ;
Nous serons à jamais les enfants de la lande et du vent ;
Ô, c'est pour toi comme pour moi, exilés de notre terre natale,
Que le genêt, si beau, toujours fleurit au Pays Nordique.

1. Traduit de l'anglais par Georges Hermet.
2. À texte bizarre, dédicace plus bizarre encore : en adressant à sa chère cousine germaine Katharine née Stevenson, mal mariée à un sieur de Mattos, ce quatrain archaïsant et sibyllin, le créateur de Hyde adopte-t-il la position du « révérend » donneur de conseils pieux (premier vers), ou suggère-t-il à la jeune femme déçue (tercet suivant) de vivre libre dans un pays sauvage où « le vent souffle où il veut » ?

L'ÉPISODE DE LA PORTE

Maître Utterson, notaire, dont le visage, aux traits irréguliers, n'était jamais éclairé par le moindre sourire, était un homme froid, chiche de ses paroles, emprunté dans sa conversation, réservé dans ses sentiments, maigre, long, terne, morose, et malgré tout sympathique. Au cours de réunions entre amis, et lorsque le vin était à son goût, une flamme éminemment humaine s'allumait dans ses prunelles, quelque chose en fait qu'il n'arrivait pas à faire passer dans sa conversation, mais qui se traduisait, non seulement dans ces jeux muets de physionomie après le dîner, mais plus souvent et de manière plus éloquente dans les actes de sa vie. Il se montrait austère envers lui-même, buvait du gin lorsqu'il était seul, exercice de mortification contre son penchant pour les grands vins ; et bien qu'il aimât aller au théâtre, il n'avait pas franchi les portes d'un seul de ces établissements depuis vingt ans. Mais vis-à-vis des autres, il faisait preuve d'une tolérance voulue, s'étonnant parfois, avec une nuance d'envie, de la grande énergie qu'ils dépensaient à mal faire ; et dans les pires situations, il était enclin à leur venir en aide plutôt qu'à les condamner. Il déclarait souvent, avec originalité : « Je me sens assez porté vers l'hérésie des caïnistes, et laisse mon frère se damner à son gré. » Dans cette disposition, il avait fréquemment l'occasion d'être la dernière relation honorable et l'ultime bonne influence dans la vie de ces hommes qui glissaient sur une pente fatale. Et à ceux-là même, à condition qu'ils viennent le trouver dans son étude, il ne faisait jamais sentir l'ombre d'un changement dans son comportement.

Voir *Au fil du texte*, p. XII.

Il n'est pas douteux qu'une telle prouesse ne coûtait guère à Mr Utterson ; car même dans ses meilleurs moments, il était peu démonstratif, et ses amitiés elles-mêmes semblaient fondées sur une identique largeur de vues fort accommodante. C'est le propre de l'homme raisonnable que d'accepter, sans discuter, la société des amis que le hasard place sur sa route ; et c'était bien là la façon de faire de notre notaire. Parmi ses amis figuraient des parents, ou des gens qu'il connaissait depuis très longtemps ; son attachement, comme celui du lierre, grandissait avec le temps, sans que cela impliquât une affinité quelconque avec l'objet de son amitié. De là venait, à coup sûr, le lien qui l'unissait à Mr Richard Enfield, parent éloigné, homme bien connu du Tout-Londres. Pour un grand nombre de gens il était difficile de comprendre ce que chacun pouvait bien trouver chez l'autre et quels sujets d'intérêt ils pouvaient avoir en commun. Ceux qui les croisaient dans leurs promenades dominicales racontaient qu'ils n'échangeaient pas une seule parole, qu'ils paraissaient s'ennuyer ferme, et qu'ils accueillaient avec un soulagement évident l'arrivée d'un ami. Cela dit, ces deux hommes faisaient grand cas de ces sorties, les tenaient pour le plus beau fleuron de leur semaine, et, afin d'en jouir pleinement, non seulement écartaient d'autres occasions de se distraire, mais encore résistaient aux sollicitations de leur profession.

Au cours de l'une de ces promenades, le hasard les conduisit jusqu'à une petite rue dans l'un des quartiers animés de Londres. Cette ruelle avait l'air tranquille, mais, les jours de semaine, était le théâtre d'une activité commerciale prospère. Ses habitants semblaient tous faire de bonnes affaires, et, espérant par une saine émulation réussir mieux encore, dépensaient une partie de leurs bénéfices à embellir leurs magasins dont les devantures, telles deux rangées de souriantes vendeuses, s'alignaient tout le long de la rue, comme pour inviter le chaland. Même le dimanche, alors que, relativement peu fréquentée, elle dissimulait les plus voyants de ses charmes, cette venelle, par contraste avec le voisinage sordide, rutilait comme un feu dans une forêt ; et avec ses volets fraîchement repeints, ses cuivres soigneusement astiqués, la propreté et l'éclat qui régnaient partout, elle attirait et flattait immédiatement le regard du passant.

Deux portes après le coin de la rue, sur la gauche en se dirigeant vers l'est, l'alignement des maisons était interrompu par l'entrée d'une cour intérieure ; à cet endroit précisément, un certain bâtiment d'aspect sinistre projetait son pignon sur la rue. C'était une maison d'un étage où ne s'ouvrait aucune fenêtre, mais avec une porte seulement au rez-de-chaussée, et avec l'avancée aveugle d'un mur décoloré au premier ; chaque détail de cette construction portait les marques d'une négligence sordide et prolongée. La porte, sans sonnette ni heurtoir, était toute lépreuse et délavée. Des vagabonds se traînaient jusqu'à son embrasure où ils grattaient des allumettes sur ses panneaux ; des enfants jouaient à la marchande sur ses marches ; l'écolier en avait, de son canif, tailladé les moulures ; et, durant presque une génération, personne n'était venu chasser ces visiteurs occasionnels ni effacer leurs dégâts.

Mr Enfield et le notaire marchaient le long du trottoir d'en face, mais lorsqu'ils arrivèrent à la hauteur de l'entrée, le premier leva sa canne pour montrer la porte.

« Avez-vous jamais remarqué cette porte ? demanda-t-il ; et, lorsque son compagnon lui eut donné une réponse affirmative, il poursuivit : Elle est associée dans mon esprit à une histoire fort étrange.

— Vraiment ! dit Mr Utterson, d'une voix légèrement altérée, et de quoi s'agissait-il ?

— Ma foi, voilà ce qui s'est passé, répliqua Mr Enfield. Je revenais de quelque endroit perdu au bout du monde, vers trois heures d'un obscur matin d'hiver, et mon chemin traversait une partie de la ville où il n'y avait absolument rien à voir que des réverbères. Rue après rue, et rien que des gens endormis — rue après rue, toutes illuminées comme pour une procession, et toutes aussi désertes qu'une église — jusqu'au moment où je finis par me sentir dans l'état d'esprit d'un homme qui tend une oreille inquiète et commence à souhaiter voir apparaître un agent de police. Tout à coup j'aperçus deux silhouettes : l'une, celle d'un homme de petite taille qui se dirigeait vers l'est, foulant le sol à bonne allure, et l'autre, celle d'une fillette de huit à dix ans qui, de toute la vitesse de ses jambes, dévalait une rue transversale. Ma foi, monsieur, comme on pouvait bien s'y attendre, ces deux-là se heurtèrent au coin de la rue, et c'est alors que s'ensuivit le côté atroce de la scène ; car l'homme piétina calmement le corps de l'enfant et la laissa hurlant à terre. Le récit peut ne pas éveiller d'écho, mais le spectacle, lui, était infernal. Cela n'avait rien d'humain mais ressemblait plutôt à quelque diabolique Djaggernat [1]. Je poussai un cri d'alarme, pris mes jambes à mon cou, empoignai l'individu au collet et le ramenai à l'endroit où déjà un attroupement important s'était amassé autour de l'enfant qui poussait des cris. Notre homme gardait tout son sang-froid et il n'opposa aucune résistance, mais l'unique regard qu'il me lança était si menaçant que j'en fus baigné de sueur comme après une longue course. Les gens qui étaient sortis de chez eux étaient la propre famille de la fillette ; et le docteur, qu'on l'avait envoyée chercher, ne tarda pas à se joindre à eux. En fait, d'après le toubib, l'enfant n'était pas trop mal en point, elle en serait quitte pour la peur ; et vous auriez pu penser que l'affaire s'arrêterait là. Mais il se produisit un

1. Ou Jaggernaut, une des incarnations de Vishnu, seconde divinité de la triade brahmanique (avec Brahma et Śiva).

Jusqu'au milieu du XXe siècle, lors des fêtes données en l'honneur de Jaggernaut, des hindous fanatiques se jetaient sous le lourd char du dieu pour se faire écraser et prendre ainsi un raccourci pour le Ciel. D'où l'emploi de l'expression « Jaggernaut » ou plus souvent « char de Jaggernaut » pour désigner une force aveugle et (stupidement) destructrice.

phénomène étrange. Au premier coup d'œil j'avais conçu une grande répulsion à l'égard du bonhomme ; c'était le cas aussi de la famille de l'enfant, ce qui, pour elle, était bien naturel. Mais c'est le comportement du docteur qui me frappa tout particulièrement. Ce dernier était le type du praticien classique, sans âge ni caractère distinctifs, parlant avec un fort accent d'Édimbourg, et aussi facile à émouvoir qu'un sac de farine. Eh bien, monsieur, il était comme nous tous : chaque fois que son regard tombait sur mon prisonnier, je voyais que le toubib était malade et blême de l'envie de le tuer. Je savais ce qu'il avait à l'esprit, tout comme il devinait la pensée qui m'habitait ; et comme il n'était pas question de mettre notre homme à mort, nous avons adopté la solution de remplacement qui nous paraissait la meilleure. Nous l'avons informé que nous pouvions faire, et ferions sûrement, un tel scandale à propos de cet incident, que son nom serait certainement voué à l'opprobre d'un bout de la capitale à l'autre ; et que, s'il avait amis ou crédit, nous ferions en sorte qu'il les perdît. Et pendant que nous le retournions ainsi sur des charbons ardents, nous faisions de notre mieux pour écarter de lui les femmes déchaînées comme des harpies. Je n'ai jamais vu un cercle de visages aussi haineux ; et l'homme était là, au centre, affichant une odieuse et sarcastique impassibilité — effrayé, en réalité, je m'en rendais bien compte — mais essayant de se dépêtrer de là, monsieur, comme le diable en personne. "Si vous voulez tirer profit de cet accident, dit-il, naturellement je ne puis m'y opposer. Il n'est gentleman qui ne souhaite éviter un esclandre, dit-il. Fixez vous-même la somme." En fait, nous lui extorquâmes cent livres au bénéfice de la famille de l'enfant ; il était évident qu'il aurait bien voulu refuser, mais il sentit que nous étions tous bien décidés à lui causer des ennuis, et il finit par accepter notre marché. Ensuite, le problème était d'encaisser l'argent ; et où pensez-vous qu'il nous mena, sinon à cette maison même, devant la porte de laquelle il sortit précipitamment une clé de sa poche, et entra, pour revenir bientôt avec quelque dix livres en or, et, pour le reste, un chèque au porteur tiré sur la banque Coutts, et signé d'un nom que je ne puis révéler, bien que ce soit l'un des points essentiels de mon histoire, un nom qui est, en tout cas, très connu et souvent imprimé. C'était un gros chèque ; mais la signature, à condition qu'elle fût authentique, aurait garanti le paiement d'une somme bien plus élevée. Je pris la liberté de faire remarquer à notre triste sire que toute cette affaire paraissait fort louche, car ce n'est pas tous les jours qu'un homme franchit la porte d'une cave à quatre heures du matin, pour en ressortir avec un chèque de près de cent livres, signé par une autre personne. Mais il se montra tout à fait à l'aise et sarcastique. "Ne vous mettez pas martel en tête, dit-il ; je vais rester avec vous jusqu'à l'heure d'ouverture des banques et je toucherai le chèque moi-même." Nous nous mîmes donc tous en route, le docteur, le père de la fillette, notre "ami" et moi-même, et passâmes le reste de la nuit chez moi ; le lendemain, après avoir pris notre petit déjeuner, nous nous rendîmes tous ensemble à la banque. Je présentai moi-même le chèque, tout en disant que j'avais de bonnes raisons de penser que c'était un faux. Pas le moins du monde. Le chèque était authentique.

— Allons donc ! fit Mr Utterson.

— Je vois que vous partagez mon sentiment, dit Mr Enfield. Oui, c'est vraiment une sale histoire, car cet individu était le genre d'homme avec qui personne ne voudrait avoir de rapports, un être absolument odieux ; or, la personne qui a tiré le chèque est la fine fleur de la bonne société, célèbre par-dessus le marché, et (ce qui rend l'affaire bien pire) l'un de ces hommes qui font autour d'eux ce qu'on appelle le bien. Je suppose qu'il s'agit de chantage : un honnête homme que l'on fait cracher à cause de quelques erreurs de jeunesse. "La maison du chantage", c'est ainsi que, par conséquent, j'appelle la maison à la fameuse porte. Et encore, savez-vous, même cela n'explique pas tout, et de loin ! » ajouta-t-il. Après quoi il se laissa aller à une longue rêverie dont il fut tiré par Mr Utterson qui lui demanda assez abruptement : « Et vous ne savez pas si le tireur du chèque habite ici ?

— Un endroit rêvé, n'est-ce pas ? répliqua Mr Enfield. Mais il se trouve que j'ai noté son adresse ; il habite un beau quartier.

— Et vous n'avez jamais posé de questions concernant la maison à la porte ? dit Mr Utterson.

— Non, monsieur : j'ai été pris de scrupules, répondit Mr Enfield. Je répugne à poser des questions ; cela ressemble trop au style du "Jugement Dernier". Vous lancez une question, et c'est comme si vous lanciez une pierre. Vous êtes assis tranquillement sur la crête d'une colline, et voilà votre pierre qui se met à rouler, en fait voler d'autres, et bientôt un aimable vieux bonhomme (le dernier auquel vous auriez pu penser) les reçoit toutes sur la tête dans son propre jardin, derrière sa maison, et votre famille se voit forcée de changer de nom. Non, monsieur, je m'en fais une règle de conduite : plus les gens ont l'air d'être dans de mauvais draps et moins je pose de questions.

— Excellent principe, d'ailleurs, reconnut le notaire.

— Mais j'ai examiné l'endroit pour ma propre satisfaction, poursuivit Mr Enfield. Cela ne ressemble guère à une maison. Il n'y a pas d'autre porte, et personne n'emprunte celle-ci pour entrer ou sortir, à l'exception, à de rares intervalles, du personnage de mon aventure. Il y a, au premier, trois fenêtres donnant sur la cour intérieure ; aucune au-dessous ; les fenêtres sont toujours fermées, mais elles sont propres. En outre, il y a une cheminée, qui, en général, fume ; par conséquent quelqu'un doit habiter là. Et encore, ce n'est pas si sûr, car les constructions sont si entassées tout autour de cette cour qu'il est difficile de dire où l'une s'arrête et où l'autre commence. »

Nos deux amis continuèrent d'avancer en silence pendant un moment ; puis Mr Utterson dit : « Enfield, c'est une bonne règle que vous avez adoptée là.

— Certes, j'en suis persuadé, répliqua Enfield.

— Mais malgré cela, poursuivit le notaire, je voudrais vous interroger sur un point particulier : je voudrais connaître le nom de l'homme qui a foulé l'enfant aux pieds.

— Mon Dieu, dit Mr Enfield, je ne vois pas que cette révélation puisse avoir des conséquences fâcheuses. L'homme s'appelait Hyde.

— Hum, dit Utterson. Sous quel aspect se présente-t-il ?

— Il n'est pas facile de le décrire. Il y a quelque chose d'insolite dans son apparence, quelque chose de désagréable, quelque chose de franchement haïssable. Je n'ai jamais vu d'homme que j'aie autant détesté, et pourtant je ne sais pas trop pourquoi. Il doit avoir une difformité cachée et laisse une forte impression de monstruosité, encore que, sur ce point, je ne saurais donner plus de précisions. C'est un homme d'aspect extraordinaire, sans que je puisse vraiment déterminer de quelle anomalie il s'agit. Non, mon cher, je ne suis réellement pas capable d'en faire la description. Et ce n'est pas faute de mémoire, car, je vous assure qu'à l'heure actuelle, je l'ai encore devant les yeux. »

Mr Utterson fit encore quelques pas sans parler, de toute évidence accablé sous le poids de ses réflexions.

« Vous êtes sûr qu'il s'est servi d'une clé ? finit-il par demander.

— Mon cher monsieur..., commença Enfield interloqué.

— Oui, je sais, dit Utterson, je sais que cela peut paraître étrange. Le fait est que, si je ne vous demande pas le nom de l'autre personne, c'est parce que je le connais déjà. Voyez-vous, Richard, votre histoire m'a touché au vif. Au cas où vous auriez commis la moindre inexactitude dans quelque détail que ce soit, mieux vaudrait la corriger.

— Je pense que vous auriez pu me prévenir, répliqua son ami, avec une pointe de mauvaise humeur.

Mais j'ai été minutieusement exact, pour reprendre le terme que vous avez employé. L'individu avait une clé, bien plus, il l'a encore. Je l'ai vu s'en servir, il y a moins d'une semaine. »

Mr Utterson poussa un profond soupir sans proférer un seul mot ; et le jeune homme d'enchaîner aussitôt : « Que cette nouvelle leçon m'apprenne à me taire, dit-il. J'ai honte d'avoir la langue si déliée. Convenons de ne plus jamais faire allusion à cette histoire.

— De tout cœur, dit le notaire. Marché conclu, Richard ! »

À LA RECHERCHE DE M. HYDE

Ce soir-là, Mr Utterson regagna sa maison de célibataire, en proie à de sombres réflexions, et s'assit sans grand appétit devant son dîner. Il avait coutume, le dimanche, une fois ce repas terminé, de rester assis au coin du feu, avec, sur son pupitre, quelque aride volume de théologie, jusqu'à ce que l'horloge de l'église voisine sonnât minuit, heure à laquelle il allait se coucher avec gravité et reconnaissance. Toutefois, cette nuit-là, dès que la table eut été desservie, il prit une bougie et passa dans son cabinet de travail. Là, il ouvrit son coffre-fort, et, du coin le plus secret, en tira une enveloppe portant la mention : « Testament du Dr Jekyll » ; puis il s'assit, le front assombri, pour étudier le contenu de ce document. C'était un testament holographe, car Mr Utterson, bien qu'il l'eût accepté une fois rédigé, avait refusé de prêter le moindre concours à son établissement ; le document stipulait que, non seulement en cas du décès de Henry Jekyll, docteur en médecine, docteur en droit civil, docteur en droit, membre de l'Académie royale des sciences, etc., tous ses biens devaient revenir à son « ami et bienfaiteur Edward Hyde » ; mais aussi que, dans le cas d'une « disparition ou absence inexpliquée du Dr Jekyll, pour une période excédant trois mois du calendrier », ledit Edward Hyde devrait, sans autre délai, hériter dudit Henry Jekyll, sans aucune charge ni obligation, sinon le paiement de quelques petites sommes d'argent à la domesticité du docteur. Il y avait longtemps que ce document était la bête noire du notaire. Cela choquait en lui à la fois l'homme de loi et l'homme épris des aspects équilibrés de la vie de tous les jours, que toute fantaisie scandalisait. Alors que, jusqu'à présent, ce qui avait soulevé son indignation, c'était de ne pas connaître ce Mr Hyde, maintenant, par un retournement brutal, c'était de savoir qui il était. C'était déjà assez insupportable lorsque ce nom n'était rien de plus qu'un nom, au sujet duquel il ne pouvait en savoir plus long. Son ressentiment s'aggrava lorsqu'il commença à l'affubler d'attributs détestables ; et du sein des brumes changeantes et sans consistance qui depuis si longtemps brouillaient son regard, surgit, tout à coup, l'image précise d'un démon.

« Je pensais que c'était de la folie, dit-il, tout en remettant le déplorable document à sa place dans le coffre ; et maintenant je commence à craindre qu'il ne s'agisse de quelque chose de déshonorant. »

Sur ce il souffla sa bougie, enfila un pardessus, et se mit en route dans la direction de Cavendish Square, cette citadelle de la médecine, où son ami, le célèbre Dr Lanyon, habitait, et recevait la foule de ses malades. « Si quelqu'un est au courant, ce ne peut être que Lanyon », avait-il pensé.

Le cérémonieux majordome, parce qu'il le connaissait bien, l'accueillit avec affabilité ; sans qu'il eût à faire antichambre un seul instant, il fut introduit directement dans la salle à manger, où le Dr Lanyon était assis tout seul, à déguster son porto. C'était un homme cordial, en excellente santé, rubicond, soigné de sa personne, à l'épaisse chevelure prématurément blanche, d'allure exubérante et résolue. Dès qu'il vit Mr Utterson, il bondit de son fauteuil et vint à sa rencontre les deux mains tendues. Sa cordialité, naturelle chez lui, pouvait paraître quelque peu démonstrative, mais n'était que l'extériorisation de sentiments sincères. Car c'était là une paire de vieux amis, anciens camarades, et d'école et d'université, chacun parfaitement respectueux de l'autre comme de lui-même, et, ce qui ne va pas toujours de soi, deux hommes qui éprouvaient un immense plaisir en la compagnie l'un de l'autre.

Après une courte conversation à bâtons rompus, le notaire aborda le sujet qui lui tenait si désagréablement à cœur.

« Je suppose, Lanyon, dit-il, que vous et moi sommes sans doute les deux plus vieux amis de Henry Jekyll ?

— J'aimerais mieux que ces vieux amis fussent un peu plus jeunes, dit le Dr Lanyon avec un petit rire. Mais en effet nous sommes bien de vieux amis. Et puis après ? Je le vois bien peu ces temps-ci.

— Ah vraiment ! dit Utterson. Je croyais que vous et lui partagiez un même sujet d'intérêt.

— Jadis oui, répliqua-t-il. Mais depuis plus de dix ans, Henry Jekyll est devenu bien trop fantasque pour moi. Quelque chose s'est détraqué dans son esprit ; et bien que, naturellement, je continue à m'intéresser à lui, en souvenir du bon vieux temps, comme on dit, aujourd'hui comme hier je fréquente bougrement peu cet homme-là. De telles foutaises prétendument scientifiques, ajouta le docteur dont le visage s'empourpra subitement, auraient semé la zizanie entre Damon et Pythias [1]. »

Ce petit accès de mauvaise humeur détendit un peu Mr Utterson. « Ils ne se sont querellés que sur quelque question scientifique », pensa-t-il ; et comme lui-même ne ressentait aucune passion pour les sciences (sauf en matière de transfert de propriété), il ajouta

1. Damon et Pythias étaient deux philosophes grecs, disciples de Pythagore, qui vivaient à Syracuse vers 400 av. J.-C. Dénoncé faussement, Pythias fut condamné à mort. Il demanda un délai pour mettre ses affaires en ordre et son ami Damon prit sa place comme otage, sous la condition que, si Pythias ne revenait pas au jour et à l'heure fixés, il périrait. Ce moment était déjà arrivé et les dénonciateurs se réjouissaient en se moquant de Damon, assez naïf pour avoir accepté le marché, quand Pythias fit son apparition et déclara qu'il était prêt à mourir. Émerveillé, le tyran Denys le Jeune, alors maître de Syracuse, gracia Pythias et demanda (en vain) aux deux philosophes qu'ils l'acceptent comme ami.

même : « Ce n'est pas bien grave ! » Il laissa à son ami quelques secondes pour reprendre son sang-froid, puis aborda le sujet qui était la raison de sa visite.

« Vous est-il arrivé de rencontrer l'un de ses "protégés" — un certain Hyde ? demanda-t-il.

— Hyde ? répéta Lanyon. Non, je n'en ai jamais entendu parler, depuis que je connais Jekyll. »

Et ce fut là toute la somme d'informations que notre notaire ramena chez lui où il passa la nuit à se tourner et se retourner dans son grand lit sombre, jusqu'au petit matin. Ce fut une nuit qui n'apporta guère de repos à son esprit qui, assiégé de questions, s'évertuait à y répondre dans une obscurité totale.

Lorsque six heures sonnèrent au clocher de l'église qui était si commodément proche de son domicile, Mr Utterson était encore en train de s'efforcer de résoudre ce problème. Jusqu'alors seule son intelligence avait été sollicitée ; mais maintenant c'était au tour de son imagination d'être concernée ou plutôt subjuguée ; et tandis que, allongé, il s'agitait au cœur des épaisses ténèbres de la nuit, au milieu de cette chambre tendue de rideaux, l'histoire racontée par Mr Enfield déroulait sur l'écran de son esprit une succession d'images illuminées. Il revoyait la vaste perspective des lumières d'une ville, la nuit, puis la silhouette d'un homme avançant d'un pas rapide, celle d'une enfant revenant en courant de chez le docteur, le choc des deux ; et alors ce monstre fait homme piétinait la fillette et poursuivait sa route, indifférent aux hurlements de celle-ci. Ou encore, il voyait, dans un luxueux hôtel particulier, une chambre où son ami reposait endormi, rêvant de choses heureuses qui le faisaient sourire ; et, à cet instant même, la porte de cette chambre s'ouvrait, les rideaux du baldaquin étaient brusquement tirés, le dormeur était arraché au sommeil ; et voilà qu'à son chevet, se tenait un être tout-puissant qui, même au cœur de la nuit, le contraignait à se lever et à lui obéir.

Le personnage de ces deux visions hanta le notaire la nuit durant ; et si, par instants, il parvenait à s'assoupir, ce n'était que pour le voir se glisser plus furtivement encore le long des maisons endormies, ou se mouvoir à une allure de plus en plus accélérée, jusqu'à lui donner le vertige, dans le dédale sans fin des rues d'une ville éclairée par ses réverbères, pour, à chaque carrefour, renverser et piétiner une enfant et la laisser, hurlante, à terre. Jamais cette apparition n'offrait un visage qui permît de la reconnaître ; même dans ses rêves elle ne lui présentait, en fait de figure, que des traits qui se brouillaient à sa vue et le déconcertaient. C'est pourquoi naquit et se développa rapidement dans l'esprit du notaire l'intense curiosité, presque excessive, de voir Mr Hyde en chair et en os. Il pensait que s'il pouvait l'apercevoir seulement une fois, le mystère s'éclaircirait en partie, ou peut-être se dissiperait complètement, comme il en est habituellement de tout élément mystérieux lorsqu'on le soumet à un examen sérieux. Il pourrait peut-être découvrir ainsi la cause de l'étrange préférence de son ami ou de son asservissement (choisissez vous-même le terme), et même l'origine des atterrantes dispositions du testament. Tout au moins ce serait un visage qui vaudrait la peine d'être vu : le visage d'un homme au cœur de pierre, un visage qui n'avait eu qu'à se montrer pour faire naître dans l'âme de l'imperturbable Enfield un sentiment de haine tenace.

À partir de ce moment, Mr Utterson se mit à hanter la « maison à la porte » dans la petite rue commerçante. Le matin, avant l'heure d'ouverture des bureaux, à midi, lorsque les affaires battaient leur plein et que le temps était mesuré, la nuit, sous le regard voilé de la lune au-dessus de la ville, sous tous les éclairages, et à toutes les heures de solitude ou d'affluence, on pouvait trouver le notaire à son poste préféré. « Puisque la partie de cache-cache est commencée, avait-il pensé, à nous deux d'y jouer. »

Un soir enfin il fut récompensé de sa patience. La nuit était belle et sèche ; il y avait du gel dans l'air ; les rues étaient aussi nettes que le parquet d'une salle de

Voir *Au fil du texte*, p. XII.

bal, et les lampes, qu'aucun vent ne secouait, traçaient un motif régulier d'ombre et de lumière. À dix heures, une fois les boutiques fermées, dans la ruelle désertée, en dépit du sourd grondement de Londres alentour, le silence s'établit. Les moindres sons s'entendaient de loin. On percevait nettement, des deux côtés de la chaussée, les bruits des ménages habitant les maisons ; et l'écho de l'approche d'un piéton résonnait longtemps avant que celui-ci n'apparût. Mr Utterson était à son poste depuis quelques minutes lorsqu'il entendit le bruit d'un pas léger et singulier qui se rapprochait. Au cours de ses rondes nocturnes, il s'était depuis longtemps habitué à la manière curieuse dont les pas d'un piéton solitaire se détachent de l'immense rumeur de la cité, alors que celui-ci est encore assez éloigné. Et pourtant son attention n'avait jamais auparavant été attirée de façon aussi vive et aussi marquée ; c'est avec une forte et irrationnelle anticipation du succès qu'il s'effaça dans l'entrée de la cour.

Les pas se rapprochèrent rapidement, s'amplifiant brusquement lorsque l'inconnu tourna le coin de la rue. Le notaire, risquant un regard depuis l'entrée, put bientôt distinguer à quel genre d'homme il avait affaire. C'était un individu de petite taille, vêtu sans recherche, et dont l'apparence, même à cette distance, déplut fortement à notre observateur. Mais, traversant la rue, il alla droit vers la porte, et, pour gagner du temps, tandis qu'il avançait, tira une clé de sa poche, comme quelqu'un qui rentre chez lui.

Mr Utterson fit un pas en avant et lui toucha l'épaule lorsqu'il passa devant lui. « Mr Hyde, je crois ? »

Mr Hyde eut un mouvement de recul et reprit bruyamment sa respiration. Mais sa frayeur ne dura qu'un instant, et, sans regarder le notaire en face, il lui répondit assez calmement : « C'est bien mon nom. Que voulez-vous ? »

— Je vois que vous êtes sur le point d'entrer, répondit le notaire. Je suis un vieil ami du Dr Jekyll — Mr Utterson, de Gaunt Street —, vous avez probablement entendu mentionner mon nom ; et puisque je vous rencontre si à propos, j'ai pensé que vous pourriez me faire entrer.

— Vous ne trouverez pas le Dr Jekyll ; il n'est pas chez lui, répliqua Mr Hyde, en enfonçant la clé ; puis brusquement, mais toujours sans lever les yeux : Comment avez-vous su que c'était moi ? demanda-t-il.

— À votre tour, dit Mr Utterson, voulez-vous m'accorder une faveur ?

— Avec plaisir, répliqua l'autre. De quoi s'agit-il ?

— Voulez-vous me permettre de voir votre visage ? » demanda le notaire.

Mr Hyde sembla hésiter ; puis, comme après une soudaine réflexion, il se retourna avec un air de défi ; et les deux hommes se dévisagèrent pendant quelques secondes.

« Maintenant, dit Mr Utterson, je pourrai vous reconnaître. Il se peut que cela soit utile.

— Oui, répondit Mr Hyde, mieux vaut avoir fait connaissance ; et *à propos*, il vaudrait mieux que vous ayez mon adresse. »

Et il donna le numéro d'une maison dans une rue de Soho.

« Grand Dieu ! pensa Mr Utterson, se peut-il qu'il ait, lui aussi, pensé au testament ? » Mais il garda ses impressions pour lui-même, et se contenta d'un grognement en guise de remerciement pour l'adresse.

« Et maintenant, reprit l'autre, comment avez-vous su qui j'étais ?

— Par une description, fut la réponse.

— Faite par qui ?

— Nous avons des amis communs, dit Mr Utterson.

— Des amis communs ! dit en écho Mr Hyde, d'une voix légèrement éraillée. Quels amis ?

— Jekyll, par exemple, dit le notaire.

— Il ne vous a jamais parlé de moi ! s'écria Mr Hyde, rouge de colère. Je n'aurais pas cru que vous mentiriez.

— Allons, dit Mr Utterson, voici des propos déplacés. »

L'autre partit d'un grand éclat de rire féroce et cruel ; et la minute d'après, avec une rapidité extraordinaire, il avait fait jouer la serrure de la porte et avait disparu dans la maison.

Le notaire, après le départ de Mr Hyde, resta immobile un moment, livré à l'inquiétude. Puis il se mit à remonter la rue à pas comptés, s'arrêtant fréquemment pour se passer la main sur le front, comme un homme plongé dans la plus complète perplexité. Le problème qu'il agitait ainsi en lui-même, tout en marchant, appartenait à une catégorie qu'il est rare de pouvoir résoudre. Mr Hyde était une sorte de nain au teint blafard, qui donnait une impression de difformité, sans que l'on pût distinguer chez lui de malformation caractérisée ; son sourire était désagréable et sa conduite envers le notaire avait été une sorte de mélange féroce de timidité et d'aplomb ; il parlait d'une voix enrouée, basse et quelque peu étranglée ; tels étaient les points noirs de sa personnalité, mais tout cela réuni ne pouvait expliquer le dégoût, la répugnance et la peur, jusqu'ici jamais éprouvés par Mr Utterson, avec lesquels il le considérait. « Il doit y avoir quelque chose d'autre, se disait le notaire dans son embarras. Il y a certainement autre chose, si seulement je pouvais le définir. Dieu du Ciel ! cet homme semble à peine humain ! Quelque chose de l'homme des cavernes, dirons-nous ! ou bien peut-il s'agir de la vieille histoire du Dr Fell [1] ? ou encore est-ce la simple émanation d'une âme corrompue qui s'exhale ainsi de son enveloppe d'argile en la transformant ? Je penche pour la dernière hypothèse ; car, ô mon pauvre vieil ami Jekyll, si jamais je reconnais l'empreinte de Satan sur un visage, c'est bien sur celui de votre nouvel ami. »

1. Le Dr Fell est un théologien du XVIIe siècle, qui a laissé le souvenir d'un homme inexplicablement odieux, à cause des vers écrits contre lui par son adversaire Tom Brown : « Je ne t'aime pas, Dr Fell, je ne puis en dire la raison, mais ce que je sais, c'est que je ne t'aime pas, Dr Fell. »

Lorsqu'on avait tourné le coin de la petite rue, on se trouvait sur une place entourée de belles maisons anciennes, dont la plupart avaient maintenant déchu de leur aristocratique condition ; divisées en appartements ou chambres individuelles, elles étaient louées à des hommes de toutes sortes et de toutes conditions : graveurs de cartes géographiques, architectes, hommes de loi louches et représentants d'obscures entreprises. L'une de ces maisons, toutefois, la seconde à partir du coin de la rue, était encore occupée par un seul propriétaire ; c'est à la porte de celle-ci, à laquelle richesse et confort donnaient belle allure, bien qu'elle fût maintenant plongée dans l'obscurité, à l'exception de l'imposte, que Mr Utterson s'arrêta et frappa. Un domestique d'un certain âge, portant belle tenue, ouvrit la porte.

« Mr Jekyll est-il chez lui, Poole ? demanda le notaire.

— Je vais aller voir, Mr Utterson, dit Poole ; et, tout en parlant, il fit entrer le visiteur dans un grand hall confortable, bas de plafond, au sol dallé, chauffé (comme c'est la coutume dans les petits châteaux) par un feu vif brûlant dans une vaste cheminée, et meublé de riches armoires de chêne. Voulez-vous attendre ici, monsieur, ou bien dois-je vous allumer une lampe dans la salle à manger ?

— Ici, merci », dit le notaire ; et il s'approcha de la cheminée, s'appuyant au garde-feu élevé.

Ce vestibule, dans lequel maintenant il se trouvait seul, était l'une des fantaisies favorites de son ami le docteur ; et Utterson lui-même en parlait couramment comme de la pièce la plus agréable de toute la capitale. Mais ce soir-là des frissons couraient dans ses veines ; le visage de Hyde hantait sa mémoire ; il avait une impression (chose éminemment rare chez lui) de nausées et de dégoût de la vie ; et, du fond des ténèbres de son découragement, il semblait distinguer une menace dans la danse des flammes sur la surface cirée des armoires et dans les reflets inquiétants des ombres sur le plafond. Il eut honte du soulagement qu'il éprouva lorsque Poole reparut bientôt pour lui annoncer que le Dr Jekyll était sorti.

« J'ai vu Mr Hyde entrer par la porte de la vieille salle de dissection, Poole, dit-il. Est-ce que c'est normal lorsque le docteur est absent ?

— Tout à fait normal, Mr Utterson, repartit le domestique. Mr Hyde a sa clé.

— Votre maître semble témoigner une bien grande confiance à ce jeune homme, Poole, reprit l'autre pensivement.

— Oui, monsieur, c'est bien certain, dit Poole. Nous avons des ordres formels de lui obéir.

— Je ne pense pas avoir jamais rencontré Mr Hyde ici ? demanda Utterson.

— Oh ! certainement pas, monsieur. Il ne prend jamais ses repas ici, répondit le majordome. En fait, nous le voyons très peu de ce côté-ci de la maison ; la plupart du temps, il entre et sort par le laboratoire.

— Eh bien, bonsoir, Poole.

— Bonsoir, Mr Utterson. »

Et le notaire, le cœur lourd, reprit le chemin de sa maison. « Pauvre Harry Jekyll, pensa-t-il, j'ai le pressentiment qu'il est dans de bien vilains draps ! Dans sa jeunesse, il y a certes fort longtemps de cela, il a fait bien des folies, mais la loi divine ne connaît pas de prescription. Ah ! c'est sûrement cela ! Le fantôme de quelque ancienne faute, le cancer de quelque honte cachée, et le châtiment arrive, *pede claudo* [1], des années après que l'on a tout oublié et que l'on s'est, par amour de soi, pardonné sa propre faute. » Et le notaire, effrayé par cette pensée, médita un moment sur son propre passé, fouillant dans tous les recoins de sa mémoire, de peur que, par hasard, quelque ancienne iniquité n'en jaillît en pleine lumière, tel un diable à ressort. Son passé était à peu près sans tache ; rares étaient les hommes qui pouvaient passer en revue l'histoire de

1. Expression latine : « d'un pied boiteux », « en boitant ».

leur vie avec moins d'appréhension ; pourtant les nombreux méfaits à son actif le faisaient rentrer sous terre, alors que ceux qu'il avait bien failli commettre, et pourtant évités, suscitaient en lui une gratitude modérée et terrible à la fois. Et alors, revenant au sujet de ses méditations antérieures, il entrevit une lueur d'espoir. « Messire Hyde, si l'on étudiait son comportement, pensa-t-il, devait dissimuler des secrets bien à lui : de noirs secrets à en juger par son apparence, des secrets en comparaison desquels les pires secrets du pauvre Jekyll brilleraient comme un rayon de soleil. On ne peut laisser aller les choses de cette façon. J'ai froid dans le dos à la pensée de cette créature se glissant comme un voleur jusqu'au chevet de Harry ; pauvre Harry, quel réveil ! Et quel danger ! Car si ce Hyde soupçonne l'existence du testament, il peut se montrer impatient d'entrer en possession de l'héritage ! Oui, il faut que je me mette à l'œuvre — si seulement Jekyll me laisse agir », et il ajouta : « Jekyll me laissera-t-il agir ? » car il revit en imagination, aussi nettement que sur une photographie, les dispositions étranges de ce testament.

LE Dr JEKYLL SE SENTAIT PARFAITEMENT À L'AISE

Quinze jours plus tard, par un hasard extrêmement heureux, le docteur invita à l'un de ses agréables dîners quelque cinq ou six vieux copains, tous hommes connus pour leur intelligence et tous excellents juges en matière de bons vins ; et Mr Utterson s'arrangea pour s'attarder après le départ des derniers invités. Il n'y avait rien de nouveau à cela ; c'était arrivé maintes et maintes fois. Partout où l'on aimait Utterson, c'était absolument sans réserve. Ses hôtes aimaient retenir notre taciturne notaire, lorsque les invités enjoués et bavards avaient déjà franchi le seuil de leur logis ; ils aimaient rester assis un moment en la compagnie de cet homme discret, se préparant ainsi à la solitude, et retrouvant, grâce au silence enrichissant de leur ami, le calme de leur esprit, après l'animation et la tension d'une soirée pleine d'entrain. Le Dr Jekyll ne faisait pas exception à cette règle ; et, tandis que maintenant cet homme de cinquante ans, corpulent, bien bâti, au visage sans rides, avec peut-être une touche de duplicité, mais donnant tous les signes de la compétence et de la bonté, était assis en face de son invité de l'autre côté de la cheminée, on pouvait se rendre compte, à la façon dont il regardait Mr Utterson, qu'il éprouvait à son égard une chaude et sincère affection.

« Il y a un certain temps, Jekyll, que je désire avoir une conversation avec vous, commença le notaire. Vous vous rappelez votre fameux testament ? »

Un observateur attentif aurait pu se rendre compte que ce sujet déplaisait au docteur ; mais celui-ci l'accepta avec bonne humeur.

« Mon pauvre Utterson, dit-il, vous n'avez pas de chance avec un client comme moi. Je n'ai jamais vu homme aussi affligé que vous le fûtes par mon testament, sauf peut-être ce pédant borné de Lanyon, lorsqu'il est confronté à ce qu'il a appelé mes hérésies scientifiques. Oh ! je sais bien que c'est un brave type — inutile de froncer le sourcil — et un excellent camarade que j'ai toujours la ferme intention de fréquenter davantage ; il n'en reste pas moins que c'est un pédant borné, un pédant ignare et braillard. Jamais personne ne m'a autant déçu que Lanyon.

— Vous savez que je n'ai jamais approuvé ce testament, poursuivit Utterson, passant implacablement outre à la digression de son ami.

— Mon testament ? Oui, bien sûr, je connais votre position là-dessus, dit le docteur avec une certaine brusquerie. Vous me l'avez déjà dite.

— Eh bien ! je vous la redis, poursuivit le notaire. J'ai appris certaines choses au sujet du jeune Hyde. »

Une pâleur livide envahit soudain le large et beau visage du Dr Jekyll, tandis qu'une sombre lueur passait dans ses yeux. « Je ne souhaite nullement en entendre davantage, dit-il. J'étais persuadé que nous étions convenus d'enterrer ce sujet.

— Ce que j'ai appris est abominable, dit Utterson.

— Cela n'y change rien. Vous ne comprenez pas ma position, répondit le docteur, de façon assez incohérente. Je suis dans une situation bien pénible, Utterson ; ma position est étrange — vraiment étrange. C'est une affaire à laquelle on ne peut porter remède en en parlant.

— Jekyll, dit Utterson, vous me connaissez : on peut me faire confiance. Dites-moi confidentiellement ce que vous avez sur la conscience, et je suis sûr que je pourrai vous tirer de là.

— Mon cher Utterson, dit le docteur, ceci émane d'un bon sentiment, d'un vraiment très bon sentiment de votre part, et je ne puis trouver les mots pour vous en remercier. Je vous crois tout à fait ; j'aurais plus confiance en vous qu'en toute autre personne au monde, que dis-je, plus qu'en moi-même, si j'avais la liberté du choix ; mais en vérité il ne s'agit pas de ce que vous imaginez ; les choses ne vont pas aussi mal que cela ; et simplement pour vous tranquilliser, je vais vous dire une bonne chose : au moment même où je le voudrai, je pourrai me débarrasser de Mr Hyde. Je vous en fais le serment ; et je vous remercie mille fois encore ; et j'ajouterai un seul petit mot à tout cela, Utterson, et je suis sûr que vous ne vous en offusquerez pas : il s'agit d'une affaire strictement personnelle, et je vous supplie de ne plus vous en occuper. »

Utterson réfléchit un moment, tout en contemplant le feu.

« Je ne doute pas que vous ayez parfaitement raison, dit-il enfin, en se levant.

— Fort bien, mais puisque nous avons abordé cette question, et pour la dernière fois, j'espère, poursuivit le docteur, il y a un point particulier que je voudrais vous faire comprendre. Je porte vraiment beaucoup d'intérêt à ce pauvre Hyde. Je sais que vous l'avez vu ; c'est lui qui me l'a dit ; et j'ai bien peur qu'il ne se soit montré impoli. Mais il est exact que je m'intéresse vivement, très vivement et sincèrement à ce jeune homme ; et si je viens à disparaître, je veux, Utterson, que vous me promettiez de vous montrer indulgent à son égard, et de défendre ses droits. Je suis sûr que vous y consentiriez, si vous connaissiez toute la vérité ; et ce serait un gros soulagement pour moi si vous vouliez bien le promettre.

— Je ne puis vous assurer que j'aurai un jour de la sympathie pour lui, dit le notaire.

— Je ne vous en demande pas tant, dit Jekyll d'un ton suppliant, posant la main sur le bras de son interlocuteur. Je demande seulement qu'on soit juste envers lui ; je vous demande uniquement de l'aider, en souvenir de moi, quand je ne serai plus de ce monde. »

Utterson ne put réprimer un soupir. « Bien, dit-il, je vous en fais la promesse. »

L'AFFAIRE DU MEURTRE DE SIR CAREW

Environ un an plus tard, au mois d'octobre 18.., les Londoniens furent atterrés par un crime d'une singulière férocité, que la haute position sociale de la victime rendait d'autant plus remarquable. Les détails en étaient peu nombreux mais révoltants.

Une jeune bonne qui habitait seule dans une maison située près de la Tamise était montée se coucher autour de onze heures. Bien que le brouillard eût recouvert la ville au petit matin, à son début, la nuit avait été très claire, et la ruelle sur laquelle donnait la fenêtre de la servante était brillamment éclairée par la pleine lune. Il semble que cette jeune personne ait eu des penchants romantiques, car elle s'assit sur son coffre, placé juste sous la fenêtre, et se mit à rêvasser. Jamais (disait-elle, en faisant, toute en larmes, le récit de cette aventure), jamais elle ne s'était sentie plus en harmonie avec le genre humain tout entier, ou n'avait pensé autant de bien de l'univers. Et tandis qu'elle était assise là, elle remarqua un gentleman âgé, de belle prestance et aux cheveux blancs, qui s'approchait en suivant la ruelle ; et, avançant à sa rencontre, un autre monsieur de très petite taille, auquel tout d'abord elle prêta moins d'attention. Lorsqu'ils furent arrivés à portée de voix (juste sous les yeux de la servante), le plus vieux des deux hommes aborda l'autre en le saluant avec une politesse raffinée. Il ne semblait pas que ce qu'il avait à lui dire ait eu une grande importance ; en fait, d'après son geste, il parut alors qu'il ne faisait que demander son chemin ; mais tandis qu'il parlait, la lune éclairait

Voir *Au fil du texte*, p. XIII.

son visage, et la jeune fille prit plaisir à l'observer, tant ses traits respiraient une amabilité naïve et un peu désuète à laquelle s'ajoutait aussi, toutefois, une nuance de condescendance due à un contentement de soi bien fondé. Bientôt son regard se porta sur l'autre personnage, et à sa grande surprise, elle reconnut un certain Mr Hyde qui, dans le temps, avait rendu visite à son maître, et pour qui elle avait conçu une certaine antipathie. Il tenait à la main une lourde canne qu'il maniait nonchalamment, sans jamais répondre à son interlocuteur qu'il paraissait écouter avec une impatience mal contenue. Et tout à coup, saisi d'un terrible accès de colère et frappant le sol du pied, il brandit sa canne et se comporta (selon les dires de la fille) comme un fou furieux. Le vieux monsieur recula d'un pas, très surpris et quelque peu choqué ; sur quoi Mr Hyde s'emporta au-delà de toute mesure et le jeta à terre d'un coup de canne. Et la minute d'après, avec la violence d'une brute déchaînée, il piétinait sa victime et faisait pleuvoir sur elle une grêle de coups telle qu'elle entendit les os se briser et vit le corps rebondir sur la chaussée. L'horreur de ce spectacle et des sons qui l'accompagnaient firent perdre connaissance à la servante.

Il était deux heures du matin lorsqu'elle revint à elle et alla chercher la police. Le meurtrier était parti depuis longtemps, mais sa victime, incroyablement mutilée, gisait là au milieu de la petite rue. La canne, arme du crime, bien qu'elle fût d'un bois rare, résistant et massif, s'était rompue par le milieu sous la violence de cette cruauté forcenée, et l'une des moitiés brisées avait roulé dans le caniveau le plus proche, tandis que l'autre avait, sans doute, été emportée par le meurtrier. On trouva sur la victime un porte-monnaie et une montre en or, mais ni cartes ni papiers, juste une enveloppe cachetée et timbrée qu'il allait probablement mettre à la poste et qui portait le nom et l'adresse de Mr Utterson.

Celle-ci fut remise au notaire le lendemain matin, avant qu'il fût levé ; et il ne l'eut pas plus tôt vue, alors qu'on lui racontait les circonstances du meurtre, qu'il déclara d'un air solennel : « Je ne dirai rien tant que je n'aurai pas vu le corps ; c'est sans doute une affaire très sérieuse. Ayez la bonté de m'attendre pendant que je m'habille. » Et, avec un visage également grave, il se hâta d'avaler son petit déjeuner, et se fit conduire au commissariat où l'on avait transporté le corps. Dès qu'il entra dans la cellule, il fit un signe de tête affirmatif.

« Oui, dit-il, je le reconnais. J'ai le regret de vous dire que c'est la dépouille de Sir Danvers Carew.

— Mon Dieu ! monsieur, s'exclama l'agent, est-ce possible ? » Et la minute d'après son œil s'éclaira sous l'effet de l'ambition professionnelle : « Cette affaire fera beaucoup de bruit, dit-il. Et peut-être pourrez-vous nous aider à retrouver le coupable. » Et il raconta brièvement ce que la bonne avait vu, en montrant le morceau de canne.

Mr Utterson s'était déjà senti troublé au nom de Hyde ; mais lorsqu'on lui présenta la canne, il ne put douter plus longtemps : toute cassée et endommagée qu'elle fût, il la reconnut comme celle qu'il avait lui-même offerte à Henry Jekyll plusieurs années auparavant.

« Ce Mr Hyde est-il un homme de petite taille ? s'enquit-il.

— Singulièrement petit et d'aspect singulièrement sinistre, c'est ainsi que la servante le décrit », dit l'agent.

Mr Utterson réfléchit, puis, relevant la tête, il dit : « Si vous voulez bien m'accompagner dans mon fiacre, je pense pouvoir vous emmener chez lui. »

À ce moment-là il était environ neuf heures du matin, et le premier brouillard de la saison recouvrait la ville. Un grand voile funèbre brun-rouge descendait des cieux, mais le vent chargeait et dispersait sans trêve ces régiments de nuées, de telle sorte que, alors que le fiacre se traînait de rue en rue, Mr Utterson put admirer une merveilleuse palette de teintes crépusculaires ; ici tout était sombre comme à la fin d'une soirée, et là une riche et flamboyante couleur rousse embrasait le ciel comme la lueur de quelque étrange incendie ; puis, l'espace d'un instant, le brouillard se déchirait et un trait de lumière décomposée perçait les volutes tourbillonnantes. Le lugubre quartier de Soho vu sous ces lueurs changeantes, avec ses passages boueux, ses piétons misérables et ses réverbères que l'on n'avait pas encore éteints ou que l'on venait de rallumer pour combattre ce sinistre retour de l'obscurité, semblait figurer, aux yeux du notaire, la « zone » d'une ville cauchemardesque. De plus, ses pensées revêtaient les couleurs les plus sombres ; et lorsqu'il jetait un rapide coup d'œil sur celui qui l'accompagnait dans ce trajet, il ressentait un peu de cette terreur de la loi et de ses représentants, qui parfois peut accabler les gens les plus honnêtes.

Alors que le fiacre s'arrêtait à l'adresse donnée, le brouillard se leva un peu, découvrant une rue sordide, un assommoir, une gargote française, une boutique où l'on vendait des petits journaux à un sou et des salades à deux, de nombreux enfants déguenillés serrés les uns contre les autres sous les porches, et de nombreuses femmes de toutes nationalités sortant de chez elles, leur clé à la main, pour aller prendre leur premier verre ; puis, l'instant d'après, le brouillard, couleur terre de Sienne, retomba sur ce quartier, isolant le notaire de ces ignobles alentours. C'était là le repaire du favori de Henry Jekyll, d'un homme qui hériterait un jour d'un quart de million de livres.

Une vieille femme au teint jaune et aux cheveux argentés ouvrit la porte. La méchanceté, atténuée par l'hypocrisie, se peignait sur son visage, mais elle avait d'excellentes manières. Elle dit qu'en effet c'était bien le domicile de Mr Hyde, mais qu'il n'était pas chez lui ; il était rentré très tard la nuit dernière, mais était reparti moins d'une heure après, ce qui n'avait rien d'étonnant, car il était très irrégulier dans ses habitudes, et souvent absent ; par exemple, cela faisait presque deux mois hier qu'elle ne l'avait pas vu.

« Bon, très bien, nous voulons visiter son appartement », dit le notaire ; et lorsque la femme commença à affirmer que c'était impossible : « Il vaut mieux que je vous dise qui est cette personne, ajouta-t-il. C'est l'inspecteur Newcomen, de Scotland Yard. »

Un éclair de joie mauvaise illumina le visage de la femme.

« Ah ! dit-elle, il a des ennuis ! Qu'a-t-il fait ? »

Mr Utterson et l'inspecteur échangèrent un coup d'œil. « Il n'a pas l'air d'être très aimé, fit observer ce dernier. Et maintenant, ma bonne dame, permettez que ce monsieur et moi-même jetions un coup d'œil là autour. »

De toute cette maison qui, à l'exception de la vieille, était vide d'occupants, Mr Hyde n'avait occupé que deux pièces, mais celles-ci étaient meublées luxueusement et avec goût. Un placard était rempli de bonnes bouteilles ; la vaisselle était d'argent, le linge de table raffiné ; un tableau de maître était accroché au mur, don (comme le supposa Utterson) de Henry Jekyll, amateur éclairé en la matière ; des tapis de toutes textures et de coloris agréables couvraient le sol. Toutefois, à ce moment précis, il était évident que les pièces venaient d'être hâtivement mises sens dessus dessous ; des vêtements aux poches retournées traînaient sur le plancher ; des tiroirs fermant à clé étaient restés ouverts et dans l'âtre un tas de cendres grises montrait qu'on y avait brûlé bon nombre de papiers. De ces cendres, l'inspecteur dégagea la souche d'un carnet de chèques vert qui avait résisté au feu ; derrière la porte ils trouvèrent l'autre moitié de la canne ; et comme cette découverte confirmait ses soupçons, le policier se déclara ravi. Une visite à la banque, où l'on découvrit que le compte du meurtrier était crédité de plusieurs milliers de livres, mit le comble à sa satisfaction.

« Vous pouvez être sûr, monsieur, dit-il à Mr Utterson, qu'il ne peut pas m'échapper. Il a dû perdre la tête, sinon il n'aurait jamais laissé traîner la canne ni surtout brûlé le carnet de chèques. Sapristi ! sans argent, il ne peut pas vivre. Nous n'avons qu'à l'attendre à la banque, et afficher les avis de recherche. »

Cela, cependant, ne fut pas facile à exécuter, car Mr Hyde ne comptait que peu de connaissances — même le maître de la jeune servante ne l'avait vu que deux fois ; nulle part on ne put lui découvrir de famille ; il n'avait jamais été photographié ; et les signalements donnés par quelques rares personnes différaient radicalement, ce qui arrive souvent lorsqu'il s'agit d'observateurs ordinaires. Ils ne s'accordaient que sur un point, à savoir ce sentiment obsédant d'anomalies impossibles à décrire, qui, chez le fugitif, accablait tous les témoins.

L'INCIDENT DE LA LETTRE

Vers la fin de cet après-midi-là, Mr Utterson se rendit chez le Dr Jekyll auprès duquel Poole le conduisit aussitôt, à travers les cuisines et leurs dépendances, et une cour qui avait jadis été un jardin, jusqu'au bâtiment que l'on appelait indifféremment le laboratoire ou les salles de dissection. Le docteur avait acheté cette maison aux héritiers d'un chirurgien célèbre ; et comme ses propres goûts le portaient davantage vers la chimie que vers l'anatomie, il avait changé la destination de la construction située au fond du jardin. C'était la première fois que le notaire était reçu dans cette partie de la résidence de son ami ; il considéra avec curiosité la bâtisse crasseuse et sans fenêtre ; et, animé d'un sentiment désagréable d'étrangeté, il embrassa d'un long regard circulaire la salle d'opération qu'il traversait, jadis occupée par une foule d'étudiants passionnés pour l'étude, maintenant désolée et silencieuse, avec ses tables encombrées de matériel de chimie, son plancher couvert de caisses et jonché de paille d'emballage ; cette salle, éclairée par une faible lumière filtrant à travers la coupole, était envahie par le brouillard. À l'autre extrémité, un escalier menait à une porte matelassée de reps rouge, par laquelle Mr Utterson fut enfin introduit dans le cabinet du docteur. C'était une vaste pièce garnie sur tout son pourtour d'armoires vitrées, et meublée, entre autres choses, d'une psyché et d'un bureau ; elle donnait sur la cour par trois fenêtres recouvertes de poussière et garnies de barreaux de fer. Un feu brûlait dans l'âtre ; une lampe allumée était posée sur le dessus de la cheminée, car, même à l'intérieur des maisons, une couche épaisse de brouillard commençait à s'amasser ; et là, dans la chaleur des flammes, le Dr Jekyll était assis, paraissant horriblement malade. Il ne se leva pas pour accueillir son visiteur, se contentant de lui tendre une main glacée, et lui souhaita la bienvenue d'une voix altérée.

« Et maintenant, dit Mr Utterson dès que Poole les eut laissés seuls, vous connaissez la nouvelle ? »

Le docteur frissonna. « On l'a criée aux quatre coins de la place, dit-il. J'ai entendu les crieurs de journaux depuis la salle à manger.

— Juste un mot, dit le notaire. Carew était mon client au même titre que vous ; et j'ai besoin de savoir où j'en suis. Vous n'avez pas été assez insensé pour cacher cet individu ?

— Utterson, je vous le jure devant Dieu, s'écria le docteur, je vous jure que je ne poserai jamais plus les yeux sur lui ! Je vous donne ma parole d'honneur que j'en ai fini avec lui dans ce monde. J'ai définitivement rompu avec cet homme. En fait, il n'a pas besoin que je l'aide ; vous ne le connaissez pas comme moi ; il est en sûreté, tout à fait en sûreté ; rappelez-vous ce que je vais vous dire : personne n'en entendra jamais plus parler. »

Le notaire l'écouta d'un air sombre ; il n'appréciait pas l'attitude fébrile de son ami. « Vous semblez bien sûr de lui, dit-il ; j'espère pour vous que vous avez peut-être raison. Si jamais Hyde passait en jugement, vous seriez sans doute impliqué dans l'affaire.

— Je réponds totalement de lui, répondit Jekyll ; j'ai de bonnes raisons pour en être certain, mais je ne puis les exposer à quiconque. Toutefois, il y a un point particulier sur lequel vous pouvez peut-être me conseiller. J'ai... oui, j'ai reçu une lettre ; et je me demande si je devrais ou non la montrer à la police. J'aimerais vous la confier, Utterson ; je suis certain que votre opinion serait empreinte de sagesse ; j'ai tellement confiance en vous.

— Je suppose que vous craignez que cette lettre ne le fasse découvrir ? demanda le notaire.

— Non, dit son interlocuteur, car je me moque éperdument de ce qui peut arriver à Hyde ; j'en ai bien fini avec lui. Je pensais à ma propre réputation que cette odieuse affaire n'a pas manqué de compromettre. »

Utterson réfléchit un moment ; l'égoïsme de son ami le surprenait et le soulageait à la fois. « Fort bien, dit-il à la fin, montrez-moi cette lettre. »

La lettre, signée « Edward Hyde », était écrite d'une écriture droite bien curieuse ; elle signifiait, en assez peu de mots, que le bienfaiteur du signataire, le Dr Jekyll, à qui il avait pendant longtemps bien mal témoigné sa gratitude pour les si nombreuses générosités à son égard, n'avait pas lieu de s'inquiéter pour sa sécurité, car il avait des moyens de s'en tirer auxquels il pouvait entièrement se fier. Le contenu de cette lettre plut assez au notaire car elle présentait l'intimité entre ces deux hommes sous un meilleur jour qu'il ne s'y était attendu ; et il se reprocha certains de ses soupçons passés.

« Avez-vous l'enveloppe ? demanda-t-il.

— Je l'ai brûlée, répondit Jekyll, sans penser à ce que je faisais. En tout cas, elle ne portait pas le cachet de la poste. Ce billet avait été apporté à domicile.

— Je vais l'emporter, n'est-ce pas ? et la nuit portera conseil, dit Utterson.

— Je souhaite que vous en soyez entièrement juge à ma place, fut la réponse. J'ai, en ce qui me concerne, perdu toute confiance en moi-même.

— Fort bien, j'y réfléchirai, rétorqua le notaire. Et maintenant, encore un mot : c'est bien Hyde qui a dicté les termes de votre testament concernant cette fameuse disparition ? »

Le docteur parut saisi d'un malaise proche de l'évanouissement, il serra les lèvres et acquiesça d'un signe de tête.

« J'en étais sûr, dit Utterson. Il avait l'intention de vous assassiner. Vous l'avez échappé belle.

— J'ai eu surtout une chance qui portera ses fruits, répondit le docteur d'un ton solennel. Cela m'a donné une leçon — par Dieu, Utterson, quelle leçon cela m'a donnée ! » Et pendant un moment il se cacha le visage dans les mains.

Alors qu'il sortait, le notaire s'arrêta pour échanger quelques mots avec Poole. « À propos, dit-il, on a apporté une lettre aujourd'hui : à quoi ressemblait le porteur ? » Mais Poole était sûr et certain que rien n'était arrivé autrement que par la poste, « et encore », ajouta-t-il, « il s'agissait seulement de quelques circulaires ».

Cette information plongea à nouveau le visiteur dans l'inquiétude. De toute évidence la lettre avait été remise à la porte du laboratoire ; peut-être même avait-elle été écrite dans le cabinet ; et s'il en était ainsi il fallait l'apprécier de manière toute différente et l'interpréter avec d'autant plus de prudence. Sur son chemin, les petits crieurs de journaux, tout le long des trottoirs, hurlaient à en perdre la voix : « Édition spéciale. Meurtre révoltant d'un membre du Parlement. » C'était là l'oraison funèbre d'un ami et client ; et le notaire ne pouvait s'empêcher de ressentir une certaine appréhension à l'idée que la réputation d'une autre de ses relations pût être entraînée dans les remous provoqués par ce scandale. C'était, du moins, une décision bien délicate qu'il avait à prendre ; et alors que c'était son habitude de ne jamais compter que sur lui-même, il commença à éprouver le désir de solliciter un conseil ; pas de façon directe, mais peut-être, pensa-t-il, par des moyens détournés.

Peu de temps après, il se retrouva assis, chez lui, d'un côté de la cheminée, en compagnie de Mr Guest, son premier clerc, installé de l'autre, et entre eux deux, à distance savamment calculée du feu, trônait une bouteille d'un très vieux vin, remontée après un long séjour dans les caves obscures de sa maison.

Le brouillard planait encore au-dessus de la cité submergée, les lampadaires brillaient comme des escarboucles, et malgré ces nuées descendues du ciel pour étouffer et assourdir tous les bruits, le défilé vivant de la métropole continuait à avancer le long de ses grandes artères avec le grondement d'un vent puissant. Mais la pièce, elle, était égayée par la lueur des flammes. Dans la bouteille, les acides s'étaient depuis longtemps dissous ; la majestueuse coloration avait mûri avec le temps, tout comme, à la longue, les tons d'un vitrail deviennent plus éclatants ; et le rayonnement des chauds après-midi de l'automne, baignant les vignobles au flanc des coteaux, allait être libéré pour chasser les brouillards londoniens. Peu à peu le notaire se détendit. Pour Mr Guest il ne gardait que peu de secrets ; et encore n'était-il jamais sûr d'en garder autant qu'il l'aurait désiré. Les affaires avaient souvent conduit Guest chez le docteur ; il connaissait Poole ; il ne pouvait ignorer que Mr Hyde fréquentait cette maison ; il avait fort bien pu en tirer des conclusions : n'était-il donc pas souhaitable qu'il vît la lettre qui jetait un jour nouveau sur ce mystère ? et surtout, étant donné que Guest était grand spécialiste et expert en matière de graphologie, il examinerait ce document tout naturellement pour rendre service au notaire. En outre, le premier clerc était un homme de bon conseil ; il ne lirait pas une pièce aussi étrange sans l'accompagner d'une remarque ; et c'est d'après cette remarque que Mr Utterson déterminerait peut-être sa future ligne de conduite.

« C'est une bien triste affaire que celle de Sir Danvers, dit-il.

— Oh ! oui, monsieur, c'est bien vrai. Elle a fait naître une forte émotion dans le public, répondit Guest. Il est évident que l'assassin était un fou.

— J'aimerais avoir votre avis là-dessus, repartit Utterson. J'ai ici un document écrit de sa main — ceci strictement entre nous — et je ne sais guère ce que je dois en faire ; c'est une sale affaire, pour ne pas dire pis. Tenez, le voici ; et bien dans vos cordes. C'est l'autographe d'un assassin. »

Les yeux de Guest s'allumèrent, et il s'installa immédiatement pour analyser la lettre avec passion. « Non, monsieur, dit-il, il ne s'agit pas d'un fou ; mais ce n'en est pas moins une écriture bizarre.

— Et, de l'opinion de tous, celui qui l'a écrite est bien bizarre aussi », ajouta le notaire.

À ce moment précis le domestique entra, apportant un message.

« Est-ce là une communication du Dr Jekyll, monsieur ? demanda le clerc. J'ai cru reconnaître son écriture. Rien de confidentiel, monsieur Utterson ?

— Non, non, seulement une invitation à dîner. Pourquoi ? Voulez-vous l'examiner ?

— Juste une minute. Merci, monsieur. » Et le clerc posa côte à côte les deux feuilles de papier et en compara attentivement les contenus. « Je vous remercie, monsieur, dit-il à la fin, en rendant les deux documents ; c'est un autographe bien intéressant. »

Il y eut une pose, pendant laquelle Mr Utterson se débattit avec ses pensées. « Pourquoi les avez-vous comparés, Guest ? demanda-t-il à brûle-pourpoint.

— Ma foi, monsieur, répondit le clerc, ils se ressemblent assez singulièrement ; les deux écritures sont identiques sur plus d'un point ; seule l'inclinaison diffère.

— Plutôt bizarre, dit Utterson.

— Comme vous le dites, monsieur, c'est plutôt bizarre, répondit Guest.

— À votre place, je ne parlerais de cette lettre à qui que ce soit, dit le patron.

— Non, monsieur, dit le clerc. Je comprends parfaitement. »

Dès que Mr Utterson se retrouva seul ce soir-là, il enferma la lettre au fond de son coffre d'où elle ne devait plus sortir désormais. « Quoi ! pensa-t-il. Henry Jekyll faire un faux pour couvrir un assassin ! » Et son sang se glaça dans ses veines.

LE REMARQUABLE INCIDENT DU Dr LANYON

Les jours passèrent ; une récompense de plusieurs milliers de livres fut offerte, car la mort de Sir Danvers fut ressentie comme une offense publique ; mais Mr Hyde avait disparu du champ d'investigation de la police, comme s'il n'avait jamais existé. On mit au grand jour une bonne partie de son passé, qui, vraiment, était bien peu recommandable ; on révéla des histoires illustrant la cruauté de cet individu, à la fois si violent et si endurci ; on dévoila les abominations de sa vie, ses étranges partenaires, la haine qui semblait l'avoir accompagné partout au cours de son existence ; mais, sur les lieux où, à présent, il pouvait bien se cacher, pas un mot. À la minute même où il avait quitté sa maison de Soho le matin du meurtre, il s'était purement et simplement volatilisé ; et peu à peu, tandis que les jours s'écoulaient, Mr Utterson commença à se remettre de l'alerte qui avait été chaude, et à recouvrer sa paix intérieure. La mort de Sir Danvers avait, selon sa façon de penser, été plus que compensée par la disparition de Mr Hyde. Maintenant que le Dr Jekyll avait été soustrait à cette influence pernicieuse, une vie nouvelle commençait pour lui. Il sortit de son isolement, renoua des rapports avec ses amis, et, de nouveau, accepta de les recevoir et d'être reçu par eux en toute familiarité ; et, alors qu'on l'avait toujours connu pour ses actes de charité, on ne l'en apprécia pas moins maintenant pour ses sentiments religieux. Il était actif, passait beaucoup de temps au grand air, faisait le bien autour de lui ; son visage sembla s'épanouir et s'éclairer sous l'effet de la conscience intime des services rendus ; et pendant plus de deux mois notre docteur connut la paix.

Le 8 janvier, Utterson avait dîné chez le docteur avec un petit groupe d'amis, dont Lanyon ; et le visage de leur hôte s'était tourné de l'un vers l'autre comme au bon vieux temps, lorsque tous trois étaient d'inséparables amis. Le 12, puis de nouveau le 14, le notaire ne fut pas admis auprès de Jekyll. « Le docteur s'est enfermé chez lui, dit Poole, et ne veut voir personne. » Le 15, Utterson fit une nouvelle tentative, et essuya un nouvel échec ; et comme il était maintenant habitué depuis deux mois à voir son ami presque chaque jour, ce retour à la solitude lui pesa. Le cinquième soir, il invita Guest à dîner ; et le sixième, il se rendit chez le Dr Lanyon.

Là au moins on ne refusa pas de lui ouvrir la porte ; mais lorsqu'il entra, il fut bouleversé par le changement survenu dans l'aspect du docteur. Sur son visage, son arrêt de mort était écrit en toutes lettres. Le teint fleuri de son ami avait cédé la place à la pâleur ; il avait beaucoup maigri ; de toute évidence, il avait vieilli et ses cheveux étaient plus clairsemés encore ; et pourtant l'attention du notaire fut attirée, bien moins par ces manifestations d'un dépérissement physique rapide, que par l'expression de ses yeux et la qualité de son comportement qui semblaient révéler une certaine épouvante enfouie au plus profond de son esprit. Il était peu vraisemblable que le docteur eût peur de la mort, et pourtant c'était bien cela qu'Utterson était tenté de soupçonner. « Oui, pensa-t-il ; il est médecin et connaît certainement son état de santé ; il sait que ses jours sont comptés ; et cette prémonition est plus qu'il n'en peut supporter. » Et, cependant, lorsque Utterson lui eut fait une remarque sur sa mauvaise mine, ce fut sur un ton de grande fermeté que Lanyon se déclara condamné.

« J'ai subi un choc, dit-il, dont je ne me remettrai jamais. C'est une question de semaines. Ma foi, j'ai mené une vie agréable que j'ai beaucoup appréciée. Oui, mon cher, il fut un temps où je l'appréciais beaucoup. Je pense parfois que si notre connaissance des choses était plus complète, nous serions plus facilement disposés à quitter ce bas monde.

— Jekyll lui aussi est malade, fit remarquer Utterson. L'avez-vous vu ? »

Mais Lanyon changea de visage, et il leva une main tremblante. « Je ne veux désormais, ni voir le docteur Jekyll ni entendre parler de lui, dit-il, d'une voix forte mais mal assurée. J'en ai fini à tout jamais avec cet homme ; et je vous prie de m'épargner toute allusion à quelqu'un que je tiens pour mort.

— Allons allons ! » dit Mr Utterson. Et après une longue pause, il demanda : « Y a-t-il quelque chose que je puisse faire ? Nous sommes trois amis très anciens, Lanyon ; nous n'aurons plus l'occasion, dans le temps qui nous reste à vivre, d'en faire d'autres.

— Il n'y a rien à y faire, répliqua Lanyon ; demandez-le-lui.

— Il refuse de me voir, dit le notaire.

— Cela ne me surprend pas, fut la réponse. Un jour, Utterson, après ma mort, peut-être en viendrez-vous à connaître les dessous de cette histoire. Il m'est impossible de vous les dévoiler. Et pour le moment, si vous voulez rester ici à bavarder avec moi d'une chose ou d'une autre, pour l'amour de Dieu, demeurez, et faites-le ; mais si vous ne pouvez éviter ce maudit sujet, alors, grand Dieu ! partez, car je ne puis le supporter. »

Dès qu'il fut de retour chez lui, Utterson s'assit pour écrire à Jekyll, se plaignant de ne pouvoir être admis dans sa maison, et lui demandant la raison de cette malheureuse rupture avec Lanyon ; le lendemain il reçut une longue réponse, par endroits rédigée en termes très pathétiques, et souvent chargée d'un sens obscur et mystérieux. La querelle avec Lanyon était sans remède. « Je ne blâme pas notre vieil ami, écrivait Jekyll, mais je suis d'accord avec lui sur le fait que nous ne devons jamais nous revoir. J'ai l'intention désormais de mener une vie de retraite totale ; il ne faut pas vous en étonner, il ne faut pas non plus douter de mon amitié, si ma porte reste souvent fermée, même pour vous. Il faut me laisser poursuivre mon propre chemin de ténèbres. J'ai attiré sur moi un châtiment et un danger que je ne puis révéler. Je suis le plus grand des pécheurs mais aussi la plus grande des victimes. Je n'aurais jamais pensé que cette terre était un lieu de terreur et de souffrances aussi déprimantes ; il y a une chose et une seule, que vous puissiez faire, Utterson, pour adoucir mon destin, c'est respecter mon silence. » Utterson en fut stupéfait ; Jekyll avait été soustrait à la sinistre influence de Hyde, et était retourné à ses anciennes occupations et à ses vieux amis ; une semaine auparavant, l'heureuse perspective d'une vieillesse emplie de gaieté et de considération lui était ouverte ; et voilà qu'en un instant, l'amitié, la paix de l'esprit et le cours même de sa vie se trouvaient ruinés. Un changement aussi important, aussi radical, ne pouvait suggérer que la folie ; mais, étant donné les paroles prononcées par Lanyon et sa façon de réagir, il devait se cacher là derrière quelque cause plus secrète.

Une semaine plus tard le Dr Lanyon s'alitait, et moins de quinze jours après, il était mort. Le soir qui suivit son enterrement, au cours duquel Utterson s'était montré particulièrement affligé, celui-ci s'enferma à clé dans son bureau, et, assis à la triste lueur d'une bougie, il sortit, et plaça devant lui une enveloppe adressée et cachetée de la main de son défunt ami. « STRICTEMENT PERSONNEL : ne doit être ouvert que par J.G. Utterson SEUL, et au cas où celui-ci serait mort avant, *doit être détruit sans être lu* » : telle était la mention catégorique portée sur ce pli ; et le notaire redouta de prendre connaissance de son contenu. « J'ai enterré l'un de mes amis aujourd'hui, pensa-t-il, pourvu que ceci ne me coûte pas la perte d'un autre ! » Ensuite il repoussa cette crainte comme un manque de loyauté, et brisa le cachet. À l'intérieur se trouvait un autre document, cacheté de la même manière et portant l'inscription : « À n'ouvrir qu'après la mort ou la disparition du Dr Henry Jekyll. » Utterson ne put en croire ses yeux. Oui, le mot « disparition » y figurait, tout comme dans ce testament insensé, qu'il avait depuis longtemps rendu à son auteur ; là encore, se trouvaient accolés l'idée d'une disparition et le nom de Henry Jekyll. Mais dans le testament, cette idée avait jailli du cerveau sinistre de l'individu Hyde ; elle y avait été insérée dans une intention bien trop évidente et horrible à la fois. Écrite de la main de Lanyon, que pouvait-elle bien signifier ? Une grande curiosité s'empara du dépositaire, le poussant à passer outre à l'interdiction et à plonger sur-le-champ dans les profondeurs de ces mystères ; mais son honneur professionnel et les engagements pris avec son ami défunt étaient des obligations impérieuses ; et le paquet s'en alla dormir dans le coin le plus reculé de son coffre-fort personnel.

C'est une chose que de réprimer sa curiosité, c'en est une autre que de la vaincre ; et l'on peut se demander si, à partir de ce jour, Utterson rechercha avec la même ardeur la compagnie de celui de ses amis qui avait survécu. Il pensait à lui avec bonté, mais ses réflexions étaient empreintes d'inquiétude et de crainte. Toutefois il continua à se rendre chez lui, mais il se sentait sans doute soulagé de se voir refuser sa porte ; peut-être que dans son for intérieur, il préférait s'entretenir avec Poole sur le seuil, entouré de l'atmosphère et des bruits de la grande cité, plutôt que d'être admis dans la maison de ce prisonnier volontaire, et de rester assis à bavarder avec ce reclus impénétrable. En vérité, les nouvelles que Poole avait à lui communiquer n'étaient pas bien bonnes. Le docteur, semblait-il, plus que jamais auparavant, se confinait dans son cabinet au-dessus du laboratoire, et parfois même y passait la nuit ; il était abattu, s'enfermait dans le mutisme, ne lisait pas ; on eût dit que, sans cesse, il retournait quelque chose dans son esprit. Utterson s'habitua si bien au caractère inchangé des rapports du majordome, que, peu à peu, il espaça ses visites.

CE QUI SE PASSA À LA FENÊTRE

Un dimanche, par hasard, alors que Mr Utterson faisait sa promenade habituelle en compagnie du Mr Enfield, leurs pas les conduisirent de nouveau dans cette même petite rue. Lorsqu'ils arrivèrent devant la fameuse porte, ils s'arrêtèrent d'un commun accord pour la contempler.

« Eh bien ! dit Enfield, cette histoire est terminée, au moins. Nous ne verrons jamais plus Mr Hyde.

— J'espère que non, dit Utterson. Vous ai-je jamais dit que je l'ai vu une fois, et que j'ai partagé votre sentiment de répulsion à son égard ?

— Il était impossible de l'apercevoir sans éprouver ce sentiment, répondit Enfield. Et, à propos, vous avez dû me prendre pour un fameux imbécile, de n'avoir pas su que cette porte donnait accès, par-derrière, à la maison du Dr Jekyll ! Même lorsque je m'en suis rendu compte, c'était en partie de votre faute.

— Vous avez donc découvert cela, sapristi ! dit Utterson. Mais s'il en est ainsi, nous pouvons pénétrer dans la cour pour jeter un coup d'œil aux fenêtres. Pour être franc avec vous, je me fais du souci pour ce pauvre Jekyll ; et même en restant à l'extérieur, j'ai l'impression qu'un ami peut, par sa seule présence, lui faire du bien. »

Il faisait très frais et un peu humide dans la cour. Le crépuscule y régnait déjà, bien que le ciel, au-dessus des maisons, fût encore illuminé du soleil couchant. La fenêtre du milieu était entrouverte ; et Utterson y aperçut le Dr Jekyll, dont la mine exprimait une tristesse infinie, telle celle d'un prisonnier inconsolable, qui prenait l'air dans l'entrebâillement.

« Eh ! Jekyll ! s'écria le notaire. J'espère que vous vous sentez mieux.

— J'ai le moral bien bas, Utterson, répliqua le docteur d'un ton lugubre ; vraiment très bas. Dieu merci, cela ne durera pas très longtemps.

— Vous restez trop enfermé, dit le notaire. Vous devriez sortir, cela vous fouetterait le sang, tenez, comme Mr Enfield et moi. (Je vous présente mon cousin : Mr Enfield… Le Dr Jekyll.) Venez donc ; prenez votre chapeau et faites un bout de chemin avec nous.

— Vous êtes bien bon, soupira le docteur. J'aimerais bien accepter ; mais non, cent fois non, c'est absolument impossible ; je n'ose pas. Mais, vraiment, Utterson, je suis bien heureux de vous voir ; c'est un très grand plaisir pour moi. Je vous demanderais bien, ainsi qu'à Mr Enfield, de monter un instant, mais vraiment tout est dans un tel désordre !

— Eh bien ! dans ce cas, dit le notaire avec bonne humeur, le mieux que nous ayons à faire, c'est de rester ici d'où nous pouvons bavarder avec vous.

— C'est exactement ce que je me préparais à vous proposer », répondit le docteur en souriant. Mais à peine avait-il prononcé ces mots que le sourire s'effaça sur son visage qui prit une expression de terreur et de désespoir si pitoyables que le sang se glaça dans les veines des deux hommes debout sous la fenêtre. Ils ne purent l'entrevoir que dans un éclair, car la fenêtre fut instantanément et violemment refermée ; mais cette vision leur avait suffi ; ils firent demi-tour et traversèrent la cour sans prononcer une parole. C'est en silence aussi qu'ils suivirent la ruelle ; et ce n'est qu'en arrivant à un carrefour voisin, où même le dimanche on sentait l'animation de la vie, que Mr Utterson finalement se tourna pour regarder son compagnon. Tous deux étaient d'une pâleur mortelle et dans leurs yeux se lisait une horreur partagée.

« Miséricorde ! que Dieu nous pardonne ! » dit Mr Utterson.

Quant à Mr Enfield il se contenta d'approuver gravement de la tête, et poursuivit son chemin muet comme une tombe.

L'ULTIME NUIT

Mr Utterson était assis chez lui au coin du feu, un soir après dîner, lorsqu'il eut la surprise de voir arriver Poole.

« Tiens, tiens ! Poole, quel bon vent vous amène ? s'écria-t-il ; puis le regardant de plus près : Qu'avez-vous ? ajouta-t-il ; le docteur est-il malade ?

— Mr Utterson, dit le domestique, il y a quelque chose qui ne va pas.

— Asseyez-vous, voici un verre de vin, dit le notaire. Et maintenant, prenez votre temps et dites-moi, sans détour, ce que vous voulez.

— Vous êtes au courant des façons de faire du docteur, monsieur, répondit Poole, et de la manière qu'il a de s'enfermer. Eh bien ! il s'est enfermé de nouveau dans son cabinet, et je n'aime pas du tout cela, monsieur — que Dieu me foudroie si je mens. Mr Utterson, j'ai vraiment peur.

— Allons, mon brave, dit le notaire, soyez plus clair. Que redoutez-vous ?

— Il y a environ une semaine que j'ai peur, répondit Poole, dans son obstination à ne tenir aucunement compte de la question posée, et je ne peux plus le supporter. »

L'aspect du serviteur confirmait largement ses paroles. Son comportement s'était beaucoup altéré ; et, à part le moment où il avait, pour la première fois, parlé de son épouvante, il n'avait jamais regardé le notaire dans les yeux. Et à ce moment même, il était là, assis, son verre de vin intact sur les genoux, les yeux rivés sur un coin du plancher. « Je ne peux plus supporter cela, répéta-t-il.

— Allons, allons, dit le notaire, je vois, Poole, que vous avez quelque bonne raison pour cela ; je sens qu'il y a quelque chose qui vous trouble sérieusement. Essayez de me raconter ce dont il s'agit.

— Je crois qu'il y a quelque chose de diabolique là-dessous, dit Poole, d'une voix rauque.

— Quelque chose de diabolique ! s'écria le notaire, chez qui un grand effroi provoquait une certaine irritation. De quelle machination s'agirait-il ? Dieu sait ce que vous avez dans la tête !

— Je n'ose pas le dire, monsieur, fut la réponse ; mais accompagnez-moi et vous verrez par vous-même. »

En guise de réponse, Mr Utterson se leva pour prendre son chapeau et son manteau ; mais il remarqua avec étonnement l'immense soulagement qui se peignit sur le visage du majordome, et il fut peut-être tout aussi surpris de voir que son verre, lorsqu'il le posa pour le suivre, n'avait pas été touché.

C'était une nuit de mars, bien de saison, froide et venteuse ; la pâle lune semblait avoir été renversée par la bourrasque qui chassait devant elle un voile diaphane de légers nuages, tel le plus fin des linons. La bise rendait toute conversation difficile, et faisait courir le sang sous la peau du visage. Elle semblait en outre avoir tout particulièrement vidé les rues de leurs piétons ; en effet, Mr Utterson pensait n'avoir jamais vu ce quartier de Londres aussi désert. Il aurait souhaité qu'il en fût autrement ; jamais de sa vie il n'avait été conscient d'un désir aussi vif d'apercevoir ses semblables et d'entrer en contact avec eux ; car, bien qu'il s'en défendît, il y avait, de plus en plus évident au fond de son esprit, l'écrasant pressentiment d'une catastrophe imminente. La place, lorsqu'ils l'atteignirent, était balayée par un vent qui soulevait la poussière, et les maigres arbres fouettaient la grille du jardin. Poole, qui, tout le long du chemin, s'était tenu un pas ou deux en avant, s'arrêta alors au milieu du trottoir et, malgré la morsure du froid, enleva son chapeau et s'épongea le front avec un mouchoir rouge. Bien qu'il eût parcouru le chemin en toute hâte, ce n'était pas des gouttes de sueur provoquées par l'effort qu'il essuyait, mais celles perlant sous l'effet d'une angoisse oppressante ; en effet il était blême et parlait d'une voix dure et brisée.

« Eh bien, monsieur, dit-il, nous voici arrivés ; Dieu fasse qu'il ne se soit rien passé de mal.

— Que le Seigneur vous entende, Poole », dit le notaire.

Sur ce, le domestique frappa avec beaucoup de circonspection ; la porte, bloquée par une chaîne de sûreté, fut entrebâillée, et de l'intérieur une voix demanda : « Est-ce vous, Poole ?

— C'est bon, dit Poole. Ouvrez la porte. »

Lorsqu'ils entrèrent le vestibule était brillamment éclairé ; un grand feu brûlait dans la cheminée autour de laquelle tous les domestiques, hommes et femmes, se tenaient serrés les uns contre les autres comme un troupeau de moutons. À la vue de Mr Utterson, la femme de chambre fit entendre une plainte hystérique, tandis que la cuisinière s'écriait : « Dieu soit loué ! C'est Mr Utterson », et se précipitait en avant comme pour le prendre dans ses bras.

« Comment, comment ? vous êtes tous ici ? dit le notaire avec humeur. C'est anormal et choquant ; votre maître serait fort mécontent.

— Ils sont tous terrorisés », dit Poole.

Personne ne dit mot ; et le profond silence ne fut rompu que par la femme de chambre qui, haussant le ton, se mit à pleurer bruyamment.

« Taisez-vous ! » lui jeta Poole, avec une dureté dans la voix qui trahissait l'irritation de ses propres nerfs. Et en fait, au moment où la jeune fille avait si brusquement élevé le ton de ses lamentations, ils avaient tous sursauté, et s'étaient tournés vers la porte intérieure en laissant voir sur leur visage le pressentiment de quelque catastrophe. « Et maintenant, poursuivit le majordome, s'adressant au garçon de cuisine, passe-moi une bougie, et nous allons sérieusement prendre cette affaire en main immédiatement. » Sur ce, se dirigeant vers le jardin de derrière, il pria Mr Utterson de le suivre.

« Et maintenant, monsieur, dit-il, avancez aussi doucement que possible. Je souhaite que vous entendiez, mais je ne veux pas que l'on vous entende. Et retenez bien cela, monsieur, si par hasard il allait vous demander d'entrer, ne le faites pas. »

Les nerfs de Mr Utterson, à cette fin inattendue des recommandations de Poole, se crispèrent à tel point qu'il en perdit presque son équilibre habituel ; mais il reprit courage, et pénétra derrière le majordome dans le laboratoire, traversa la salle d'opération et son fouillis de caisses et de flacons, pour atteindre le pied de l'escalier. Là, Poole lui fit signe de se tenir sur le côté et d'écouter, tandis que lui-même, posant la bougie et prenant visiblement son courage à deux mains, gravissait les marches, et, d'une main quelque peu hésitante, frappait à la porte du cabinet tapissée de reps rouge.

« Monsieur, c'est Mr Utterson, qui demande à vous voir », lança-t-il ; et, ce faisant, il fit, encore une fois, avec énergie, signe au notaire de tendre l'oreille.

Une voix, de l'intérieur, répondit sur un ton plaintif : « Dites-lui que je ne puis recevoir personne.

— Très bien, monsieur », dit Poole avec une légère nuance de triomphe dans la voix ; puis reprenant sa bougie, il fit de nouveau traverser la cour à Mr Utterson, et ils pénétrèrent dans la vaste cuisine où le feu était éteint et où les cafards sautillaient çà et là sur le sol.

« Monsieur, dit-il, en regardant Mr Utterson dans le blanc des yeux, était-ce là la voix de mon maître ?

— Elle paraît bien changée, répondit le notaire très pâle, sans baisser les yeux.

— Changée ? tiens, pardi ! et comment ! dit le majordome. Aurais-je passé vingt ans au service de cet homme pour ne pas reconnaître sa voix ? Non, monsieur ; on a supprimé le maître ; on l'a supprimé il y a huit jours, au moment où nous l'avons entendu appeler à grands cris le Très Haut à son aide ; et *qui* est cette créature enfermée là-dedans, et *pourquoi* y reste-t-elle, voilà quelque chose qui en appelle au Ciel, Mr Utterson !

— Votre histoire, Poole, est bien étrange, je dirais

en fait, insensée, mon ami, dit Mr Utterson, en mordillant le bout de son doigt. Supposons que vos craintes soient fondées, supposons que le Dr Jekyll ait été, disons, assassiné, pour quelles raisons son meurtrier resterait-il là ? Ce que vous avancez ne tient pas debout et ne résiste pas à un examen raisonnable.

— Eh bien, Mr Utterson, puisque vous êtes si difficile à contenter, je vais m'y employer de mon mieux, dit Poole. Pendant toute la semaine dernière (il faut que vous le sachiez), la créature ou la chose, ou Dieu sait ce qui habite ce cabinet, a réclamé à cor et à cri, nuit et jour, un médicament donné, sans pouvoir l'obtenir à sa satisfaction. C'était parfois sa manière — celle de mon maître, je veux dire — de rédiger ses ordres sur une feuille de papier qu'il lançait dans l'escalier. Toute la semaine dernière nous n'avons eu que cela, que des bouts de papier et une porte barricadée, des repas que nous laissions sur l'escalier et qui ensuite étaient introduits en cachette, lorsque personne n'était là pour le voir. Oui, monsieur, tous les jours, que dis-je, deux fois et trois fois dans la même journée, nous avons reçu des ordres et des récriminations, et j'ai été expédié chez tous les grossistes en produits chimiques de la capitale. Chaque fois que je rapportais le produit, on me faisait passer une nouvelle note me disant d'aller le rendre parce qu'il n'était pas pur, avec une autre commande pour une maison différente. Cette drogue, monsieur, on en a cruellement besoin, à quoi qu'elle puisse servir !

— Avez-vous l'une de ces notes ? » demanda Mr Utterson.

Poole fouilla dans sa poche et tendit au notaire un papier froissé que celui-ci, se penchant vers la bougie, examina avec soin. La note était ainsi rédigée : « Le Dr Jekyll adresse ses salutations à Messrs Maw. Il leur affirme que leur dernière fourniture est impure et tout à fait impropre aux fins qu'ils se propose actuellement. En 18.., le Dr Jekyll a acheté une assez importante quantité de ce produit à la maison Maw. Il lui demande instamment aujourd'hui de rechercher avec la plus grande attention le même produit et s'il en reste appartenant au même lot, de le lui faire livrer immédiatement. Peu importe le prix. Le Dr Jekyll insiste sur l'importance capitale qu'il attache à l'obtention de ce produit. » Jusqu'à cet endroit, la lettre avait été écrite d'une main assez assurée ; mais là, la plume avait soudain craché, trahissant une émotion que l'auteur n'avait plus pu contenir. Il avait ajouté : « Pour l'amour de Dieu, retrouvez-moi une certaine quantité de cet ancien lot. »

« Voici un message bien étrange, dit Mr Utterson ; puis il ajouta d'un ton sec : Comment se fait-il qu'il soit en votre possession, décacheté ?

— L'employé de la maison Maw était sacrément en colère, monsieur, il me l'a lancé à la tête comme une vraie saleté, répliqua Poole.

— La note est incontestablement écrite de la main du docteur, vous savez, reprit le notaire.

— Je m'en étais bien aperçu, dit le domestique d'un ton assez maussade ; puis d'une tout autre voix : Mais qu'importe l'écriture ? dit-il. J'ai vu la créature !

— Vous l'avez vue ? répéta Mr Utterson. Comment cela ?

— Voilà ! dit Poole. Cela s'est passé ainsi. Je suis entré sans crier gare dans la salle d'opération, venant du jardin. Il s'était glissé hors du cabinet, pour rechercher cette drogue, ou Dieu sait quoi ; car la porte du cabinet était restée ouverte, et il était là, à l'autre bout de la salle, en train de fouiller dans les caisses. Quand j'entrai, il leva les yeux, poussa une espèce de cri, et, en un éclair, se retourna et grimpa l'escalier, pour aller s'enfermer dans le cabinet. Ceci ne prit qu'une minute, mais j'eus le temps de le voir, et les cheveux se dressèrent sur ma tête. Monsieur, si ça c'était mon maître, pourquoi portait-il un masque sur le visage ? Si c'était mon maître, pourquoi poussa-t-il ce cri de rat en fuyant devant moi ? Il y a assez longtemps que je suis à son service. Et donc... » L'homme s'interrompit pour se passer la main sur la figure.

« Voilà des circonstances bien étranges, dit Mr Utterson, mais je crois que je commence à y voir clair. Votre maître, Poole, est de toute évidence victime d'une de ces maladies qui, à la fois, tourmentent et défigurent celui qui en est atteint ; d'où, pour autant que je sache, l'altération de sa voix, le masque sur le visage et le soin qu'il prend à fuir ses amis ; d'où aussi son désir ardent de retrouver ce produit, seul espoir pour cette pauvre âme de recouvrer enfin la santé — Dieu fasse qu'il ne soit pas déçu ! Voici mon explication ; elle est assez triste, certes, Poole, et même épouvantable lorsqu'on y pense ; mais elle est simple et naturelle, sans faille, et nous délivre de toute inquiétude excessive.

— Monsieur, dit le majordome dont la figure pâle était comme marbrée, cette chose n'était pas mon maître, un point c'est tout ! Mon maître — ici, il jeta un regard autour de lui, et se mit à parler à voix basse — est un grand et bel homme, bien bâti, alors que cet être tenait plutôt du nain. (Utterson tenta de protester.) Oh ! monsieur, s'écria Poole, si vous croyez que je ne connais pas mon maître au bout de vingt ans de service ! Pensez-vous que je ne sais pas à quelle hauteur arrive sa tête dans l'encadrement de la porte de son cabinet, là où je l'ai vue chaque matin de mon existence ? Non, monsieur, cette créature masquée n'a jamais été le Dr Jekyll — Dieu sait ce que c'était, mais cela n'a jamais été le Dr Jekyll ; et je suis persuadé, au fond de mon cœur, qu'un meurtre a été commis.

— Poole, repartit le notaire, si vous soutenez cela, il est de mon devoir de m'en assurer. Quel que soit mon désir de ménager les sentiments de votre maître, quelle que soit ma perplexité à propros de cette note qui semble prouver qu'il est encore vivant, je considère qu'il est de mon devoir d'enfoncer cette porte.

— Ah ! Mr Utterson, ça, c'est parler ! » s'écria le majordome.

— Et maintenant, nous en venons au second point, reprit Utterson : Qui va s'en charger ?

— Ma foi, monsieur, vous et moi, répondit le domestique, sans se laisser démonter.

— Voilà qui est fort bien dit, répliqua le notaire ; et quoi qu'il arrive, je veillerai à ce que vous n'en subissiez pas les conséquences.

— Il y a une hache dans l'amphithéâtre, poursuivit Poole ; et vous pourriez, quant à vous, vous armer du tisonnier de la cuisine. »

Le notaire se saisit de cet instrument rudimentaire mais d'un poids respectable, et l'assura dans sa main. « Vous n'ignorez pas, Poole, dit-il en levant les yeux, que vous et moi sommes sur le point d'affronter une situation qui offre un certain danger ?

— Oui vraiment, monsieur, vous pouvez le dire, répondit le majordome.

— Dans ces conditions, autant être franc, dit son interlocuteur. L'un comme l'autre, nous avons derrière la tête plus que nous n'en avons déclaré ; mieux vaut étaler son jeu. Cette silhouette masquée que vous avez entrevue, l'avez-vous reconnue ?

— Ma foi, monsieur, cela s'est passé très vite, et la créature était pliée en deux, de sorte que je pourrais difficilement en jurer, fut la réponse de Poole. Mais si vous voulez dire : était-ce Mr Hyde ? — eh bien oui, je crois que c'était lui ! Vous voyez, cela avait la même taille et la même démarche légère et rapide ; et de plus, qui d'autre aurait pu entrer par la porte du laboratoire ? Vous n'avez pas oublié, monsieur, qu'au moment du meurtre il avait encore la clé dans sa poche. Mais ce n'est pas tout. Je ne sais pas, Mr Utterson, si vous avez jamais rencontré ce Mr Hyde ?

— Oui, dit le notaire, je lui ai parlé une fois.

— Alors vous savez, aussi bien que nous tous, qu'il y avait quelque chose de bizarre chez cet homme — quelque chose qui vous retournait —, je ne sais pas bien m'expliquer, monsieur, sinon ainsi : vous auriez dit que votre moelle se recroquevillait de froid.

— J'avoue avoir éprouvé à peu près la même sensation que ce que vous décrivez là, dit Mr Utterson.

— C'est bien cela donc, monsieur, rétorqua Poole. Eh bien, lorsque cette créature masquée s'est élancée, tel un singe, parmi les produits chimiques et a bondi pour aller se réfugier dans le cabinet, j'ai senti descendre le long de ma colonne vertébrale comme un flot glacé. Oh ! je sais bien que ce n'est pas une preuve, Mr Utterson. J'ai quand même assez glané dans les livres pour le savoir ; mais tout homme a des antennes, et je vous le jure sur la Bible, c'était Mr Hyde.

— Oui, certes, dit le notaire. Mes craintes me portent à partager votre opinion. Une telle association ne pouvait, j'en ai peur, entraîner que le mal, un mal inévitable. Oui, vraiment je vous crois ; je crois que le pauvre Harry a été assassiné ; et je crois que son meurtrier (dans quel but un tel crime ? Dieu seul pourrait le dire) se cache toujours dans la pièce de sa victime. Eh bien, soyons l'incarnation de la vengeance. Appelez Bradshaw. »

Le valet, pâle et nerveux, répondit à cet appel.

« Ressaisissez-vous, Bradshaw, dit le notaire. Vous ressentez tous très vivement, je le sais bien, l'incertitude dans laquelle vous êtes ; mais nous avons maintenant décidé d'y mettre fin. Poole, que voici, et moi, allons pénétrer par la force dans le cabinet. Si tout est normal, j'ai les épaules assez larges pour endosser le blâme. En attendant, de peur que quelque chose n'aille vraiment mal, ou que quelque malfaiteur ne tente de s'enfuir par-derrière, vous allez, vous et le garçon de cuisine, chacun armé d'un solide gourdin, faire le tour de la maison, pour vous poster à la porte du laboratoire. Nous vous donnons dix minutes pour prendre votre faction. »

Lorsque Bradshaw les quitta, le notaire regarda sa montre. « Et maintenant, Poole, à notre tour d'aller prendre position », dit-il ; et, mettant le tisonnier sous le bras, il précéda Poole à travers la cour.

Un rideau de nuages avait voilé la lune, et il faisait alors très sombre. Le vent, qui soufflait par rafales, pénétrait dans le puits profond formé par les bâtiments, et faisait vaciller la flamme de la bougie tandis que leurs pas les conduisaient jusqu'à l'amphithéâtre où il s'abritèrent, et où, assis, ils attendirent en silence. Le bourdonnement solennel de la grande ville les entourait de partout, mais plus près d'eux, le silence n'était rompu que par un bruit de pas incessant sur le plancher du cabinet.

« L'individu marche comme ça toute la journée, monsieur, chuchota Poole ; oui, et aussi la plus grande partie de la nuit. Ce n'est que lorsqu'un nouvel échantillon du produit arrive de chez le marchand, que ça s'arrête un peu. Ah ! il n'y a qu'une bien mauvaise conscience qui puisse être ainsi l'ennemie du repos ! Ah ! monsieur, il y a du sang ignoblement répandu à chacun de ces pas. Mais écoutez encore, d'un peu plus près — tendez l'oreille de tout cœur, Mr Utterson, et dites-moi un peu si c'est là la façon de marcher du docteur. »

Les pas retombaient avec une étrange légèreté et un certain balancement bien qu'ils eussent été fort lents ; c'était en vérité bien différent de la lourde démarche de Henry Jekyll faisant craquer le plancher. Utterson poussa un soupir. « N'y a-t-il jamais d'autres manifestations ? » demanda-t-il.

Poole fit oui de la tête. « Une fois, dit-il. Il m'est arrivé, une fois, d'entendre le monstre pleurer !

— Pleurer ? que voulez-vous dire ? dit le notaire qui se sentit parcouru d'un brutal frisson d'horreur.

— Pleurer comme une femme ou comme une âme damnée, dit le majordome. Je me suis éloigné le cœur si lourd, que j'en aurais pleuré aussi. »

Mais maintenant les dix minutes s'étaient écoulées. Poole dégagea la hache cachée sous un tas de paille d'emballage ; la bougie fut posée sur la table voisine pour les éclairer au cours de leur assaut ; et ils approchèrent, en retenant leur souffle, de l'endroit où, d'un pied inlassable, on allait et venait sans arrêt dans le silence de la nuit.

« Jekyll, cria Utterson d'une voix forte, j'insiste pour

vous voir. » Il marqua une pause, mais comme aucune réponse ne venait, il reprit : « Je vous avertis loyalement que nos soupçons sont éveillés ; il faut que je vous voie, et je vous verrai coûte que coûte ; si les moyens normaux ne suffisent pas, alors rien ne m'arrêtera — et si vous n'y consentez pas, j'emploierai la force brutale !

— Utterson, dit la voix, pour l'amour de Dieu, ayez pitié de moi !

— Ah ! ce n'est pas là la voix de Jekyll — c'est celle de Hyde ! s'écria Utterson. Poole, enfoncez la porte ! »

Poole balança la hache par-dessus son épaule ; le coup ébranla la maison, et la porte garnie de reps rouge fut violemment secouée dans ses gonds et sa serrure. Un hurlement horrible, comme poussé par un animal terrorisé, monta du cabinet. La hache s'abattit encore, et encore les panneaux volèrent en éclats, et le cadre trembla violemment ; par quatre fois le coup tomba, mais le bois était si dur et les ferrures étaient de si excellente fabrication, que ce ne fut qu'au cinquième coup que la serrure fut mise en pièces, et que la porte, démolie, s'effondra sur le tapis, à l'intérieur.

Les assaillants, épouvantés par leur propre violence, tout autant que par le calme qui avait succédé, restèrent en retrait et risquèrent un œil à l'intérieur. À la paisible lueur de la lampe, le cabinet était exposé à leur vue ; un bon feu rougeoyait et pétillait dans l'âtre, la bouilloire faisait entendre son chant aigu, un ou deux tiroirs étaient ouverts, des papiers étaient étalés en bon ordre sur la table à écrire, et près du feu, tout était préparé pour le thé : on se serait cru dans la pièce la plus paisible et, les armoires vitrées garnies de produits chimiques mises à part, la plus banale de tout Londres cette nuit-là.

En plein milieu était étendu le corps d'un homme tordu par la douleur, et encore agité de secousses nerveuses. Ils s'en approchèrent sur la pointe des pieds, le retournèrent et découvrirent le visage d'Edward Hyde. Il était vêtu d'habits bien trop grands pour lui,

Voir *Au fil du texte*, p. XIII.

en fait, de la taille du docteur ; les nerfs de la figure étaient encore animés d'un mouvement qui lui donnait l'apparence de la vie, mais la vie, elle, s'en était allée pour toujours ; la folie brisée dans sa main et la forte odeur d'amande amère flottant dans l'air apprirent à Utterson qu'il était en train de regarder le cadavre d'un suicidé.

« Nous sommes arrivés trop tard, dit-il d'une voix sévère, pour le sauver comme pour le punir. Hyde a payé sa dette ; il ne nous reste qu'à trouver le corps de votre maître. »

La plus grande partie, et de beaucoup, du bâtiment était occupée par la salle d'opération qui couvrait presque tout le rez-de-chaussée, et était éclairée d'en haut, ainsi que par le cabinet qui, à une extrémité, formait un étage surélevé et donnait sur la cour. Un corridor menait de l'amphithéâtre à la porte qui ouvrait sur la ruelle, et, de son côté, le cabinet communiquait avec ce couloir par un second escalier. Il y avait en outre quelques débarras obscurs et une cave spacieuse. Ils se mirent alors à fouiller tous ces locaux méticuleusement. Pour ce qui était des réduits, un seul coup d'œil leur suffit, car ils étaient tous vides, et aucun, si l'on en jugeait par la poussière qui dégringolait de chaque porte, n'avait été ouvert depuis longtemps.

La cave était bourrée d'un bric-à-brac inimaginable, dont la plus grande partie datait du temps du chirurgien qui avait précédé Jekyll ; mais au moment même où ils ouvrirent la porte, ils surent que toute recherche poussée était vaine, à en juger par l'épais rideau de toiles d'araignées qui depuis des années en obstruait l'accès. Ils ne trouvèrent nulle part trace de Henry Jekyll, mort ou vif.

Poole frappa du pied les dalles du corridor. « Il doit être enterré là-dessous, dit-il, en écoutant la résonance.

— Ou peut-être s'est-il enfui », dit Utterson ; et il se retourna pour examiner la porte donnant sur la petite rue. Elle était fermée à clé ; et sur les dalles, à côté, ils trouvèrent la clé, déjà rongée par la rouille.

« Cette clé ne paraît pas avoir servi ces temps-ci, fit remarquer le notaire.

— Servi ! répéta Poole en écho. Ne voyez-vous pas, monsieur, qu'elle est cassée, comme si quelqu'un l'avait piétinée ?

— Ah ! poursuivit Utterson, et les cassures en sont rouillées elles aussi. » Les deux hommes échangèrent un regard empreint de frayeur.

« Ceci me dépasse, Poole, dit le notaire. Retournons dans le cabinet. »

Ils gravirent l'escalier en silence, et, tout en jetant de temps à autre un rapide regard lourd de crainte sur le cadavre, ils se remirent à examiner avec plus de soin encore ce que contenait le cabinet. Sur une table il y avait des traces d'une préparation chimique, divers tas, déjà pesés, d'un certain sel blanc dans des coupelles de verre, comme pour une expérience que le malheureux n'avait pas pu mener à bien.

« C'est le produit même que si souvent je lui ai rapporté », dit Poole ; et au moment même où il prononçait ces mots, la bouilloire déborda avec un bruit qui les fit sursauter.

Cela les attira près de la cheminée à côté de laquelle on avait confortablement installé la bergère ; le service à thé était disposé à portée de la main de la personne assise ; le sucre était même déjà dans la tasse. Plusieurs livres étaient rangés sur une étagère ; un autre était ouvert à proximité du plateau à thé, et Utterson eut la surprise de constater que c'était un exemplaire d'un livre pieux, que Jekyll leur avait plusieurs fois avoué tenir en grande estime, mais annoté, de sa propre main, de blasphèmes épouvantables.

Ensuite, au cours de leur examen de la pièce, nos deux investigateurs arrivèrent à la psyché, dans laquelle leur regard plongea avec une horreur incontrôlable. Mais elle était orientée de telle manière qu'ils n'y virent que l'éclat vermeil dansant au plafond, l'infinie répétition du feu tout au long des vitres des armoires, et leur propre visage, pâle d'effroi, penché sur le miroir pour le scruter.

« Ce miroir a vu d'étranges choses, monsieur, murmura Poole.

— Et sûrement rien de plus étrange que sa présence ici, reprit le notaire, sur le même ton. Car pourquoi Jekyll en a-t-il eu... — ce passé le fit sursauter au milieu de sa phrase, mais dominant sa faiblesse : Pourquoi Jekyll pouvait-il bien en avoir besoin ? dit-il.

— On peut en effet se poser la question ! » dit Poole.

Ensuite ils en vinrent à la table de travail. Sur celle-ci, sur des documents soigneusement disposés, s'étalait une grande enveloppe adressée à Mr Utterson, de la main même du docteur. Le notaire la décacheta, et plusieurs pièces jointes tombèrent sur le plancher. La première était un testament, rédigé dans les mêmes termes inhabituels que celui que le notaire avait six mois auparavant rendu à son auteur. Il représentait les dernières volontés de Jekyll, en cas de décès, et un acte de donation, en cas de disparition ; mais le notaire s'aperçut, avec un étonnement indescriptible, que le nom de Gabriel John Utterson avait remplacé celui de Edward Hyde. Il lança un regard à Poole, puis de nouveau aux documents, et enfin au cadavre du criminel étendu sur le tapis.

« La tête me tourne, dit-il. Voilà des jours qu'il est en possession de cet acte ; il n'avait aucune raison d'éprouver de la sympathie pour moi ; il a dû être furieux de se voir évincé sur ce testament ; et pourtant il n'a pas détruit ce document. »

Il ramassa le papier suivant ; c'était une courte note de la main du docteur, datée dans le coin supérieur. « Oh ! Poole, s'écria le notaire, il était encore vivant ici, aujourd'hui même ! On n'a pas pu le faire disparaître en si peu de temps ; il doit être encore en vie ; il a dû s'enfuir ! Mais alors, pourquoi s'enfuir ? et de quelle manière ? et dans ce cas pouvons-nous prendre le risque de déclarer ce suicide ? Oh ! il nous faut être très prudents. Je prévois que nous pourrions encore impliquer votre maître dans quelque affreuse catastrophe.

— Pourquoi ne lisez-vous pas cette note, monsieur ? demanda Poole.

— Parce que j'ai peur, répliqua gravement le notaire. Dieu fasse que mes craintes ne soient pas fondées »

Sur ce, il approcha le papier de ses yeux, et lut ce qui suit :

MON TRÈS CHER UTTERSON. — Lorsque cette note tombera entre vos mains, j'aurai disparu, dans des circonstances que je ne suis pas encore à même de prévoir ; mais mon instinct et les conditions de mon indicible situation me disent que la fin est certaine et probablement prochaine. Allez donc d'abord lire le récit que Lanyon m'a dit avoir l'intention de mettre entre vos mains ; et si vous tenez à en savoir davantage, reportez-vous à la confession de

Votre indigne et malheureux ami,

HENRY JEKYLL.

« Il y avait bien un troisième document joint ? demanda Utterson.

— Le voici, monsieur », dit Poole, et il mit dans les mains du notaire un gros paquet cacheté en plusieurs endroits.

Le notaire le mit dans sa poche. « Je vous prie de ne rien dire de cette note. Si votre maître s'est enfui ou s'il est mort, nous pouvons au moins préserver sa réputation. Il est maintenant dix heures ; je dois rentrer chez moi pour y lire ces documents en toute quiétude ; mais je serai de retour avant minuit, heure à laquelle nous appellerons la police. »

Ils sortirent, fermant à clé, derrière eux, la porte de l'amphithéâtre, et Utterson, laissant encore une fois les domestiques rassemblés autour du feu dans le vestibule, reprit péniblement le chemin de son étude, afin d'y lire les deux récits qui devaient maintenant éclaircir ce mystère.

RÉCIT DU Dr LANYON

Le 9 janvier, il y a quatre jours de cela, j'ai reçu, par le courrier du soir, une lettre recommandée dont l'adresse avait été écrite de la main de mon confrère et ancien compagnon d'études, Henry Jekyll. Cela me surprit beaucoup, car nous n'avions aucunement coutume de correspondre l'un avec l'autre. J'avais vu mon ami et, en fait, dîné avec lui la veille au soir ; et je ne pouvais rien imaginer qui, dans nos rapports, justifiât le caractère officiel d'un pli recommandé. Le contenu ne fit qu'accroître mon étonnement ; car voici ce que disait cette missive :

10 décembre 18..

MON CHER LANYON. — Vous êtes l'un de mes plus vieux amis ; et bien que, parfois, nous n'ayons pas toujours été d'accord sur certaines questions scientifiques, je ne puis me souvenir, tout au moins en ce qui me concerne, de la moindre faille dans notre amitié. Il n'est pas de jour où, si vous m'aviez dit : « Jekyll, ma vie, mon honneur, ma raison dépendent de vous », je n'aurais sacrifié ma fortune ou l'une de mes mains pour vous venir en aide. Lanyon, ma vie, mon honneur et ma raison sont à votre merci ; si, ce soir, vous ne répondez pas à mon attente, je suis un homme perdu. Vous pourriez supposer, après ce préambule, que je suis sur le point de vous demander quelque chose de déshonorant. À vous d'en juger.

Je veux que vous remettiez tout engagement que vous pourriez avoir pris pour la soirée — oui, même s'il s'agissait d'un empereur au chevet duquel vous seriez appelé ; que vous preniez un fiacre, à moins que votre voiture personnelle ne soit justement devant votre porte, et qu'avec cette lettre en main, dont vous suivrez les instructions, vous vous fassiez conduire directement chez moi. Poole, mon majordome, a reçu les ordres nécessaires ; vous le trouverez en compagnie d'un serrurier, attendant votre venue. Il faudra alors forcer la porte de mon cabinet, où vous devrez pénétrer seul, pour ouvrir, sur votre gauche, l'armoire vitrée (lettre E), en en fracturant la serrure si besoin est ; puis enlever, *avec tout ce qu'il contient, dans son état actuel*, le quatrième tiroir en partant du haut, ou bien (ce qui revient au même) le troisième en partant du bas. Dans l'extrême désarroi de mon esprit, j'ai une peur maladive de vous donner des indications erronées ; mais même si je me trompe, vous pourrez reconnaître le tiroir demandé à son contenu : diverses poudres, un flacon, et un cahier. C'est ce tiroir que je vous prie instamment de rapporter à Cavendish Square, dans l'état même où vous l'aurez trouvé.

Cela constitue la première partie du service que je vous demande ; passons maintenant à la seconde. Vous devriez être de retour longtemps avant minuit, si vous vous mettez en route dès réception de cette lettre ; mais je tiens à vous laisser cette marge de temps, non seulement par crainte de l'un de ces obstacles que l'on ne peut ni éviter ni prévoir, mais aussi parce qu'il vaut mieux, pour ce qu'il vous restera à faire, attendre le moment où vos domestiques seront couchés. Donc, je dois vous demander d'être seul, à minuit, dans votre cabinet de consultation, afin d'ouvrir vous-même votre porte à un homme qui se présentera de ma part, et de lui remettre, en main propre, le tiroir que vous aurez rapporté de mon cabinet. À ce moment-là vous aurez joué votre rôle, et mérité mon entière gratitude. Cinq minutes plus tard, si vous tenez à avoir une explication, vous aurez compris que ces arrangements étaient d'une importance capitale, et que, si vous aviez négligé n'importe lequel d'entre eux, quelque extravagants qu'ils aient dû vous paraître, vous auriez peut-être chargé votre conscience du poids de ma mort ou du naufrage de ma raison.

Tout en étant assuré que vous ne prendrez pas cet appel à la légère, je me sens envahi par le découragement, et ma main tremble à la seule idée d'une telle possibilité. Pensez à votre ami, actuellement dans un lieu inconnu, accablé par un noir désespoir que nulle imagination ne peut exagérer, et pourtant parfaitement conscient que si seulement vous acceptez de lui rendre ce service avec ponctualité, ses épreuves seront oubliées, comme un récit, une fois qu'on l'a raconté. Faites ce que je vous demande, mon très cher Lanyon, afin de sauver

Votre ami,
H. J.

P.-S. — J'avais déjà cacheté ce pli lorsque j'ai été saisi d'une nouvelle épouvante. Il est possible que la poste me trahisse, et que cette lettre ne vous parvienne que demain matin. Dans ce cas, cher Lanyon, accomplissez la mission dont je vous ai chargé, à l'heure qui vous conviendra le mieux au cours de la journée ; et de nouveau attendez mon émissaire demain à minuit. Peut-être sera-t-il déjà trop tard ; et si cette nuit-là s'écoule sans qu'il se passe rien, vous saurez que plus jamais vous ne reverrez Henry Jekyll.

Après avoir lu cette lettre, je fus convaincu que mon confrère était fou ; mais jusqu'à ce que son état fût reconnu comme tel, sans le moindre doute possible, je me sentis tenu de faire ce qu'il me demandait. Moins je comprenais ce méli-mélo, moins je me sentais capable d'en mesurer l'importance ; et un appel ainsi formulé ne pouvait être écarté sans que j'encourusse une grave responsabilité. Je me levai donc de table, montai dans un cab, et me fis conduire directement chez le Dr Jekyll. Le majordome m'y attendait ; il avait reçu par le même courrier que moi une lettre d'instructions recommandée, et avait immédiatement envoyé quérir un serrurier et un menuisier. Ces artisans se présentèrent tandis que nous étions encore en train de causer ; et tous ensemble nous nous dirigeâmes vers l'amphithéâtre du vieux Dr Denman, par où (comme vous le savez certainement) on gagne le plus facilement le cabinet personnel de Jekyll. La porte était très solide et la serrure excellente ; le menuisier nous avertit qu'il aurait bien du mal, et serait amené à faire beaucoup de dégâts s'il fallait employer la force ; le serrurier, lui, se désolait. Mais c'était un ouvrier habile, et au bout de deux heures de travail, il nous ouvrit la porte. L'armoire vitrée marquée de la lettre E n'était pas fermée à clé ; je sortis le tiroir, le fis remplir de paille et envelopper dans un drap, puis retournai avec à Cavendish Square.

Là, je me mis à en examiner le contenu. Les poudres étaient préparées avec assez de soin, mais sans que l'on y décelât le tour de main du pharmacien ; il était évident que c'était Jekyll lui-même qui les avait composées ; et lorsque j'ouvris l'un des sachets, j'y trouvai ce qui me parut être un simple sel cristallisé de couleur blanche. La fiole, sur laquelle ensuite mon attention se porta, était presque à demi pleine d'une liqueur rouge sang qui irritait fortement le nez, et me sembla contenir du phosphore et un éther volatil. Je ne pus deviner quels en étaient les autres composants. Le cahier était un banal journal de laboratoire qui ne contenait pratiquement rien d'autre qu'une série de dates, lesquelles couvraient une période de plusieurs années ; mais je remarquai que ce relevé avait été interrompu environ une année auparavant de manière tout à fait inattendue. Çà et là une date était accompagnée d'une courte remarque, la plupart du temps ne dépassant pas un seul mot : le mot « double » qui ne se trouvait mentionné que six fois tout au plus sur un total de plusieurs centaines d'inscriptions ; et une fois, tout au début de la liste, et suivie de plusieurs points d'exclamation, la mention : « échec total !!! »

Tout cela, bien qu'éveillant ma curiosité, ne m'apprit pas grand-chose de précis. L'ensemble ne comprenait qu'une fiole d'une teinture quelconque, un paquet d'un certain sel, et le relevé d'une liste d'expériences qui (comme trop de recherches menées par Jekyll) n'avaient abouti à aucune application pratique. Comment la présence de ces objets chez moi pouvait-elle affecter l'honneur, la santé mentale ou encore la vie de mon fantaisiste confrère ? Si son messager pouvait se rendre à un endroit donné, pourquoi pas à un autre ? Et même en admettant que Jekyll se trouvât empêché, pourquoi ce monsieur devait-il être reçu par moi en secret ? Plus j'y réfléchissais, plus j'acquérais la conviction que je me trouvais confronté à un cas de maladie cérébrale ; et bien que j'eusse envoyé mes domestiques se coucher, je chargeai un vieux revolver afin de me trouver prêt à me défendre.

À peine les douze coups avaient-ils sonné sur la ville, que l'on cogna doucement du heurtoir à la porte. Je répondis moi-même à cet appel et découvris un homme de petite taille tapi contre les colonnes du porche.

« Vous venez de la part du Dr Jekyll ? » lui demandai-je.

Il me répondit par l'affirmative en prenant une attitude gênée ; et lorsque je l'eus prié d'entrer, il ne le fit qu'après avoir jeté un regard en arrière comme pour fouiller l'obscurité du square. Il y avait, non loin de nous, un agent de police qui avançait, sa lanterne sourde allumée ; il me sembla qu'à sa vue, mon visiteur tressaillit et se hâta d'entrer.

Ces détails firent sur moi, je l'avoue, une forte et désagréable impression ; et tandis que je le suivais et pénétrais dans la salle de consultation brillamment éclairée, je gardai la main sur mon revolver, prêt à toute éventualité. C'est là, enfin, que j'eus la possibilité de le voir nettement ; je n'avais jamais auparavant posé les yeux sur lui, de cela au moins j'étais sûr. Comme je l'ai déjà dit, c'était un homme de petite taille ; ce qui me frappa, en outre, c'était l'expression choquante de son visage, la remarquable combinaison en lui d'une grande force musculaire et d'une évidente grande fai-

Voir *Au fil du texte*, p. XIII.

blesse de constitution, et — dernier détail mais non des moindres — le trouble singulier qu'éveillait en moi sa présence. Cela s'apparentait d'une certaine manière à la première manifestation d'une raideur, accompagnée d'un net ralentissement du pouls. À ce moment-là, je l'imputai à quelque répulsion caractéristique de ma personnalité, et m'étonnai purement et simplement de la violence de ces symptômes ; mais depuis j'ai eu de bonnes raisons de penser que leur origine était liée à quelque chose de plus profondément humain, et reposait sur un motif plus noble que le principe de la haine.

Cette personne (qui, dès son entrée, avait éveillé en moi ce que je me contenterai d'appeler une curiosité mêlée de dégoût) était habillée d'une manière qui aurait rendu risible tout individu ordinaire ; je veux dire que ses vêtements, bien qu'ils fussent taillés dans une étoffe d'un luxe discret, étaient bien trop grands pour lui, en tous sens — son pantalon lui dégringolait sur les jambes et avait été roulé et relevé pour l'empêcher de traîner à terre, la taille de sa veste descendait plus bas que ses hanches, tandis que son col s'étalait largement sur ses épaules. Aussi étrange que cela puisse paraître, cet accoutrement grotesque était loin de m'inciter à rire. Bien plutôt, comme il y avait quelque chose d'anormal et de difforme dans la nature même de la créature qui se tenait maintenant devant moi — quelque chose de saisissant, de surprenant et de révoltant à la fois —, cette anomalie supplémentaire semblait s'accorder avec le caractère du personnage qu'elle renforçait ; si bien que, à l'intérêt que je ressentais pour la nature et le caractère de l'homme, venait s'ajouter un élément de curiosité quant à ses origines, son mode de vie, sa fortune et sa situation sociale.

Ces observations, bien que j'aie mis si longtemps à les consigner, je ne les ai faites, cependant, qu'en quelques secondes. Mon visiteur, effectivement, était en proie à une sombre excitation.

« L'avez-vous ? s'écria-t-il. Est-ce que vous l'avez ? »

Et si vive était son impatience qu'il alla jusqu'à me prendre par le bras, cherchant à me secouer.

Je le repoussai, sentant à son contact un flot glacé courir dans mes veines. « Allons, monsieur, dis-je. Vous oubliez que je n'ai pas encore eu le plaisir de faire votre connaissance. Prenez un siège, je vous prie. » Et je lui donnai l'exemple en m'asseyant à ma place accoutumée, adoptant mon attitude habituelle vis-à-vis d'un malade, aussi bien imitée que le permettaient l'heure tardive, la nature de mes préoccupations et l'horreur que m'inspirait mon visiteur.

« Veuillez me pardonner, docteur Lanyon, répliqua-t-il d'une manière fort polie. Ce que vous dites est fort justifié ; mon impatience a devancé ma civilité. Je viens vous trouver à la requête expresse de votre confrère le Dr Henry Jekyll, pour une affaire de quelque importance ; et j'avais cru comprendre... — il s'interrompit et porta la main à la gorge, et je voyais que, bien qu'il eût repris son sang-froid, il luttait pour écarter la crise de nerfs qu'il sentait venir — j'avais cru comprendre qu'un tiroir... »

À cet instant, l'attente angoissée de mon visiteur, et peut-être aussi ma propre curiosité croissante excitèrent ma pitié.

« Le voici, monsieur », dis-je, lui montrant du doigt le tiroir encore recouvert du drap, posé sur le plancher derrière une table.

Il bondit vers le tiroir, puis s'arrêta, portant la main à son cœur ; j'entendais ses dents grincer sous l'effet du mouvement convulsif de ses mâchoires ; et son visage était si décomposé que je commençais à m'inquiéter, et pour sa vie, et pour sa raison.

« Calmez-vous », lui dis-je.

Il se tourna vers moi en esquissant un affreux sourire, et, comme poussé par le désespoir, arracha le drap. À la vue du contenu du tiroir il laissa entendre un violent et unique sanglot provoqué par un soulagement si intense que je restai comme pétrifié. Et tout de suite après, d'une voix qu'il contrôlait déjà assez bien, il me demanda : « Avez-vous un verre gradué ? »

Je me levai non sans effort, et lui tendit ce qu'il me demandait.

Il me remercia d'un signe de tête et d'un sourire, puis compta quelques gouttes de la teinture rouge, et y ajouta l'une des poudres. Le mélange, qui tout d'abord avait une coloration rougeâtre, se mit, au fur et à mesure que les cristaux fondaient, à prendre une teinte plus vive, à bouillonner de façon audible, et à dégager de petits nuages de vapeur. Brusquement, l'effervescence s'arrêta, et au même moment, le mélange vira au violet foncé, pour, progressivement et plus lentement, tourner au vert glauque. Mon visiteur, qui avait suivi ces transformations d'un œil passionné, sourit, posa le verre sur la table, puis se retourna et me considéra d'un regard interrogateur.

« Et maintenant, dit-il, décidons de ce qui reste à faire. Voulez-vous en savoir plus long ? voulez-vous être édifié ? me laisserez-vous prendre ce verre et quitter votre maison sans autre discussion ? ou bien êtes-vous dominé par une curiosité avide ? Réfléchissez avant de répondre, car il sera fait selon votre décision. Et selon votre décision, vous resterez tel que vous étiez auparavant, ni plus riche, ni plus avisé, à moins que le sentiment d'un service rendu à un homme mortellement désespéré ne vous soit peut-être compté comme un enrichissement de l'âme. Ou bien, si vous optez pour un autre choix, un nouveau domaine de la connaissance et de nouvelles avenues conduisant à la célébrité et à la puissance s'ouvriront devant vous, ici même, dans cette pièce, et à cet instant précis : et vous verrez de vos propres yeux un prodige foudroyant capable d'ébranler l'incrédulité de Satan lui-même. »

— Monsieur, lui dis-je, en affectant un calme que j'étais loin de posséder vraiment, vous parlez par énigmes, et vous ne serez sans doute pas surpris d'apprendre que je ne vous crois guère. Mais je me suis engagé trop loin sur la voie des services mystérieux que je vous ai rendus pour m'arrêter avant d'en voir la fin.

— Fort bien, répliqua mon visiteur. Lanyon, vous vous rappelez votre serment : ce qui va suivre doit rester sous le sceau du secret de notre profession. Et maintenant, vous qui êtes depuis si longtemps enfermé dans les opinions les plus étroites et les plus matérialistes, vous qui avez refusé toute valeur à la médecine transcendantale, vous qui avez tourné en ridicule ceux qui vous étaient supérieurs — regardez ! »

Il porta le verre à ses lèvres, et le vida d'un trait. Puis il poussa un cri, tituba, chancela, empoigna la table et s'y cramponna ; les yeux fixes et injectés de sang, il haletait, la bouche ouverte ; puis, tandis que je regardais, il se produisit, à ce qu'il me sembla, un changement — il parut enfler —, sa figure noircit brusquement ; on eût dit que ses traits se fondaient et se transformaient, et la minute d'après, me dressant d'un bond, je m'étais jeté en arrière contre le mur, le bras levé pour me protéger de ce prodige, l'esprit envahi par la terreur.

« Oh ! mon Dieu, oh ! mon Dieu ! » hurlai-je à plusieurs reprises ; car là, sous mes yeux — pâle et tremblant, à demi évanoui, tâtonnant pour avancer, comme un homme qui revient du royaume des morts —, là se tenait Henry Jekyll !

Tout ce qu'il me dit pendant l'heure qui suivit, je ne puis me résoudre à le consigner noir sur blanc. J'ai vu ce que j'ai vu, j'ai entendu ce que j'ai entendu, et mon âme en a été atteinte ; et pourtant, maintenant que ce spectacle s'est effacé de mes yeux, je me demande si j'y crois vraiment et ne puis trouver de réponse. Ma vie est ébranlée jusque dans ses fondements ; le sommeil m'a quitté ; la plus affreuse terreur m'habite à toute heure du jour et de la nuit ; je sens que mes jours sont comptés, et que je ne puis échapper à la mort ; et malgré tout je mourrai incrédule. Quant à la turpitude morale que cet homme m'a révélée, même noyée par les larmes de son remords, je ne puis, même dans ma mémoire, m'y arrêter sans un frisson d'horreur. Je n'affirmerai qu'une chose, Utterson, et cette chose (si vous pouvez arriver à y croire) sera largement suffisante. La créature qui cette nuit-là s'est glissée dans ma maison était, de l'aveu même de Jekyll, connue sous le nom de Hyde et traquée jusqu'au fin fond du royaume comme le meurtrier de Carew.

HASTIE LANYON.

HENRY JEKYLL FAIT L'EXPOSÉ COMPLET DE L'AFFAIRE

Je suis né en l'année 18.. le fils d'une famille très fortunée. En outre, exceptionnellement doué, naturellement porté à travailler, recherchant la considération des gens cultivés et bons, j'étais, par là même, comme on aurait pu le supposer, assuré d'un avenir honorable et brillant. En vérité, le pire de mes défauts était une certaine et irrésistible inclination aux jouissances de l'existence, à laquelle beaucoup se sont laissés aller avec bonheur, mais qui pour moi était difficilement conciliable avec l'impérieux désir que j'avais de garder la tête haute, et de présenter en public une gravité hors du commun. J'en vins par conséquent à dissimuler mes plaisirs ; et lorsque vinrent les années de réflexion, lorsque je commençai à regarder autour de moi et à faire le point des progrès que j'avais accomplis et de ma position dans la société, j'étais déjà irrévocablement condamné à mener une vie double. Bien des hommes se seraient même vantés de ces mêmes extravagances de conduite dont j'étais coupable ; mais étant donné les buts élevés que je m'étais fixés, je considérais celles-ci, et partant les dissimulais, avec un sentiment de honte presque maladif. Ce fut donc bien plus la nature tyrannique de mes aspirations que quelque aggravation particulière de mes vices qui m'a fait ce que je suis, et a creusé en moi un fossé bien plus profond que chez la plupart des hommes, entre les domaines du bien et du mal qui séparent et réunissent ces deux éléments de la nature humaine. De ce fait, je fus poussé

Voir *Au fil du texte*, p. XIV.

à réfléchir profondément et avec acharnement à cette dure loi de la vie qu'on trouve à la racine de toute religion, et qui est l'une des sources les plus importantes de la détresse de l'homme. Tout en menant ce double jeu d'une manière très poussée, je n'étais en aucun sens un hypocrite ; les deux aspects de ma nature étaient absolument sincères ; j'étais tout autant moi-même lorsque je rejetais toute contrainte et me plongeais dans le vice, que lorsque je travaillais, au grand jour, aux progrès des connaissances ou au soulagement des souffrances morales et physiques. Et il se trouva que l'orientation prise par mes études scientifiques, qui tendaient entièrement vers le mystique et le transcendantal, réagît sur la conscience que j'avais de la lutte permanente entre les éléments de ma personnalité, pour l'éclairer d'une puissante lumière. Chaque jour, sous les deux aspects de mon intelligence, le moral et l'intellectuel, je me rapprochais ainsi régulièrement de cette vérité, dont la découverte, même partielle, m'a condamné à une destruction aussi effroyable : à savoir que l'homme n'est pas une créature simple, mais en vérité double. Je dis double, parce que l'état de mes propres connaissances ne me permet pas d'aller au-delà. D'autres me suivront, d'autres me dépasseront dans la même direction ; et je risque l'hypothèse que finalement l'homme se révélera être une simple organisation de diverses et nombreuses individualités, disparates et indépendantes. Quant à moi, étant donné la nature de mon existence, je progressais infailliblement dans une direction et une seule. C'est du point de vue moral, et en étudiant ma propre personne, que j'appris à reconnaître l'absolue et première dualité de l'homme ; je m'aperçus que, des deux natures qui s'opposaient dans le champ de ma conscience, même si je pouvais à juste titre prétendre appartenir à l'une *ou* à l'autre, c'était uniquement parce que j'étais fondamentalement à la fois l'une *et* l'autre ; et très tôt, avant même que les progrès de mes découvertes scientifiques aient commencé à me laisser entrevoir la plus incontestable possibilité d'un tel miracle, j'avais appris à m'attarder avec plaisir, comme dans une rêverie souvent caressée, sur l'idée de la séparation de ces éléments. Si l'on pouvait seulement, me dis-je, loger chacun d'eux dans une identité distincte, la vie serait débarrassée de tout ce qui en elle est insupportable ; l'homme inique pourrait aller son chemin, délivré des aspirations et des remords de son jumeau plus honnête ; et le juste pourrait gravir résolument et en toute sécurité le sentier de la vertu, accomplissant les bonnes actions dans lesquelles il met son bonheur, désormais à l'abri de la honte et du repentir provoqués par cette nature malfaisante qui lui est étrangère. C'est la malédiction de l'humanité que ce faisceau d'éléments disparates soit ainsi réuni — et qu'au sein de la conscience torturée, ces jumeaux opposés mènent une lutte qui jamais ne finit. Comment, par conséquent, les dissocier ?

J'en étais arrivé à ce stade de mes réflexions, lorsque, comme je l'ai déjà dit, jaillissant de ma paillasse, une étincelle m'a donné un premier aperçu sur ce sujet. Je commençai à percevoir, beaucoup plus profondément qu'on ne l'a jamais affirmé, l'immatérialité frémissante, le caractère éphémère et évanescent de ce corps apparemment si dense dont nous sommes parés tout au long de notre chemin. Je découvris que certains agents avaient le pouvoir de secouer et d'arracher cette enveloppe charnelle, tout comme un souffle de vent peut faire voltiger les rideaux d'une tente. J'ai deux bonnes raisons pour ne pas pénétrer plus avant dans ce domaine scientifique de ma confession. La première, c'est que j'ai appris par expérience que le destin accablant de notre vie repose pour toujours sur nos épaules ; et lorsque nous tentons de nous en libérer, ce n'est que pour le voir retomber sur nous d'un poids encore plus étrange et plus terrible. La seconde, parce que, comme mon récit le rendra, hélas ! trop évident, mes découvertes étaient limitées. Il suffit donc de dire que, non seulement j'ai accepté l'idée que mon corps naturel était la simple et rayonnante aura émanant de certaines forces composant mon esprit, mais aussi que j'ai réussi à préparer une drogue grâce à laquelle ces forces pouvaient être dépossédées de leur suprématie ; une deuxième forme corporelle et une nouvelle expression du visage pouvaient ainsi leur être substituées, non moins naturelles à mes yeux parce qu'elles procédaient des éléments vils de mon âme, dont elles portaient le sceau.

J'hésitai longtemps avant de soumettre cette théorie à l'épreuve de la pratique. Je savais bien que je risquais la mort ; car toute drogue assez puissante pour dominer et ébranler la forteresse même de notre identité pouvait, si l'on dépassait la dose d'une quantité infinitésimale, ou si la moindre complication survenait au moment de son essai, totalement détruire ce tabernacle immatériel que, par elle, je m'efforçais de modifier. Mais la tentation d'une découverte aussi extraordinaire et d'une portée aussi considérable finit par l'emporter sur les représentations que je me faisais du danger. Il y avait longtemps que j'avais préparé ma teinture ; j'achetai en une seule fois, chez un grossiste en produits chimiques, une grosse quantité d'un sel particulier qui, je le savais grâce à mes expériences, était le dernier ingrédient nécessaire ; et, à une heure tardive, un certain soir maudit, je mélangeai les éléments, observai leur effervescence et leurs émanations dans le verre, puis, une fois l'ébullition terminée, avec un courage exalté par mon ardeur, j'avalai d'un trait la potion.

Les douleurs les plus atroces s'ensuivirent : mes os semblèrent se broyer, je ressentis une terrible nausée et une horrible angoisse qui ne peut être dépassée à l'heure de la naissance ou de la mort. Puis ces tortures commencèrent à s'apaiser rapidement, et je revins à moi comme au sortir d'une grave maladie. Il y avait quelque chose d'étrange dans mes sensations, quelque chose d'indiciblement nouveau, et, par le fait même de cette nouveauté, d'incroyablement agréable. Je me sentais physiquement plus jeune, plus léger et plus heureux ; tout au fond de moi j'avais conscience d'une insouciance enivrante, d'un courant d'images sensuelles désordonnées, coulant dans mon imagination comme dans le bief d'un moulin, d'une rupture des chaînes de la contrainte, et d'une liberté de l'âme inconnue mais non innocente. Je sus, dès le premier souffle de cette nouvelle vie, que j'étais plus pervers, dix fois plus pervers, et que je m'étais vendu comme esclave à ma dépravation première ; et cette pensée, à ce moment-là, me fortifia et me réjouit le cœur, à la manière d'un vin. J'étendis les mains, tout à la joie de ces sensations neuves ; et, ce faisant, je me rendis subitement compte que j'avais diminué de taille.

Il n'y avait pas, à cette date, de miroir dans mon cabinet ; celui qui se dresse à côté de moi tandis que j'écris y fut apporté plus tard, et dans le but même d'observer ces transformations. Toutefois, le matin avait presque succédé à la nuit — et tout sombre qu'il fût, était presque prêt à engendrer le jour —, toute la maisonnée était plongée dans le sommeil le plus profond ; et je décidai, tout excité par l'espoir et le triomphe, de me risquer, sous ma nouvelle forme, jusqu'à ma chambre à coucher. Je traversai la cour sous le regard des étoiles, qui s'émerveillaient de voir la première créature de ce genre que leur attention toujours en éveil leur eût jusqu'alors révélée ; je me glissai le long des couloirs, étranger dans ma propre demeure ; et lorsque j'eus atteint ma chambre, pour la première fois je vis l'image d'Edward Hyde.

Mon exposé doit ici être uniquement théorique, et se borner non à ce que je sais, mais à ce que je crois être le plus probable. Le mauvais côté de ma nature, auquel j'avais maintenant imprimé une forme pratique, était moins robuste et moins développé que le bon, qui lui, venait d'être écarté. Il faut dire, aussi, qu'au cours de mon existence, qui, après tout, avait été pour les neuf dixièmes une vie d'efforts, de vertu et de maîtrise de soi, cet aspect pervers avait été bien moins entraîné et bien moins surmené. C'est pourquoi, comme je le crois, Edward Hyde se trouva être beaucoup plus petit, plus frêle et plus jeune qu'Henry Jekyll. Tout comme le bien illuminait le visage de l'un, le mal était gravé ouvertement et manifestement sur la figure de l'autre. De plus, le mal (en lequel je ne puis m'empêcher encore de voir l'aspect létal de l'homme) avait laissé sur ce corps une empreinte de difformité et de corruption. Et malgré tout, lorsque je considérais dans le miroir cette horrible apparition, je ne ressentais à son égard aucun dégoût, mais l'accueillais au contraire avec un sursaut de joie. Car lui, c'était aussi moi. Il me semblait naturel et humain. À mes yeux il était une représentation plus animée de l'âme ; il semblait plus vrai et tout d'un bloc, alors que cette manière d'être, que jusqu'ici j'avais coutume d'appeler mienne, n'était qu'imperfection et division. Et, pour autant, j'avais indubitablement raison. J'ai observé que lorsque je revêtais l'aspect d'Edward Hyde, personne ne pouvait s'approcher de moi sans éprouver, de prime abord et dans tout son être, une appréhension visible. Cela, selon moi, venait du fait que tous les êtres humains, lorsque nous faisons leur connaissance, sont un amalgame de bien et de mal : et Edward Hyde lui, et lui seul, parmi tous les humains, était le mal à l'état pur.

Je ne m'attardai qu'un instant devant le miroir : la seconde et concluante expérience restait à tenter ; il me fallait encore voir si je n'avais pas perdu à tout jamais mon identité, et si je ne serais pas contraint de m'enfuir avant le jour d'une maison qui ne m'appartiendrait plus : et retournant en hâte à mon cabinet, une fois de plus je préparai et bus le breuvage, et, une fois de plus après avoir enduré les tourments affreux de la dissolution, je redevins moi-même, sous les traits et avec la taille et le caractère d'Henry Jekyll.

Cette nuit-là j'étais arrivé à la fatale croisée des chemins. Si j'avais abordé ma découverte avec une tournure d'esprit plus noble, si j'avais osé faire cette expérience sous l'empire de généreuses ou pieuses aspirations, tout aurait été probablement différent, et je serais sorti, des affres de la mort et de la naissance, ange plutôt que démon. La drogue n'avait aucun pouvoir de discernement ; elle n'était ni diabolique ni divine ; elle ne faisait qu'ébranler les portes de la prison où ma nature était enfermée ; et, comme pour les prisonniers de Philippes, ce qui était retenu à l'intérieur s'évada. En ce temps-là ma vertu était en sommeil ; ma perversité, tenue en éveil par mon ambition, était sur le qui-vive, prompte à saisir l'occasion ; et la chose qui en sortit, ce fut Edward Hyde. Il s'ensuivit que, bien que j'eusse possédé maintenant deux natures, et partant, deux apparences, l'une était totalement mauvaise et l'autre restait le vieux Henry Jekyll, ce mélange disparate que, par expérience, je n'espérais plus voir s'amender ni s'améliorer. La tendance était ainsi orientée vers le pire.

Même à cette époque, je n'avais pas encore réussi à dominer mon aversion pour l'aridité d'une vie consacrée à l'étude. J'étais, par moments, encore porté vers une vie de plaisirs qui étaient (et c'est le moins qu'on puisse en dire) dégradants, et comme non seulement j'étais bien connu et jouissais de la grande considération de tous, mais que également j'approchais de l'âge mûr, cette incohérence de ma vie me devenait chaque jour plus pesante. C'est sous cet aspect que ma nouvelle puissance me tenta jusqu'à faire de moi son esclave. Je n'avais qu'à avaler le breuvage pour quitter sur-le-champ le corps du célèbre professeur, et revêtir, tel un épais manteau, celui d'Edward Hyde. Cette idée me faisait sourire et à cette époque me semblait riche d'humour ; et je pris toutes mes dispositions avec le plus grand soin. Je louai et meublai cette maison de Soho où Hyde fut traqué par la police ; j'engageai comme gouvernante une créature que je connaissais pour sa discrétion et son manque de scrupules. D'autre part, j'informai mes domestiques qu'un certain Mr Hyde (dont je leur fis la description) devait avoir une liberté et une autorité totales dans ma maison sur la place ; et pour prévenir tout incident, j'allai jusqu'à m'y présenter sous ma seconde personnalité et m'y rendre familier. Ensuite je rédigeai ce testament contre lequel vous avez formulé tant d'objections, afin que, si quelque chose m'arrivait sous la forme du Dr Jekyll, je puisse assumer celle d'Edward Hyde sans me trouver démuni. Et ainsi bien armé, tout au moins je le supposais, contre toute éventualité, je commençai à tirer avantage des facilités peu courantes de cette situation.

Par le passé, des hommes ont loué les services de tueurs à gages pour mettre leurs crimes à exécution, tandis que leur propre personne ainsi que leur réputation restaient à l'abri. Je fus le premier à agir ainsi pour ses propres plaisirs. Je fus le premier à pouvoir aller et venir sous les regards de la foule, tout auréolé de cette respectabilité qui éveillait la sympathie ; puis, l'instant d'après, tel un écolier, dépouiller ces vêtements d'emprunt pour plonger la tête la première dans le flot de la liberté. Mais, dans mon cas, grâce à mon impénétrable manteau, la sécurité était totale. Pensez donc — je n'existais même pas ! Pourvu que je puisse fuir jusqu'à la porte de mon laboratoire, que je dispose d'une ou deux secondes pour mélanger et avaler la drogue que je tenais toujours prête, et, quoi qu'il eût fait, Edward Hyde disparaissait telle la buée sur un miroir, et là, à sa place, tranquillement assis chez lui, mouchant à minuit la lampe dans son bureau, se trouvait un homme qui pouvait se permettre de braver tout soupçon, le Dr Henry Jekyll.

Les plaisirs que je me hâtais de rechercher sous mon nouveau masque étaient, comme je l'ai dit, abjects ; et ce terme n'est pas trop dur. Mais, entre les mains d'Edward Hyde, ils eurent tôt fait de tourner au monstrueux. Chaque fois que je rentrais de ces sorties, la dépravation de mon autre moi me plongeait souvent dans une sorte de stupéfaction. Le compagnon qui émanait de mon âme propre, et que j'envoyais seul prendre son plaisir à sa guise, était une créature fondamentalement nuisible et ignoble ; chacune de ses pensées, chacun de ses actes était centré uniquement sur lui-même ; il se repaissait de jouissances avec une avidité bestiale en infligeant à autrui tous les degrés possibles de la torture ; il était aussi impitoyable qu'une statue de pierre. Henry Jekyll à certains moments était frappé d'horreur devant les actes d'Edward Hyde ; mais cette situation échappait aux lois ordinaires et insidieusement desserrait l'emprise de sa conscience. Après tout, le coupable c'était Hyde, et Hyde seul. Jekyll ne s'en portait pas plus mal ; à son réveil, il retrouvait ses excellentes qualités non affectées en apparence ; il se hâtait même, chaque fois que c'était possible, de réparer le mal fait par Hyde. Et ainsi sa conscience pouvait sommeiller.

Je n'ai pas l'intention d'entrer dans le détail des actions infamantes dont j'étais ainsi le complice (car même maintenant je ne peux guère reconnaître les avoir commises). Je veux seulement attirer l'attention sur les avertissements qui, par étapes successives, laissèrent prévoir que mon châtiment approchait. Je fus impliqué dans un certain accident que, comme il n'entraîna aucune conséquence, je me contenterai de mentionner. Un acte de cruauté envers une enfant provoqua à mon égard la colère d'un passant, que j'ai reconnu l'autre jour comme étant l'un de vos parents ; le médecin et la famille de l'enfant se liguèrent avec lui contre moi ; à certains moments, j'ai craint pour ma vie ; et finalement, afin d'apaiser leur trop juste ressentiment, Edward Hyde se vit contraint de les conduire jusqu'à la porte de Henry Jekyll, et de leur offrir un chèque signé du nom de ce dernier. Mais ce danger se trouva facilement écarté, à l'avenir, par l'ouverture d'un compte dans une autre banque, au nom d'Edward Hyde lui-même ; et lorsque, en couchant ma propre écriture dans le sens opposé, j'eus fourni à mon double une signature, je me crus hors de portée du destin.

Quelque deux mois avant le meurtre de Sir Danvers, après être sorti pour l'une de mes escapades, et rentré à une heure fort tardive, je me réveillai le lendemain dans mon lit, en proie à des sensations assez étranges. C'est en vain que je promenai mes regards autour de moi, en vain que je vis les beaux meubles et les vastes proportions de ma chambre dans la maison du square, et en vain que je reconnus les motifs des rideaux du lit et les lignes du bois d'acajou dont il était fait ; quelque chose continuait à prétendre que je n'étais pas là où je me trouvais, que je ne m'étais pas réveillé là où je croyais être, mais plutôt dans la petite pièce de Soho où j'avais coutume de dormir dans la peau d'Edward Hyde. Je souris en moi-même, et, selon ma tournure d'esprit habituelle, commençai paresseusement à examiner les éléments de cette illusion, tout en sombrant de temps à autre dans un douillet assoupissement matinal. Encore dans cette disposition, au cours de l'un de mes moments d'éveil, mon regard s'arrêta sur l'une de mes mains. Or, les mains de Henry Jekyll (comme vous l'avez souvent remarqué) étaient, par leur forme et leur taille, celles d'un médecin, c'est-à-dire grandes, fermes, blanches et belles. Mais la main que je vis à ce moment-là, de façon assez distincte dans la lumière jaune d'un matin au cœur de Londres, reposant à demi fermée sur les draps, était maigre, marquée de gros tendons, avec de fortes articulations, d'une pâleur olivâtre, et recouverte d'une épaisse toison de poils bruns. C'était la main d'Edward Hyde.

J'ai dû fixer cette main pendant près d'une demi-minute, perdu comme je l'étais dans l'hébétude totale où me plongeait ce phénomène prodigieux, avant que la terreur ne s'éveillât dans ma poitrine, brutale et saisissante comme le fracas d'un coup de cymbales ; bondissant de mon lit, je me précipitai vers le miroir. Au spectacle qui s'offrit à mes yeux, mon sang se changea en quelque chose de douloureusement fluide et glacé. À coup sûr, je m'étais couché Jekyll et réveillé Hyde. Comment expliquer cela ? me demandais-je ; puis, saisi d'un nouveau sursaut de terreur : comment y remédier ? La matinée était déjà bien avancée ; les domestiques vaquaient à leurs occupations ; tous mes produits chimiques étaient dans le cabinet — m'y rendre représentait un long parcours que j'envisageais avec horreur ; il fallait descendre deux étages, suivre le corridor de derrière, traverser la cour découverte, et l'amphithéâtre d'anatomie. Je pouvais bien à la rigueur dissimuler mon visage ; mais à quoi cela servirait-il, puisqu'il m'était impossible de cacher l'altération de ma taille ? Puis avec un agréable et irrésistible soulagement, il me revint à l'esprit que les domestiques avaient déjà pris l'habitude des allées et venues de mon autre moi-même. J'eus vite fait de m'habiller, du mieux que je pus, avec des vêtements de ma propre taille ; j'eus bientôt traversé la maison, où Bradshaw écarquilla les yeux et fit un pas en arrière en voyant Mr Hyde à une telle heure, accoutré d'aussi étrange façon ; dix minutes plus tard, le Dr Jekyll avait recouvré sa forme propre et assis, le front assombri, faisait semblant de prendre son petit déjeuner.

En fait, je n'avais guère d'appétit. Cet incident inexplicable, ce retournement de mon expérience antérieure semblaient, comme le doigt du Babylonien sur le mur, tracer les mots de ma condamnation ; et je me mis à réfléchir, plus sérieusement que jamais auparavant, sur les problèmes et les possibilités de ma double vie. Cette partie de moi-même que j'avais le pouvoir de faire naître avait été dernièrement grandement entraînée et sustentée ; il m'avait semblé ces temps derniers que le corps d'Edward Hyde avait grandi, et que (lorsque je revêtais cette forme) je sentais courir en moi un sang plus généreux. Je commençai à entrevoir un danger dans le fait que, si je poursuivais longtemps cette expérience, l'équilibre de ma nature pouvait être à jamais détruit, le pouvoir de transformation volontaire perdu, et le personnage d'Edward Hyde devenir irrévocablement le mien. L'efficacité de la drogue ne s'était pas toujours montrée égale. Une fois, tout au début de mes expériences, elle m'avait totalement trahi ; depuis, en plus d'une occasion, j'avais été obligé de doubler la dose, et une fois, au risque considérable d'en mourir, de la tripler ; et ces rares incertitudes avaient, jusqu'alors, jeté la seule ombre que connût ma satisfaction. Maintenant, toutefois, à la lumière de l'accident de ce matin-là, je fus conduit à remarquer que, alors qu'au début la difficulté avait été de me défaire du corps de Jekyll, dernièrement, au contraire, elle s'était inversée d'une manière progressive mais très nette. Tout par conséquent semblait indiquer que j'étais lentement en train de perdre le contrôle de cette partie première, et la meilleure, de ma personnalité, pour m'incorporer lentement à la seconde, de beaucoup la pire.

Entre ces deux moi je sentais maintenant qu'il me fallait choisir. Mes deux natures avaient en commun la mémoire, mais se partageaient toutes les autres facultés de la façon la plus inégale. Jekyll (caractère complexe), tantôt avec les appréhensions les plus vives, tantôt avec un enthousiasme avide, se transportait jusque dans les plaisirs et aventures de Hyde et les partageait ; mais Hyde, lui, ne se souciait guère de Jekyll, ou se contentait de se le rappeler comme le bandit de la montagne se souvient de la grotte où il se dissimule à ses poursuivants. Jekyll lui témoignait plus que l'intérêt d'un père, Hyde, plus que l'indifférence d'un fils. Décider de partager le sort de Jekyll c'était renoncer à ces appétits que j'avais si longtemps satisfaits en secret et dont j'avais récemment commencé à me délecter. Accepter d'être Hyde c'était mourir à mille sujets d'intérêt, à une foule d'aspirations, et devenir, d'un seul coup et à tout jamais, un homme méprisé et sans amis. Cela pouvait paraître un marché de dupes ; mais une autre considération encore pesait dans les plateaux de la balance ; car, tandis que Jekyll souffrirait mille morts dans les flammes de l'abstinence, Hyde ne se rendrait même pas compte de tout ce qu'il aurait perdu.

Quelque étrange que fût ma situation, les termes de ce débat sont aussi anciens et banals que l'homme lui-même ; les mêmes incitations et les mêmes inquiétudes décident, en grande partie, du sort de n'importe quel pécheur en proie à la tentation et à l'angoisse ; et il advint dans mon cas, comme dans celui d'une si vaste majorité de mes semblables, que je choisis la solution la meilleure sans avoir la force nécessaire pour m'y tenir.

Certes, je donnai la préférence au médecin d'âge mûr, insatisfait, entouré de ses amis, et caressant des espoirs honnêtes, pour dire résolument adieu à la liberté, la relative jeunesse, la démarche légère, les impulsions bondissantes et les plaisirs secrets dont j'avais joui sous le déguisement de Hyde. Je fis mon choix peut-être avec une certaine arrière-pensée inconsciente, car d'une part je n'abandonnai pas la maison de Soho, ni, d'autre part, ne détruisis les vêtements d'Edward Hyde qui étaient toujours là, prêts à servir, dans mon cabinet. Pendant deux mois, toutefois, je m'en tins fidèlement à ma détermination ; pendant deux mois je menai une vie d'une austérité que je n'avais jamais connue auparavant, en appréciant les compensations que me procuraient les approbations de ma conscience. Mais le temps se mit, à la fin, à atténuer la vivacité de mes inquiétudes ; les louanges de ma conscience commencèrent à paraître tout à fait normales et je devins la proie d'angoisses et de désirs, comme si Hyde eût lutté en moi pour conquérir sa liberté ; et finalement, dans un moment de relâchement moral, à nouveau je mélangeai et avalai le breuvage transformateur.

Je ne crois pas que, lorsqu'un ivrogne raisonne avec lui-même sur son vice, il soit, une fois sur mille, affecté par les dangers que lui fait courir son bestial abrutissement physique ; moi non plus, je n'avais pas, de tout le temps où j'avais réfléchi sur ma situation, assez tenu compte de la complète insensibilité morale et de la folle propension au mal, qui étaient les caractéristiques prépondérantes d'Edward Hyde. Et c'est bien par celles-ci que je fus puni. Mon démon, après avoir longtemps été emprisonné, sortit de sa cage en rugissant. J'eux conscience, au moment même où j'absorbai la drogue, d'une propension au mal encore plus déchaînée, encore plus enragée. Ce fut probablement cela, je crois, qui souleva dans mon âme ce tourbillon d'impatience que provoquèrent, tandis que je les écoutais, les formules de civilité de mon infortunée victime. Je tiens du moins à affirmer devant Dieu qu'aucun homme moralement sain n'aurait pu être coupable d'un tel crime, poussé par un mobile aussi insignifiant ; et que je frappai cet homme dans un état d'esprit aussi peu raisonnable que celui d'un enfant malade lorsqu'il brise son jouet. Mais je m'étais volontairement débarrassé de tous ces instincts pondérateurs grâce auxquels même le pire d'entre nous continue à avancer au milieu des tentations, avec un certain degré d'équilibre ; et dans mon cas particulier, céder, si peu que ce fût, à la tentation, c'était la chute.

Immédiatement l'esprit infernal s'éveilla en moi et se déchaîna. Animé d'un transport de joie, je mutilai ce corps qui ne se défendait pas, goûtant un plaisir immense à chaque coup porté ; et ce fut seulement quand la fatigue commença à se faire sentir, que, soudain, au paroxysme de mon accès de délire, je fus frappé jusqu'au cœur d'un frisson glacé de terreur. Une brume se dissipa en moi ; je me rendis compte que ma vie était en danger ; et je m'enfuis du lieu de ces excès, à la fois exultant et tremblant, mon désir de faire le mal satisfait et excité, et mon amour de la vie exalté au plus haut degré. Je courus jusqu'à la maison de Soho, et (pour renforcer ma sécurité) je détruisis mes papiers ; de là je filai le long des rues, à la lumière des réverbères, en proie à la même extase partagée de mon esprit, savourant mon crime, et, d'un cœur léger, en projetant d'autres pour l'avenir, et pourtant me hâtant sans cesse, et sans cesse prêtant l'oreille aux pas du justicier à mes trousses. Hyde, une chanson aux lèvres, prépara le breuvage qu'il but en portant un toast au mort. Les affres de la métamorphose avaient à peine fini de le déchirer que Henry Jekyll, des larmes de gratitude et de remords ruisselant de ses yeux, était tombé à genoux, levant ses mains jointes vers Dieu. Le voile de la jouissance égoïste se déchira de bout en bout, et je revis tout le cours de mon existence, que je suivis depuis les jours de mon enfance, au temps où je marchais donnant la main à mon père ; ensuite, accomplissant les pénibles tâches de ma vie professionnelle dans l'abnégation, pour revenir encore et toujours, avec le même sentiment d'irréalité, aux diaboliques horreurs de ce soir-là. Je me retenais pour ne pas hurler ; je cherchai par les larmes et les prières à effacer les images et les bruits odieux qui, en foule, venaient assaillir ma mémoire ; et pourtant, au milieu de mes supplications, le visage hideux de mon acte d'iniquité hantait les profondeurs de mon âme. Lorsque la violence de ce remords commença à s'apaiser, un sentiment de joie lui succéda. J'avais résolu le problème de ma conduite. Désormais il ne pouvait plus être question de Hyde ; que je le veuille ou non, j'étais maintenant limité à cette meilleure moitié de ma personnalité ; et combien je m'en réjouissais rien que d'y penser ! Avec quelle humilité j'acceptai à nouveau les restrictions d'une vie normale ! Avec quel renoncement sincère je fermai à clé la porte par laquelle j'étais si souvent entré et sorti, et écrasai la clé sous mon talon !

Le lendemain on sut que le meurtre avait eu un témoin, que la culpabilité de Hyde était manifeste aux yeux de tous, et que la victime était un homme que le public tenait en haute estime. Ce n'était pas seulement un crime, cela avait été un égarement tragique. Je crois avoir été heureux d'apprendre cela ; je crois avoir été heureux de sentir que mes élans vers le bien étaient ainsi soutenus et protégés par la terreur de l'échafaud. Jekyll était maintenant mon havre de sécurité ; si Hyde se montrait, ne serait-ce qu'un instant, toutes les mains se lèveraient pour se saisir de lui et le mettre à mort.

Je résolus, par ma conduite future, de racheter le passé ; et je puis dire en toute sincérité que ma résolution fit mûrir une moisson de bienfaits. Vous savez vous-même avec quelle application sérieuse je fis tout ce qui était en mon pouvoir, durant les derniers mois de l'année passée, pour soulager la souffrance ; vous savez que j'ai beaucoup œuvré pour mon prochain, que mes jours s'écoulèrent calmement, et que je vécus presque heureux. Je ne peux pas vraiment dire non plus que je me lassai de cette vie passée à faire le bien sans penser au mal ; je crois au contraire que, chaque jour, je l'appréciai plus complètement ; mais la malédiction de la dualité de mes desseins pesait encore sur moi ; et lorsque l'acuité de mon repentir commença à s'émousser, le côté pervers de ma personnalité, si longtemps flatté et si récemment enchaîné, se mit à grogner pour réclamer sa liberté. Ce n'est pas que je songeais à ressusciter Hyde ; cette simple idée me mettait hors de moi : non, c'est en ma propre personne que je fus encore une fois tenté de prendre des libertés avec ma conscience ; et ce fut un pécheur ordinaire et secret qui finit par succomber aux assauts de la tentation.

Toutes les choses ont une fin. Le plus grand des vaisseaux finit par se remplir ; et cette brève concession à la perversité finalement détruisit l'équilibre de mon âme. Toutefois je ne nourrissais aucune crainte ; cette chute semblait naturelle, une sorte de retour au bon vieux temps qui avait précédé ma découverte. C'était un beau jour clair de janvier ; le sol était humide sous les pieds, là où le givre avait fondu ; mais un ciel sans nuages s'étendait sur les têtes. Regent's Park bruissait du gazouillis que font les oiseaux en hiver et était parfumé des senteurs du printemps. J'étais assis au soleil sur un banc ; la bête en moi se léchait les babines en évoquant ses souvenirs ; le côté spirituel de ma nature, un peu engourdi, s'engageait à une pénitence ultérieure, peu décidé pour le moment à passer à l'acte. Après tout, méditais-je, je suis semblable à mes voisins ; et je souris alors, de me comparer à d'autres hommes, de comparer ma bonne volonté efficace à la cruauté paresseuse de leur négligence. Et au moment même où je m'abandonnais à cette vaniteuse pensée, je fus pris d'un haut-le-cœur, d'une horrible nausée suivie de tremblements mortels. Ces troubles se dissipèrent et me laissèrent sans force ; et puis comme à son tour cette faiblesse disparaissait, je commençai à me rendre compte d'un changement dans la qualité de mes pensées, d'une plus grande hardiesse, d'un mépris du danger, d'un relâchement des liens de la contrainte. Je baissai les yeux et vis que mes vêtements pendaient sans aucune tenue sur mes membres rapetissés ; la main qui reposait sur mon genou était couverte de tendons apparents et de poils. Une fois encore j'étais Edward Hyde. L'instant d'avant je pouvais compter sur le respect de tous, j'étais riche, aimé — la table était mise pour moi dans la salle à manger de ma demeure ; et voilà que je n'étais plus qu'un vulgaire gibier traqué par tous, sans foyer, meurtrier reconnu voué à la potence.

Ma raison chancela sans m'abandonner totalement. J'ai plus d'une fois observé que, dans mon second personnage, mes facultés semblaient, dans une certaine mesure, avivées et mon esprit plus souple quoique plus tendu ; il se trouva ainsi que, là où Jekyll aurait pu ne pas être à la hauteur des circonstances, Hyde sut faire face à la situation. Mes produits se trouvaient dans l'une des armoires de mon cabinet : comment faire pour me les procurer ? Tel était le problème que (serrant ma tête entre mes mains) je me mis en devoir de résoudre. J'avais fermé la porte du laboratoire à clé. Si j'essayais d'y pénétrer en passant par la maison, mes propres domestiques me livreraient au bourreau. Je me rendis compte qu'il me fallait employer un intermédiaire, et je pensai à Lanyon. Mais comment l'atteindre ? comment le persuader ? À supposer que je pusse éviter d'être pris dans les rues, comment me glisser jusqu'à lui ? et comment, moi, visiteur inconnu et déplaisant, convaincrais-je ce célèbre médecin d'aller fouiller dans le bureau de son confrère, le Dr Jekyll ? Alors il me revint à l'esprit que, de mon personnage premier, j'avais gardé une particularité : je pouvais écrire de ma propre écriture ; et une fois que j'eus fait jaillir cette illuminante étincelle, la voie qu'il me fallait suivre s'éclaira du début à la fin.

Sur quoi j'arrangeai mes vêtements de mon mieux

et, hélant un cab qui passait par là, je me fis conduire à un hôtel de Portland Street dont par hasard j'avais retenu le nom. À mon aspect (qui, à la vérité, était fort comique, quelque tragique que fût le destin dissimulé sous cet accoutrement) le cocher ne put réprimer son hilarité. Je grinçai des dents, pris à son égard d'un accès de rage diabolique qui chassa tout sourire de son visage — heureusement pour lui — et plus heureusement encore pour moi, car une seconde de plus et je l'eusse certainement fait dégringoler du siège où il était juché. Au petit hôtel où je pénétrai, je promenai mes regards autour de moi, avec une mine si sinistre que les employés en tremblèrent ; ils n'échangèrent pas un seul regard en ma présence ; mais, obéissant obséquieusement à mes ordres, me conduisirent à un salon particulier où ils m'apportèrent de quoi écrire. Hyde, en danger de mort, se révéla une créature nouvelle à mes yeux : tremblant d'une colère immodérée, tendu au point d'être capable d'un meurtre, dévoré du désir de faire souffrir, il n'en était pas moins rusé, et, dominant sa furie par un grand effort de volonté, il rédigea deux lettres capitales, l'une à Lanyon et l'autre à Poole, et afin d'obtenir la preuve tangible de leur expédition, dépêcha les employés en leur prescrivant de les envoyer en recommandé.

Dès lors, il resta assis toute la journée à se ronger les ongles devant le feu dans le petit salon ; c'est là qu'il dîna, seul avec ses craintes, tandis que le garçon visiblement tremblait devant son regard ; de là, quand l'obscurité totale fut venue, il partit, enfoncé dans le coin d'un cab aux rideaux tirés, et se fit conduire sans but le long des rues de la cité. Je dis « il » — je ne puis me résoudre à dire « je ». Cette créature née de l'enfer n'avait rien d'humain ; rien ne l'animait sinon la peur et la haine. Et lorsque enfin, pensant que le cocher avait commencé à donner des signes de méfiance, il renvoya la voiture et s'aventura à pied, vêtu de ses habits qui lui allaient si mal, objet tout désigné à la curiosité des passants nocturnes, ces deux passions abjectes faisaient rage en lui comme un ouragan. Il marchait vite, poursuivi par ses angoisses, jacassant tout seul, se glissant le long des avenues les moins fréquentées et comptant les minutes qui le séparaient encore de minuit. Il arriva qu'une femme lui adressa la parole pour lui proposer, je crois, une boîte d'allumettes. Il la frappa au visage, et elle s'enfuit.

Lorsque, chez Lanyon, je fus redevenu moi-même, l'horreur que mon vieil ami manifesta m'affecta peut-être à un certain degré : je n'en sais trop rien ; ce n'était, du moins, qu'une goutte dans cet océan de répulsion que me causa la vision de ces heures passées. Un changement s'était opéré en moi. Ce n'était plus la crainte d'être pendu, mais l'horreur d'être Hyde, qui me torturait. La condamnation de Lanyon me parvint presque comme dans un rêve, et ce fut comme dans un rêve que je rentrai chez moi dans ma propre résidence et me mis au lit. Après l'abattement de cette journée, je dormis d'un sommeil si irrésistible et si profond que même les cauchemars qui me déchirèrent ne réussirent pas à l'interrompre. Le lendemain matin je me réveillai moulu, affaibli, mais reposé. Je détestais et redoutais toujours l'idée de la brute qui sommeillait au plus profond de moi, et je n'avais pas, bien entendu, oublié les effroyables dangers que j'avais courus la veille ; mais j'étais de nouveau chez moi, dans ma propre maison, mes produits chimiques à portée de la main ; et la gratitude que je ressentais pour l'avoir échappé belle illuminait mon âme jusqu'à rivaliser presque avec l'éclat de l'espoir.

J'étais en train de me promener tranquillement dans la cour intérieure, après mon petit déjeuner, goûtant avec plaisir la froidure de l'air, lorsque je fus saisi à nouveau par ces sensations indescriptibles qui annonçaient ma transformation ; et j'eus tout juste le temps de gagner le refuge de mon cabinet, avant d'être une fois de plus la victime brûlante et glacée des passions de Hyde. Cette fois-ci il me fallut doubler la dose pour redevenir moi-même ; mais hélas ! six heures plus tard, alors que j'étais assis à regarder tristement le feu, les angoisses réapparurent, et la drogue dut être administrée à nouveau. Bref, à partir de ce jour, il sembla que ce ne fût qu'au prix de grands efforts, par exemple d'exercices physiques, et seulement sous l'effet immédiat de la drogue, que je pusse garder l'apparence de Jekyll. À toutes les heures du jour et de la nuit j'étais saisi du frisson prémonitoire ; c'est surtout lorsque je dormais, ou seulement somnolais un moment dans mon fauteuil, que je me réveillais tout à coup sous les traits de Hyde. Sous la tension nerveuse provoquée par l'imminence constante de cette fatalité, et par la privation de sommeil que je m'imposai alors, oui, au-delà même de ce que j'avais cru qu'un homme pût supporter, je devins, dans mon être même, une créature rongée et vidée par la fièvre, par une langueur affaiblissante du corps comme de l'esprit, et uniquement habitée par une seule pensée : l'horreur de mon autre moi-même. Mais lorsque je dormais, ou lorsque l'effet du médicament s'atténuait, presque sans transition (car les souffrances de la métamorphose devenaient moins fortes chaque jour), je me trouvais doué d'une imagination riche en images de terreur, d'une âme brûlant de haines irraisonnées et d'un corps qui semblait trop faible pour abriter les énergies déchaînées de la vie. Les forces de Hyde semblaient avoir profité de la faiblesse maladive de Jekyll. Et certainement la haine qui maintenant les opposait semblait égale de part et d'autre. Chez Jekyll, ce n'était qu'un instinct vital. Il avait maintenant perçu l'entière monstruosité de cette créature avec laquelle il avait en commun certains phénomènes de la conscience, et devait tout partager jusqu'à la mort : et au-delà de ces liens de communauté qui représentaient la part la plus poignante de sa détresse, il voyait Hyde, en dépit de toute son énergie vitale, comme une chose non seulement infernale mais inorganique. L'élément choquant, c'était bien que cette vase des abîmes infernaux semblât faire entendre des cris et des voix ; que cette poussière amorphe gesticulât et péchât ; que ce qui était mort et informe usurpât les fonctions de la vie. Et aussi, que cette horreur rebelle lui fût plus intime qu'une épouse, plus attachée que la prunelle de ses yeux; qu'elle fût là, emprisonnée dans sa chair, où il l'entendait marmonner et se débattre pour naître ; et que, à chaque heure de faiblesse, et lorsqu'il se laissait aller au sommeil, elle prît l'avantage sur lui pour le rejeter hors de la vie. La haine que Hyde nourrissait à l'égard de Jekyll était d'un ordre différent. Sa terreur de la potence le poussait continuellement à commettre un suicide temporaire, et à retourner à la situation subordonnée d'une partie au lieu d'une personne ; mais il abhorrait cette nécessité, il abhorrait l'accablement où Jekyll était maintenant tombé, et il s'indignait de l'aversion que lui-même inspirait. D'où les mauvais tours, dignes d'un singe, qu'il me jouait, griffonnant de ma propre écriture des blasphèmes sur les pages de mes livres, brûlant les lettres de mon père et détruisant son portrait ; et vraiment, n'eût été sa peur de la mort, il se serait depuis longtemps détruit, afin de m'entraîner dans sa perte. Mais son amour de la vie est merveilleux ; j'irai même plus loin : moi, qui me sens malade et glacé rien qu'à penser à lui, lorsque je me rappelle l'abjection et la passion de cet attachement à l'existence, et lorsque je sais à quel point il craint le pouvoir que j'ai de le supprimer par mon propre suicide, je sens monter en mon cœur une grande pitié pour lui.

Prolonger cette description est inutile, et le temps m'en fait terriblement défaut ; il suffira de dire que personne n'a jamais enduré pareils tourments ; et pourtant, même à ceux-là, l'habitude apporta — non pas un soulagement, non certes, mais un certain endurcissement de l'âme, une certaine acceptation du désespoir ; et mon châtiment aurait pu durer encore des années, sans la dernière calamité qui vient maintenant de fondre sur moi, et qui finalement m'a privé de mon visage et de ma nature propres. Ma provision de ce sel, qui n'avait jamais été renouvelée depuis la date de ma première expérience, a commencé à s'épuiser. J'en ai envoyé chercher une nouvelle livraison, j'ai préparé le breuvage ; l'effervescence a bien eu lieu, ainsi que le premier changement de couleur, mais le second ne s'est pas produit ; j'ai avalé la drogue et cela a été sans effet. Poole vous apprendra comment j'ai fait mettre tout Londres sens dessus dessous, mais en vain ; et je suis maintenant persuadé que mon premier approvisionnement n'était pas pur, et que c'est l'impureté ignorée de ce sel qui a donné à la potion son efficacité.

Une semaine environ s'est écoulée depuis, et je suis aujourd'hui en train de clore ce récit sous l'influence de ce qui me reste des anciennes poudres. C'est donc, à moins d'un miracle, la dernière fois que Henry Jekyll peut exprimer ses propres pensées ou voir, dans le miroir, son propre visage (combien ravagé à l'heure actuelle !). Il ne faut pas non plus que je tarde trop à conclure mon exposé ; car si, jusqu'à présent, ma narration a échappé à la destruction, ce n'est que grâce à la conjonction d'une grande prudence et d'une chance extraordinaire. Si les affres de la transformation me surprenaient pendant que je la rédige, Hyde la déchirerait en mille morceaux ; mais si, après que je l'aurai mise de côté, un certain temps peut s'écouler, son extraordinaire égoïsme et le fait qu'il se cantonne au moment présent sauveront probablement, une fois encore, mon manuscrit des entreprises de ce singe malfaisant. En fait, la fatalité, qui de plus en plus resserre sur nous deux son étreinte, l'a déjà changé et vaincu. D'ici à une demi-heure, lorsque à nouveau et pour toujours, je revêtirai cette personnalité haïe, je sais bien que, assis dans mon fauteuil, je serai là à trembler et à pleurer, ou bien que je continuerai, dans la panique et la tension nerveuse, à arpenter la pièce (mon dernier refuge sur cette terre) et à guetter, l'ouïe exacerbée, le moindre bruit menaçant. Hyde périra-t-il sur l'échafaud ? Ou bien trouvera-t-il en lui, au dernier moment, le courage nécessaire pour en finir ? Dieu seul le sait ; cela ne m'intéresse pas ; pour moi, l'heure véritable de ma mort c'est cette minute même, et ce qui doit advenir par la suite concerne un autre que moi. C'est ici donc, alors que je pose ma plume et commence à cacheter ma confession, que je mets un terme à la vie de cet infortuné Henry Jekyll.

LES CLÉS DE L'ŒUVRE

I - AU FIL DU TEXTE

II - DOSSIER HISTORIQUE ET LITTÉRAIRE

Pour approfondir votre lecture, LIRE vous propose une sélection commentée :

- de morceaux « classiques » devenus incontournables, signalés par ●◆ (droit au but).
- d'extraits représentatifs de l'œuvre, signalés par ○◆ (en flânant).

AU FIL DU TEXTE

Par Annie Collognat,
professeur de lettres supérieures au lycée Victor-Hugo, Paris.

I - DÉCOUVRIR

> ***La phrase clé***
>
> « Je dis “il” – je ne puis me résoudre à dire “je”. Cette créature née de l'enfer n'avait rien d'humain ; rien ne l'animait sinon la peur et la haine » (p. 111).

• LA DATE

En 1885, Robert Louis Stevenson a trente-cinq ans et vit dans un cottage de Bournemouth, sur la côte sud de l'Angleterre. Il a déjà écrit *L'Île au trésor* (Pocket Classiques, n° 6065), un roman d'aventures qui a connu un grand succès en feuilleton (1881), mais aussi plusieurs drames et quelques brefs récits en collaboration avec son ami Henley ou avec sa femme Fanny. Dans un conte « fantastique » intitulé *Markheim*, il a déjà exploité le thème du double diabolique (voir les « Lectures croisées », ci-après), mais c'est un cauchemar qui lui inspire *L'Étrange cas du Dr Jekyll et de M. Hyde* : écartée du lot des *Christmas Stories* de la fin de l'année, cette longue nouvelle sera finalement insérée par l'éditeur londonien Scribner's Sons dans sa livraison de janvier 1886. Succès triomphal : « Cette histoire fut citée par des clergymen au cours de prêches et trois adaptations en furent faites pour le théâtre » (p. 139).

Même s'il n'est pas prouvé que Stevenson, au moment de sa création romanesque, ait pu avoir connaissance des travaux sur les centres fonctionnels du cerveau menés par le professeur Jean-Martin Charcot (1825-1893), « père » de la neurologie en France, il reste certain qu'il s'intéressait aux recherches en neuropsychiatrie, comme en témoigne sa femme (« Mon mari fut très impressionné par la lecture d'un article paru dans une revue française de vulgarisation scientifique et qui traitait du subconscient », p. 137). De fait, de nombreux intellectuels européens suivaient alors les leçons de Charcot, tels Maupassant (de 1884 à 1886) ou Freud (en 1885), à l'hôpital parisien de La Salpêtrière, où le professeur avait ouvert dès 1882 ce qui allait devenir la plus grande clinique neurologique de l'époque : de

1872 à 1883, il avait fait paraître les cinq volumes de ses *Leçons sur les maladies du système nerveux*, où il préconisait, entre autres, l'emploi de l'hypnose en vue de découvrir une base organique à l'hystérie. (On lira le dossier intitulé « La psychiatrie de l'époque : Charcot » dans *Le Horla*, Pocket Classiques, n° 6002, pp. 191-197.)

• LE TITRE

Traduit de l'anglais, le titre complet du roman ouvre plusieurs perspectives :

- Le *scientifique médical* : le terme « cas » renvoie à la description d'un phénomène pathologique constitué par l'état et le comportement « anormaux » d'un sujet avec ses prolongements évolutifs observés d'un point de vue médical. Le terme « docteur » vient, bien entendu, renforcer cette perspective « médicale », avec l'ambiguïté d'un complément de détermination qui pourrait placer le « docteur » aussi bien en position de sujet observant qu'en position d'objet observé. Même si l'adjonction de « M. Hyde » (« monsieur » semble faire écho en respectabilité à « docteur ») suppose plutôt la fonction d'objet, il y a bien un double « cas » pathologique qu'observent premièrement le Dr Jekyll lui-même (il finit bien par se dévoiler comme sujet et objet du processus anormal), deuxièmement les proches (amis et témoins), troisièmement le lecteur.
- Le *fantastique* : l'adjectif « étrange » annonce un « cas » hors du commun, qui va faire entrer le lecteur dans cette atmosphère d'« inquiétante étrangeté », selon la formule que Freud applique à la *Gradiva* de Jensen (voir préface, p. 9, et l'anthologie intitulée *Pompéi*, collection Références, Pocket Junior, n° J 177).
- L'*implicite signifiant* : grâce à l'interprétation onomastique (voir le dossier historique et littéraire, pp. 178 sq.), Hyde offre une parenté plus que transparente avec le verbe anglais « *to hide* » (« cacher », tandis que Jekyll semble jouer sur la subtilité d'un jeu de mots bilingue), « *je* » (le français était la langue d'élection de Stevenson) + « *kill* » (« tuer » en anglais). « Je *kill* – je tue – s'applique aussi bien que possible au médecin, assassin masqué. Notons qu'il partage avec son double le passage du "i" normal au "y" archaïsant (hide → hyde, kill → kyll) : preuve qu'ils sont conjointement les

expressions du fond le plus primitif de l'homme » (dossier historique et littéraire, p. 181). C'est encore ce « y » qui vient mettre un point d'orgue au prénom du personnage, Henry (Harry pour ses intimes), comme un écho graphique redondant : Henry Jekyll/Hyde.

- **COMPOSITION**

Point de vue de l'auteur

Le pacte de lecture

Un souvenir d'enfance (une chanson de sa nourrice écossaise sur « le célèbre diacre Brodie : respectable artisan dans la journée et cambrioleur la nuit », p. 137) et surtout la lecture d'un ouvrage médical français sur les dédoublements de personnalité (voir ci-dessus) ont sans doute joué le rôle de « catalyseurs » dans la genèse romanesque au moment où jaillit l'étincelle créatrice. Une nuit agitée de l'été 1885, Stevenson, épuisé par une « fièvre phtisique consécutive à une hémorragie pulmonaire » (p. 137), fait un cauchemar et pousse un cri terrible ; à son épouse Fanny, réveillée en sursaut et inquiète de son état, il explique : « Ce n'est rien, rien qu'un rêve, mais bientôt tu liras une étonnante histoire. » Une histoire écrite sur-le-champ et sans aucun répit, puis détruite avant de laisser la place au texte définitif, lui aussi écrit d'un seul jet, en trois jours, en tenant compte des corrections de Mme Stevenson (voir son témoignage pp. 136-140).

Avec la précaution de l'humour, Stevenson, mi-facétieux, mi-sérieux, en attribue l'essentiel de l'invention à ses actifs « génies intérieurs », ses chères « Petites Créatures » affectueusement désignées par le terme de « *brownies* » (voir p. 12 et pp. 133-135). Ainsi le confiera-t-il dans ses réflexions « *on dreams* » (*À Propos des rêves*, 1888 ; voir p. 136) où il explique les circonstances d'écriture de son roman : « Je crois y retrouver beaucoup de la manière des *brownies* », non sans rajouter : « [...] mes *brownies* n'ont pas le moindre rudiment de ce que nous appelons conscience » (p. 135).

Le récit se présente comme une narration « classique » à la troisième personne, divisée en huit chapitres, alternant descriptions (personnages, lieux) et dialogues au gré des rencontres successives de « couples » exclusivement masculins s'interrogeant sur l'étrange comportement du Dr Jekyll et de son « ami »

M. Hyde (voir préface, p. 19). Il se poursuit et s'achève par le relais de deux témoignages écrits (les deux derniers chapitres), supposés reproduits dans l'état où ils ont été transmis (voir la « Structure de l'œuvre », ci-après).

Les objectifs d'écriture

Grâce à son propre travail d'analyse, on peut suivre le processus de la création littéraire de Stevenson (voir ci-dessus) : l'œuvre est le résultat d'un projet d'écriture ancien (« J'essayais depuis longtemps d'écrire une histoire sur ce sujet, de trouver un corps, un véhicule, pour ce sentiment puissant de la dualité humaine qui par moments assaille et submerge l'esprit de toute créature pensante », p. 134), déjà concrétisé par un premier récit que l'auteur a brûlé « parce que ce n'était pas une œuvre de génie et que *Jekyll* l'avait supplanté » (*ibid.*), enfin ranimé, de manière plus prosaïque, par le besoin d'argent, qu'il appelle pudiquement « une fluctuation financière » (*ibid.*). Sa composition tiendrait à la fois de « l'écriture automatique du rêve » (« le premier jet sans doute écrit dans la hâte et sous l'irrésistible influence de son cauchemar », selon les termes de Mme Stevenson, p. 139) et de l'effort de la volonté créatrice (« Tout le reste fut composé à l'état de veille et consciemment », p. 135).

L'histoire pourrait donc se lire en fonction de divers jeux/enjeux d'écriture dont l'évidente intrication fait la subtile et fascinante richesse :

– « *Conte* » (« Je rêvais d'un joli conte de terreur », p. 139) ou « **longue nouvelle** » (au sens du mot « *tale* » en anglais), elle s'apparente précisément à ces « *tales of terrors* » dont raffolent les Anglo-Saxons et que l'Américain Edgar Allan Poe, traduit par Baudelaire, a élevés au rang de chefs-d'œuvre dès 1845 avec ses propres *Tales* (voir les « Lectures croisées » ci-après). C'est à ses « *brownies* » que Stevenson prête des talents que ne renieraient pas les adeptes du « roman noir » anglais (Lewis, Radcliffe, Maturin, voir les « Pistes de recherches », ci-après) : « [...] mes *brownies* sont quelque peu fantastiques, tout comme leurs histoires sont pleines de feu, de passion, de pittoresque et de rebondissements, et ils n'ont aucun préjugé contre le surnaturel » (p. 135).
– Produit d'une imagination enfiévrée, l'histoire ne répond pas cependant complètement aux exigences canoniques du « **fantastique** », au sens strict du terme appliqué à un genre litté-

raire précis (voir préface, p. 9) : certes le « cas » paraît « étrange », voire surnaturel, mais une explication du phénomène de dédoublement est donnée de façon « rationnelle » par la victime elle-même (« Je n'avais qu'à avaler le breuvage pour quitter sur-le-champ le corps du célèbre professeur, et revêtir, tel un épais manteau, celui d'Edward Hyde », p. 100). Si le « breuvage » semble tenir plus de la magie des alchimistes que de la science des médecins, il n'en est pas moins d'origine humaine et non extranaturelle.

– Mené à la manière d'une **enquête policière**, le récit suit le déroulement des crimes et la recherche d'identité du criminel. On pense, bien sûr, à Sherlock Holmes dont le notaire Utterson pourrait partager la curiosité, mais aussi aux enquêtes de Dupin, le héros d'Edgar Poe (*Double Assassinat dans la rue Morgue, La Lettre volée,* dans les *Histoires extraordinaires*, Pocket Classiques, n° 6019).

– **Parabole** « mettant en avant l'**allégorie** » (selon Mme Stevenson, p. 139), l'histoire pourrait remplir l'objectif d'un **traité d'éthique expérimentale** (« C'est du point de vue moral, et en étudiant ma propre personne, que j'appris à reconnaître l'absolue et première dualité de l'homme [...]. J'hésitai longtemps avant de soumettre cette théorie à l'épreuve de la pratique », pp. 95 et 97). L'influence d'un puritanisme typiquement victorien se conjugue ici aux élans prométhéens des fameux docteurs de Goethe et de Mary Shelley (voir les « Lectures croisées », ci-après).

– L'histoire semble enfin s'achever en **témoignage autobiographique** romancé où Stevenson rendrait compte de ses pulsions intérieures sous le masque d'un « alter ego » de papier : ainsi peut se lire la confession de Jekyll (pp. 94-116) qui expose longuement « la nature tyrannique de [ses] aspirations » (p. 94) et « risque l'hypothèse que finalement l'homme se révélera être une simple organisation de diverses et nombreuses individualités, disparates et indépendantes » (p. 95). Or c'est précisément cette expérience intime d'une pluralité ontologique que Stevenson affirme connaître dans ses rêves créateurs grâce à ses chers « *brownies* ».

« En définitive, ce récit est une parabole fortement teintée d'autobiographie. Stevenson était à la fois choqué et ébloui par les surgissements de son "moi" profond, leur irréductible opposition avec ce "moi" social que des siècles de "civilité puérile et honnête", le sentiment religieux, les contraintes morales et sociales de toute espèce ont surimposé à notre nature première. Tout en condamnant résolument l'amoralisme de nos tendances secrètes, l'aventurier en chambre qu'est l'auteur de *L'Île au trésor* rêve d'explorations au pays du Péché Absolu et connaît l'angoisse que la Tentation Absolue engendre en nous-mêmes » (présentation du roman par Charles-Albert Reichen, éd. Le Club du Livre Fantastique, Nouvel Office d'Édition, 1951).

Revanche de la Créature sur son Créateur (on pense au Monstre de Mary Shelley que l'on finira par appeler Frankenstein) : les lecteurs de Stevenson comme les peintres qui « ont essayé de faire son portrait » (p. 140) ont voulu voir en lui « une sorte de mélange grotesque entre le Dr Jekyll et M. Hyde » (p. 139). Malgré l'étonnement (feint ?) et la désapprobation de sa très vertueuse épouse, est-il vraiment si « étrange, au fond, de constater que le public identifie les créations d'un livre à la personnalité de son auteur » (*ibid.*) ?

Structure de l'œuvre

L'histoire est censée se passer à Londres, un Londres essentiellement nocturne et enveloppé de brouillard – mais l'on pourrait aussi y reconnaître l'Édimbourg natal (préface, p. 5) –, dans les années 18??, sur une durée d'un peu plus d'un an (« Environ un an plus tard, au mois d'octobre 18.. », p. 50). On pourra noter que Stevenson partage cette origine écossaise avec Walter Scott (1771-1832), le père du roman historique, dont il admire l'écriture, et avec Arthur Conan Doyle (1859-1930), le père de Sherlock Holmes, appelé à devenir le maître de l'enquête policière en littérature, tous deux également natifs d'Édimbourg.

Le récit se présente comme une enquête menée par le notaire Utterson, intrigué par le comportement de son ami, le Dr Jekyll : il pourrait être précisément une sorte de « Sherlock Holmes » froid et taciturne, dont le portrait ouvre le récit (p. 27). L'action proprement dite se clôt avec la découverte du cadavre de Hyde par Utterson et Poole, le majordome de Jekyll, dans le laboratoire de celui-ci. Mais un dernier volet explicatif transcrit : « les deux récits qui devaient maintenant éclaircir ce mystère » (p. 83) : deux lettres-« testaments » (les scripteurs sont morts) successivement lues par Utterson, celle de Lanyon, ami et adversaire scientifique de Jekyll, et la confession finale de

Jekyll. Une « tragédie qui se déroule pour l'essentiel entre célibataires d'âge mûr » (préface, p. 13).

« En fait, c'est Hyde, cet être de la nuit, qui occupe pendant les deux tiers de la nouvelle la fonction de protagoniste, dans les rares mais d'autant plus véhéments épisodes d'action » (p. 10). « La création de Hyde correspond à la fois à une scission, comme si Jekyll se séparait de son ombre, et à l'apparition d'une entité qui n'était pas là auparavant. En outre, le moment initial de cette scission se situe hors du champ de la narration. Le lecteur ne réalise que progressivement que Hyde est bien Jekyll. Ce mode de narration crée ainsi deux lignes superposées et contraires : du côté de l'ordre narratif, la différence se résout en identité ; du côté de l'ordre chronologique, l'unité devient dualité. Une telle mise en scène dramatise efficacement la fracture qui demeure l'événement central et secret » (in *Visages du double, un thème littéraire*, Pierre Jourde et Paolo Tortonese, Nathan Université, p. 109).

II - LIRE

Pour approfondir votre lecture, LIRE *vous propose une sélection commentée :*

- *de morceaux « classiques » devenus incontournables, signalés par* ➡ *(droit au but).*
- *d'extraits représentatifs de l'œuvre, signalés par* ⇨ *(en flânant).*

➡ 1 - ***Un étrange fait divers*** du début à « … Le chèque était authentique ».	pp. 27-32

- L'incipit : mise en place des éléments narratifs.
- Portrait d'Utterson : le notaire enquêteur, un vieux garçon austère et « morose » (p. 27) ; le « Sherlock Holmes » de l'histoire (voir « Les objectifs d'écriture », ci-dessus).
- Le décor : une ruelle de Londres, une maison « d'aspect sinistre » (p. 29).
- Le récit d'Enfield : un fait divers se déroulant dans une atmosphère nocturne d'« inquiétante étrangeté », rapporté à la première personne, avec une forme de réalisme « expressionniste » qui relève à la fois d'une dimension onirique (voir le fameux cauchemar à l'origine du roman) et d'une écriture « sèche », à la concision parfois jugée « glacée » (p. 21).

➡ 2 - ***« L'empreinte de Satan »*** de « Un soir enfin… » à « … votre nouvel ami ».	pp. 40-43

- « […] l'intense curiosité, presque excessive, de voir M. Hyde en chair et en os » (p. 40) : la rencontre Utterson/Hyde.
- Le « monstre » vu par le notaire ; un « nain au teint blafard » (p. 43).
- La prémonition révélatrice : l'« émanation d'une âme corrompue » (p. 43), la trace du diabolique dans ce « nouvel ami » (expression d'une cruelle ironie).

3 - *« Un crime d'une singulière férocité »* de « Environ un an… » à « … tous les témoins ».	pp. 50-55

– « L'affaire du meurtre de Sir Carew » (p. 50) : le deuxième fait divers dans son récit complet.
– Un récit dans le récit : la scène du meurtre (p. 50) : à rapprocher de l'agression de la fillette.
– Une atmosphère « crépusculaire » (p. 52) : tous les ingrédients d'un décor « fantastique » à la britannique ; « le lugubre quartier de Soho », « la zone d'une ville cauchemardesque » vue par Utterson qui rumine de « sombres pensées » (p. 53).
– Un personnage féminin caricatural : la logeuse de Hyde (voir préface, p. 13).
– L'appartement de Hyde : « une découverte qui confirme les soupçons » (p. 54).

4 - *« Hyde a payé sa dette »* de « Poole balança la hache… » à « … HENRY JEKYLL ».	pp. 79-83

– La découverte du corps de Hyde : l'hypothèse du suicide.
– La description du laboratoire avec son « bric-à-brac inimaginable » (p. 80).
– Le miroir : l'un des thèmes favoris du fantastique, étroitement lié à celui du double (voir les « Lectures croisées », ci-après).

5 - *La métamorphose* de « À peine les douze coups… » à « … HASTIE LANYON ».	pp. 88-93

– Le témoignage de Lanyon : premier volet du mystère dévoilé.
– Le récit de l'effrayante métamorphose, en sens inverse du schéma traditionnel : la Bête (Hyde) retrouve son apparence respectable (Jekyll).

6 - ***« Car lui, c'était aussi moi »*** de « Je suis né... » à « ... cet infortuné Henry Jekyll ».	pp. 94-116

- « L'exposé complet de l'affaire » par le docteur : l'ensemble du parcours « diabolique » raconté par la victime elle-même (voir les « Thèmes clés », ci-après).
- *Cogito ergo sum (duo)* : « Ce sentiment puissant de la dualité humaine qui par moments assaille et submerge l'esprit de toute créature pensante » (voir « Les objectifs d'écriture », ci-dessus, et les « Pistes de recherches », ci-après).
- « Ange et/ou démon ? » (pp. 99-100) : la « minutie casuistique » (préface, p. 7) de la confession finale.
- « Le mal à l'état pur » (p. 99) : le meurtre de Sir Danvers Carew raconté par son auteur ; les pulsions sadiques incontrôlables d'une violence primitive : « Animé d'un transport de joie, je mutilai ce corps qui ne se défendait pas, goûtant un plaisir immense à chaque coup porté » (p. 107). À rapprocher de l'instinct meurtrier de Lantier retrouvant les pulsions les plus archaïques de l'humanité dans *La Bête humaine* de Zola (Pocket Classiques, n° 6062).
- Hyde vu par Jekyll : à mettre en relation avec le portrait qu'en ont fait les autres personnages (Enfield, Utterson, Lanyon, Poole).

• LES THÈMES CLÉS

« Ange et/ou démon ? »

L'affrontement du Bien et du Mal, « cette dure loi de la vie qu'on trouve à la racine de toute religion, et qui est l'une des sources les plus importantes de la détresse de l'homme » (p. 95), constitue l'axe fondamental du récit et de la pensée de Stevenson : il y voit « la malédiction de l'humanité [...], une lutte qui jamais ne finit » (p. 96). Une conviction profondément pessimiste qui était celle des auteurs et poètes britanniques contemporains marqués par le sombre romantisme de Shelley et de Byron : « Le bien ou le mal peut dans le cœur de l'homme, passer soit au pire soit au meilleur, mais le mélange des deux est une malédiction autant qu'un prodige », constate ainsi Robert Browning (1812-1889).

Le « couple » Jekyll/Hyde symbolise donc de façon clairement métaphorique et allégorique une vision proprement manichéenne de la vie humaine : il manifeste en quelque sorte « l'empreinte de Satan », selon l'intuition du notaire Utterson (p. 43). Or il est particulièrement signifiant que le nom grec *diabolos* (à l'origine étymologique de « diable ») appliqué au Satan « calomniateur » ait le sens littéral de « celui qui divise » : ainsi met-il Job à l'épreuve en le frappant « d'un ulcère malin » qui menace son « intégrité » physique et morale (Livre de Job, 2) ou encore se dresse-t-il contre l'unité du peuple de Dieu en poussant David au dénombrement de ses sujets (« Satan se dressa contre Israël et il incita David à dénombrer les Israélites », Ier livre des Chroniques, 21, 1).

Satan a aussi imprimé sur Jekyll, obsédé par « l'absolue et première dualité de l'homme » (p. 95), la marque terrible d'une division sans retour et l'ultime confession de l'honorable docteur développe les images de la bête diabolique : « L'esprit infernal s'éveilla en moi et se déchaîna » (p. 107) ; « la bête en moi se léchait les babines » (p. 109) ; « il se repaissait de jouissances avec une avidité bestiale » (p. 102) ; « cette créature née de l'enfer n'avait rien d'humain ; rien ne l'animait sinon la peur et la haine » (p. 111).

À ce titre, il sera intéressant de rapprocher l'auto-analyse de Jekyll des spéculations sur « le démon de la perversité » prêtées par Edgar Poe à un criminel qui se trahit lui-même (voir « De l'Autre en Soi », dans les « Lectures croisées », ci-après) : « La certitude du péché ou de l'erreur inclus dans un acte quelconque est souvent l'unique *force* invincible qui nous pousse, et seule nous pousse à cet accomplissement. Et cette tendance accablante à faire le mal pour l'amour du mal n'admettra aucune analyse, aucune résolution en éléments ultérieurs. C'est un mouvement radical, primitif, élémentaire » (*Le Démon de la perversité* in *Nouvelles Histoires extraordinaires*, Pocket Classiques, n° 6050, p. 19).

Le puritanisme de l'ère victorienne

Les brefs rappels biographiques par lesquels Jekyll débute son exposé (p. 94) pourraient bien être l'écho des souvenirs de l'enfant de l'Écosse puritaine « converti » à vingt-six ans à l'agnosticisme (voir « Repères biographiques » pp. 119-120). Une éducation calviniste (le père est un « personnage complexe de puritain passionné », p. 119) et de constants problèmes de santé ont généré dès l'enfance cette sombre inquiétude du péché et de la souffrance qui parcourt l'œuvre de Stevenson. Dans cette perspective, les critiques n'ont pas manqué d'évoquer encore l'influence « castratrice » de sa prude épouse (voir préface, p. 12, note 1).

La chape morale étouffante que l'ère dite victorienne (Victoria règne de 1837 à 1901) fait peser sur la société britannique entretient un climat d'austérité puritaine susceptible de faire éclater les pulsions les plus incontrôlées sous les dehors les plus respectables : on sait comment la fameuse affaire de Jack l'Éventreur plongea Londres dans la terreur et défraya la chronique au début des années 80 (certains y ont même associé la personnalité du prince héritier Edward, dont les frasques désespéraient sa mère – Edward, le prénom de Hyde !).

Même si les plaisirs que Jekyll recherche sous le masque de Hyde sont « abjects », voire « monstrueux » (p. 101), ils permettent de « plonger la tête la première dans le flot de la liberté » (*ibid.*) et c'est précisément à cette libération de la conscience qu'a pu aspirer Stevenson lui-même : « Hélas ! N'y a-t-il pas quelque évasion possible, quelque vacance de la légalité morale, quelque incursion praticable en une Terre promise ? Ne devrons-nous jamais verser le sang ? Triste perspective ! Le Ciel, à coup sûr, ne peut être que ce grand royaume d'Antinomie suggéré par Charles Lamb où la conscience, cet impérissable ver, finit par expirer, laissant le pécheur libre d'enfreindre les dix Commandements... Là, nous pourrions froidement voler l'orphelin et abattre avec honneur des têtes chenues ! », confie-t-il dans sa *Correspondance*. Or, « voler l'orphelin » et « abattre une tête chenue » sont pratiquement les deux actes que réalise Hyde (la fillette piétinée, p. 30, et le meurtre de Sir Danvers Carew, p. 51), tandis que Jekyll « rachète » ses remords de conscience : « il se hâtait même, chaque fois que c'était possible, de réparer le mal fait par Hyde. Et ainsi sa conscience pouvait sommeiller » (p. 102).

Le « retour du refoulé »

On peut donc constater que c'est à regret que le docteur laisse le souci de respectabilité chasser (momentanément !) les pulsions du désir : « [...] je donnai la préférence au médecin d'âge mûr, insatisfait, entouré de ses amis, et caressant des espoirs honnêtes, pour dire résolument adieu à la liberté, la relative jeunesse, la démarche légère, les impulsions bondissantes et les plaisirs secrets dont j'avais joui sous le déguisement de Hyde » (p. 106). Bien entendu, il est tentant d'appliquer au roman les clés d'une lecture psychanalytique qui pourraient mettre en évidence la « fluidité morale » du « ça » subconscient (Hyde) qui abolit toute contrainte émanant du « surmoi » (Jekyll) : « je devins la proie d'angoisses et de désirs, comme si Hyde eût lutté en moi pour conquérir sa liberté » (p. 106) ; « le côté pervers de ma personnalité, si longtemps flatté et si récemment enchaîné, se mit à grogner pour réclamer sa liberté » (p. 109) ; « Je détestais et redoutais toujours l'idée de la brute qui sommeillait au plus profond de moi » (p. 112).

Le refoulement pourrait bien ici s'exprimer selon les termes d'un schéma « freudien » développé par Carl Gustav Jung : un homme qui s'identifie à sa *persona* (l'ensemble des qualités qu'exige de lui la société) pour construire une image valorisante devient le jouet de son *anima* (sa part féminine qui tend à le dominer et à l'infantiliser). « Dans la mesure où le monde sollicite insidieusement l'individu de s'identifier avec son masque, et dans la mesure où l'individu succombe à ces séductions, celui-ci sera livré aux influences qui émanent du monde intérieur, et il en sera le plus souvent victime. [...] La contradiction sourd de l'intérieur de lui-même et agit sur le Moi. Tout se passe comme si l'inconscient opprimait le Moi avec une puissance égale à celle avec laquelle la *persona* attire ce Moi, comme si la soumission aux sollicitations extérieures et aux séductions de la *persona* signifiait une faiblesse analogue face aux forces intérieures et aux pouvoirs de l'inconscient. Tandis que l'individu assume, dans son rapport au monde, le rôle d'une personnalité forte et efficace, se développe au fond de lui une faiblesse efféminée en face de toutes les influences qui émanent de l'inconscient : il est de plus en plus enclin à des caprices, des humeurs, des accès de frayeur, il n'est pas jusqu'à sa sexualité qui ne s'effémine (ce qui peut culminer dans une impuissance) » (Jung, *Dialectique du Moi et de l'inconscient*, 1933, Gallimard Folio, 1989, p. 158).

En étudiant d'une part le comportement fortement inhibé de Jekyll et d'autre part la « mise en scène sadique idéale » où se dévoile « une violente volonté d'humiliation, d'offense, de négation du féminin » (pp. 13-14), on pourra comparer ces perspectives avec l'analyse que propose la préface de la « diabolisation par le narrateur de la relation homosexuelle » (p. 20, note 1).

III - POURSUIVRE

• LECTURES CROISÉES

Markheim : Stevenson et l'inspiration fantastique

On pourra tout d'abord lire d'autres contes « fantastiques » de Stevenson : *Le Club du suicide, Janet la Torte* (ce dernier cité intégralement dans le dernier volume de *La Grande Anthologie du fantastique,* de Jacques Goimard et Roland Stragliati, 3 volumes, Omnibus, 1996), et surtout *Markheim* (1885), un récit où Stevenson exploite le thème du double diabolique avant même l'expérience du cauchemar d'où est né son roman (voir p. 137).

Voici le canevas de cette nouvelle (publiée en 1887 dans le recueil *The Merry Men and Other Tales and Fables* ; traduite en français par Théo Varlet, elle figure dans *Le Cas étrange du Dr Jekyll et de M. Hyde*, collection 10/18, UGE, 1976) :

Un voleur nommé Markheim se rend un jour de Noël chez un brocanteur à qui il vend régulièrement de la marchandise ; mais cette fois, c'est dans l'intention de lui acheter un cadeau pour une femme. Le brocanteur lui propose un petit miroir ancien : Markheim le repousse avec violence comme s'il s'agissait d'un objet diabolique et justifie son geste en déclarant qu'un miroir est un « mémento d'années, de péchés et de folies », qu'il est une « conscience à main » (éd. 10/18, p. 325) ; puis il poignarde le brocanteur. Tandis qu'il se met à chercher son argent, il entend un bruit de pas à l'étage supérieur, pourtant désert : il s'imagine alors que c'est « une chose sans visage », « l'image du marchand mort », ou encore « son propre fantôme » (p. 332). Markheim monte dans la pièce et voit apparaître un homme au visage changeant dans lequel il trouve « une ressemblance avec lui-même » (p. 341) – seul moment du récit qui fasse explicitement référence au double, mais dont l'importance est capitale. Lorsque Markheim lui demande s'il est le diable, il élude la question, tout en déclarant qu'il vit « pour le mal » et que « l'homme mauvais (lui) est cher » (p. 346) ; il offre ensuite ses services à Markheim en assurant connaître le fond de son âme.

Le voleur refuse en se disant victime des circonstances : il affirme que le meurtre du brocanteur est le dernier de ses crimes. Cependant, l'inconnu le persuade que son désir de renoncer au Mal est condamné à échouer en raison de sa nature pervertie. À ce moment, survient une employée de la boutique : l'homme mystérieux pousse Markheim à se débarrasser d'elle, mais celui-ci décide de se livrer à la justice pour éviter de commettre de nouveaux forfaits qu'il sait désormais inévitables. Alors, sans que Markheim ait le temps de s'en apercevoir, « les traits du visiteur subirent un merveilleux changement : ils s'illuminèrent et s'adoucirent d'un tendre triomphe et, tout en s'illuminant, s'effacèrent et disparurent » (p. 351).

Miroirs déformants

Les thèmes du « miroir » et du « double », qui étaient déjà les clés de la lecture allégorique de *Markheim*, pourront être étudiés dans le fameux roman d'Oscar Wilde *Le Portrait de Dorian Gray* (1891) (Pocket Classiques, n° 6066 ; voir, en particulier, l'analyse et les prolongements proposés par « Les Clés de l'œuvre »).

On comparera, entre autres, la façon dont les héros sont victimes de l'*hubris* tragique (« Une fatalité pèse sur toute supériorité physique ou intellectuelle. [...] Nous aurons à souffrir terriblement en échange des dons que les dieux nous ont accordés », *Le Portrait de Dorian Gray*, p. 24), leur lucidité dans l'expérience trouble d'une conscience supérieure et maléfique (« Mon cher, dit Lord Henry, [...] il n'est pas si facile d'accéder à la civilisation. Il n'existe que deux moyens d'y parvenir : la culture et la corruption. [...] Culture et corruption, répéta Dorian Gray. J'ai connu passablement les deux. Maintenant, je suis effrayé de découvrir qu'elles sont toujours inséparables », *ibid.*, p. 261). On rapprochera le suicide de Dorian Gray qui poignarde son « double » (pp. 276-278) de celui du docteur qui met « un terme à la vie de cet infortuné Henry Jekyll » (p. 116).

De l'Autre en Soi

On retrouvera le thème du Double (*Doppelgänger*, selon le terme allemand utilisé en psychanalyse) et de l'Autre, voire de la folie schizophrène, dans l'abondante production « fantastique » du XIXe siècle, une époque où les progrès de la science n'excluent pas – bien au contraire ! – le goût pour le mystique et le transcendantal (Jekyll évoque ainsi « l'orientation prise par

[ses] études scientifiques, qui tendaient entièrement vers le mystique et le transcendantal », p. 95). Pour l'étude de ce contexte historique et littéraire, voir « Les clés de l'œuvre » de *Récits fantastiques*, Pocket Classiques, n° 6087 (« L'histoire d'un genre », pp. VI-IX), et des *Histoires extraordinaires* de Poe, Pocket Classiques, n° 6019 (« Mesmérisme et magnétisme animal », pp. XXVII-XXVIII).

On retiendra, en autres :

– Une étrange « diablerie philosophique » (c'est ainsi qu'il la nomme lui-même) de Balzac : *Melmoth réconcilié* (à lire dans *Œuvres* de Balzac, coll. L'Intégrale, Seuil, 1966, tome VI, pp. 529-545). Publié en 1835, puis incorporé aux *Études philosophiques* de *La Comédie humaine*, ce récit est né de l'admiration suscitée par la lecture de *Melmoth ou l'homme errant* (1820) de l'écrivain irlandais Charles Robert Maturin (1782-1824), considéré comme l'un des chefs-d'œuvre du « roman noir » anglais. Balzac y reprend le thème du héros faustien (voir ci-après) victime d'un contrat satanique : Castanier a conclu un pacte diabolique avec un mystérieux inconnu qui lui accorde immortalité et toute-puissance en échange de son âme. « Sa forme intérieure avait éclaté. En un instant, son crâne s'était élargi, ses sens avaient grandi. Sa pensée embrassa le monde, il en vit les choses comme s'il eût été placé à une hauteur prodigieuse. » Pour satisfaire tous ses désirs, il puise « à pleines mains dans le trésor des voluptés humaines dont la clef lui avait été remise par le Démon ». Mais ces orgies le conduisent à la conscience douloureuse de la vanité des plaisirs matériels : « Cette énorme puissance, en un instant appréhendée, fut en un instant exercée, jugée, usée. Ce qui était tout ne fut rien. » Et Castanier renonce à ses pouvoirs diaboliques pour connaître le repentir et mourir en pécheur.
– L'œuvre de Nerval, où l'onirique enrichit le fantastique de « correspondances » particulièrement poétiques (voir les lectures proposées pp. 141-150). On se reportera aux éditions Pocket Classiques d'*Aurélia* (n° 6109) et des *Filles du Feu*, suivies de *Pandora* (n° 6090).
– Les nouvelles de Théophile Gautier (en particulier : *Avatar* et *Le Chevalier double*) ; voir les *Récits fantastiques* (*op. cit.*), comprenant *Inès de Las Sierras* de Nodier, *Le Chef-d'œuvre inconnu* de Balzac, *La Vénus d'Ille* de Mérimée, *La Morte amoureuse* et *Avatar* de Gautier, *Lokis* de Mérimée.

– Les nombreux contes fantastiques de Guy de Maupassant (dont le célèbre *Horla*, Pocket Classiques, n° 6002).
– Les *Tales* d'Edgar Allan Poe : *Histoires extraordinaires* et *Nouvelles Histoires extraordinaires* (n°s 6019 et 6050), en particulier *William Wilson* (thème de double) et *Le Démon de la perversité* (voir ci-dessus) dont les termes mêmes pourraient définir le comportement pathologique du docteur Jekyll :

« L'induction *a posteriori* aurait conduit la phrénologie à admettre comme principe primitif et inné de l'action humaine un je-ne-sais-quoi paradoxal, que nous nommerons *perversité*, faute d'un terme plus caractéristique. Dans le sens que j'y attache, c'est, en réalité, un mobile sans motif, un motif non motivé. Sous son influence, nous agissons sans but intelligible ; ou, si cela apparaît comme une contradiction dans les termes, nous pouvons modifier la proposition jusqu'à dire que, sous son influence, nous agissons par la raison que *nous ne le devrions pas*. En théorie, il ne peut pas y avoir de raison plus déraisonnable ; mais, en fait, il n'y en a pas de plus forte. Pour certains esprits, dans de certaines conditions, elle devient absolument irrésistible. [...] Il n'est pas dans la nature de passion plus diaboliquement impatiente que celle d'un homme qui, frissonnant sur l'arête d'un précipice, rêve de s'y jeter. Se permettre, essayer de *penser* un instant seulement, c'est être inévitablement perdu ; car la réflexion nous commande de nous en abstenir, et c'est *à cause de cela même*, dis-je, que nous *ne le pouvons pas*. S'il n'y a pas là un bras ami pour nous arrêter, ou si nous sommes incapables d'un soudain effort pour nous rejeter loin de l'abîme, nous nous élançons, nous sommes anéantis.

Examinons ces actions et d'autres analogues, nous trouverons qu'elles résultent uniquement de l'esprit de *perversité*. Nous le perpétrons simplement à cause que nous sentons que *nous ne le devrions pas*. En deçà ou au-delà, il n'y a pas de principe intelligible ; et nous pourrions, en vérité, considérer cette perversité comme une instigation directe de l'Archidémon, s'il n'était pas reconnu que parfois elle sert à l'accomplissement du bien. »

Nouvelles Histoires extraordinaires, *op. cit.*, pp. 19 et 22.

Enfin on n'oubliera pas les deux grands « classiques » du genre fantastique que sont *Les Élixirs du diable* d'E. T. A. Hoffmann et *Le Golem* de G. Meyrink (voir le dossier historique et littéraire de *Frankenstein*, Pocket n° 3252, pp. 293 sq.).

Un exercice de réécriture : *Mary Reilly*

En 1990, Valérie Martin, professeur de littérature dans diverses universités américaines, propose un roman intitulé *Mary Reilly* – disponible en Pocket, n° 4381 –, où elle récrit à sa manière les aventures du malheureux Dr Jekyll (adapté au cinéma, sous le même titre, en 1991 par Stephen Frears avec Julia Roberts et John Malkovitch dans le rôle de Jekyll). Il sera donc intéressant de rapprocher cet exercice de style avec son modèle pour en comparer les enjeux d'écriture.

La fiction se fonde ici sur le procédé littéraire du journal autobiographique : après une enfance misérable où elle fut martyrisée par son père, Mary Reilly est entrée au service du respectable Dr Jekyll ; sans doute faut-il voir, dans ce personnage qui permet une vision au féminin d'un drame presque exclusivement masculin (voir à ce sujet les remarques de la préface, pp. 13 sq.), la transposition « romantique » de la figure à peine aperçue d'une femme de chambre éplorée et rabrouée par le majordome Poole, inquiet de la disparition du docteur (« le profond silence ne fut rompu que par la femme de chambre qui, haussant le ton, se mit à pleurer bruyamment », p. 71).

Mary Reilly s'éprend rapidement de son maître, en dépit (à cause ?) de sa personnalité rude et de son comportement mystérieux. Elle finit par percer son terrible secret et la fiction d'un manuscrit trouvé après sa disparition, justifiée par une postface, permet de suivre pas à pas les étapes de cette terrifiante découverte. Voici comment s'achève le récit de Mary Reilly (*op. cit.*, pp. 250-251) :

« Le Maître avait raison de se demander qui pourrait le croire. Comment un homme pouvait-il exister sous la forme de deux êtres aussi différents – l'un aimable, attentionné, généreux, l'autre soucieux de son seul plaisir et n'ayant pour seul plaisir que faire souffrir ?

Je me penchai vers la table, ne pouvant détacher mes yeux de tous ces récipients qui luisaient devant moi, et j'aurais voulu les réduire en miettes mais je ne m'en sentais pas la force. Mes genoux ne me soutenaient plus et je m'effondrai sur le sol. Je rampai jusqu'à mon Maître, lui parlant à voix basse. Son visage était tourné vers mon visage, ses cheveux d'argent tristement emmêlés, et ses yeux si largement ouverts paraissaient regarder la table à travers moi. J'entendis approcher des pas lourds et s'élever des voix, d'abord dans la cour, puis dans l'amphithéâtre. On venait le chercher, on allait me le prendre à jamais et bientôt tout le monde saurait que mon cher Maître et l'affreux Edward Hyde n'étaient qu'une seule et même personne. “Mais vous avez dit ne pas vous soucier de l'opinion des autres, rappelai-je, et moi non plus, Maître, je ne m'en soucie pas.” Je l'atteignis enfin et lui baisai la main comme je l'avais fait cette nuit-là dans la cour, puis je m'efforçai de lui prendre le flacon dont la vue m'était insupportable mais ses doigts étaient raidis, ils tenaient cette petite bouteille avec la force que leur donnait la mort. “C'est là un bien vilain tour que vous joue cet Edward Hyde de se tuer et de vous laisser répondre de sa mort”, dis-je encore. Je lissai ses cheveux en arrière mais ne tentai pas de lui fermer les yeux.

J'entendis à nouveau des pas qui traversaient l'amphithéâtre ; bientôt ils résonneraient sur les marches. Je murmurai “Eh bien, qu'on vienne”, en m'allongeant contre mon Maître, de mon mieux nous enveloppant tous les deux de mon manteau car le sol était froid. J'appuyai ma tête contre sa poitrine et passai mes bras autour de son cou. J'entendais battre mon cœur dans mon oreille, mon cœur battait fortement contre son cœur silencieux.

Ce fut ainsi qu'on nous trouva. »

• PISTES DE RECHERCHES

« Les affres de la métamorphose »

Le récit circonstancié que Jekyll fait de sa première transformation en Hyde (pp. 97-98) et celui qu'en a fait Lanyon assistant à cet extraordinaire phénomène (p. 92) pourront inviter à une recherche sur le thème de la métamorphose, largement exploité par la littérature comme par les arts plastiques et le cinéma.

De nombreux récits mythologiques racontent des métamorphoses merveilleuses : on retiendra, entre autres, celle du roi Lycaon transformé en loup dans les *Métamorphoses* du poète latin Ovide. Frappé le premier par la terrible malédiction de l'homme-loup, ce méchant roi porte le signe même de la Bête (*lykos*, le loup en grec, d'où le nom propre Lycaon) ; mais est-ce le loup qui lui a donné son nom ou a-t-il donné le sien au loup en souvenir de son châtiment exemplaire ? Roi d'Arcadie, au cœur du Péloponnèse, Lycaon a reçu la visite de Jupiter qui a pris figure humaine. Bien que le maître de l'Olympe lui ait révélé son essence divine, il se moque des hommages qu'on lui adresse et décide de mettre le roi des dieux à l'épreuve : il égorge un otage envoyé par le peuple des Molosses, le dépèce et sert ses membres rôtis à Jupiter. Furieux, le dieu frappe son palais de sa foudre vengeresse et le transforme en loup. « Épouvanté, Lycaon s'enfuit et, après avoir gagné la campagne silencieuse, il se met à hurler ; en vain, il s'efforce de parler ; toute la rage de son cœur se concentre dans sa bouche ; sa soif habituelle du carnage se tourne contre les troupeaux et maintenant encore il se plaît dans le sang. Ses vêtements se changent en poils, ses bras en jambes ; devenu un loup, il conserve encore des vestiges de son ancienne forme. Il a toujours le même poil gris, le même air farouche, les mêmes yeux ardents ; il est toujours l'image de la férocité » (Ovide, *Métamorphoses*, livre I, vers 232-239).

On retrouvera l'épisode de la métamorphose en loup dans de nombreux films, dont le célèbre *Loup-garou de Londres* de John Landis (1981).

« Car lui, c'était aussi moi »

Dès l'Antiquité, la conscience du « moi » s'accompagne d'une prise en compte des virtualités d'un « autre » (voir le *daimon* socratique ou encore le *genius* des Romains qui est censé les accompagner de la naissance à la mort) ; il arrive aussi que cette expérience d'une altérité plutôt souriante débouche sur celle, bien plus terrible, de l'aliénation schizophrénique (l'esprit est littéralement « fendu » en deux) : ainsi la folie d'Ajax dans la tragédie éponyme de Sophocle (vers 445 av. J.-C.), celle d'Héraclès (Hercule) dans *La Folie d'Héraclès* (424 av. J.-C.) ou celle d'Agavé dans *Les Bacchantes* (405 av. J.-C.), deux tragédies d'Euripide.

Conscience « déchirée » de l'*homo duplex* qui peut aussi bien se lire dans le dialogue (faussement ?) enjoué des MOI et LUI du *Neveu de Rameau* de Diderot (Pocket Classiques, n° 6180 ; voir le dossier de la présente édition, p. 173) que dans l'obsession pathologique du héros du *Horla* de Maupassant (*op. cit.*).

L'expérience du double peut aussi conduire à la prolifération des « moi », l'Autre n'étant que le premier pas vers la subdivision à l'infini : si « je » n'est pas « moi-même », ni « l'autre », mais la conscience qui assiste à l'affrontement, c'est donc qu'il existe une tierce personne. Ainsi, dans *La Mise à mort* d'Aragon, le personnage de Christian se présente comme triple et accuse Stevenson d'avoir méconnu le plus important, le *troisième*, l'*Indifférent* dans le « couple » Jekyll/Hyde : « Il y a dans la somme d'un et un quelque chose qui n'existe ni dans l'un ni dans l'autre, le *plus* sans doute, et qui veut qu'un plus un fassent trois, de sorte que de l'opposition de Jekyll et Hyde naît l'Indifférent » (Gallimard Folio, 1973, p. 109).

Inquiétants docteurs

La dimension prométhéenne et faustienne du personnage de Jekyll pourra être éclairée par une recherche sur les archétypes fondateurs : rivalisant avec le pouvoir divin de création, tel le mythique Prométhée, le savant docteur cherche à maîtriser les lois de la nature au mépris des terribles dangers qu'il provoque. Réactivée par les progrès de la science, la révolte prométhéenne mêle la tentation démiurgique à l'obsession du salut. « Moderne Prométhée » (c'est le sous-titre du *Frankenstein* de Mary Shelley), Jekyll partage les ambitions et les obsessions de ses « collègues » docteurs, Faust et Frankenstein (voir l'édition du roman et son dossier en Pocket, n° 3252).

Pour étudier ce qu'on a pu appeler « le syndrome de Faust » (préface, p. 11), on se reportera au Faust de Goethe (*Faust*, 1808) comme à celui de Christopher Marlowe (*La Tragique Histoire du docteur Faust*, 1589). Tous deux expriment ce désir de puissance sur le monde – en une sorte de préfiguration du surhomme nietzschéen capable de vivre au-delà des limites du Bien et du Mal – qui les conduit à recourir aux services de la magie, comme le respectable Jekyll absorbant l'infâme breuvage pour s'enivrer de délectables plaisirs « juvéniles » (d'un côté, le « médecin d'âge mûr, insatisfait, entouré de ses amis, et caressant des espoirs honnêtes », de l'autre « la relative jeunesse, la démarche légère, les impulsions bondissantes et les plaisirs secrets [...] sous le déguisement de Hyde », p. 106) :

> « Certes j'en sais plus que tous ces benêts,
> Docteurs, magistrats, scribes et diseurs de messes ;
> Nul doute ni scrupule ne me tourmente,
> Je n'ai peur ni de l'Enfer ni du Diable. [...]
> C'est pourquoi je me suis adonné à la magie
> Pour voir si, par la force et la vertu de l'Esprit,
> Maint mystère ne me serait pas révélé. »

Goethe, *Faust*, première partie.

Sans doute Goethe lui-même était-il fasciné par le dualisme né d'une aspiration divine à laquelle fait obstacle la partie animale inhérente à la nature physique de l'homme ; comme Faust, Jekyll a passé un pacte avec le Malin qui tente de ravaler l'humain au rang de la brute : « C'est sous cet aspect que ma nouvelle puissance me tenta jusqu'à faire de moi son esclave » (p. 100). Mais Faust a gardé la conscience, même obscure, de l'idéal qu'il porte en lui, d'où une conclusion optimiste : après Marguerite, lui aussi sera sauvé ; aucun espoir pour Jekyll qui doit se résoudre au suicide, la pire des damnations pour un croyant.

« La vie est un songe »

Pour compléter la réflexion sur les rapports entre la vie, le rêve et l'écriture (voir dossier, pp. 123 sq.), on pourra proposer quelques jalons pris dans des œuvres variées :

– « Nous sommes du même tissu que celui dont sont faits les rêves et notre courte vie est un intervalle entre deux sommeils » (Prospero dans *La Tempête* de Shakespeare).

– « Qu'est-ce que la vie ? – Une fureur. Qu'est-ce que la vie ? – Une illusion, une ombre, une fiction, et le plus grand bien est peu de chose, car toute la vie et un songe, et les songes mêmes ne sont que songes » (Sigismond, à la fin de la deuxième journée (scène 2) de *La vie est un songe* de Calderòn, 1629).

– « Nous veillons dormants, et veillants dormons. [...] Notre raison et notre âme, recevant les fantaisies et opinions qui lui naissent en dormant, et autorisant les actions de nos songes de pareille approbation qu'elle fait celles du jour, pourquoi ne mettons-nous en doute si notre penser, notre agir, n'est pas un autre songer et notre veiller quelque espèce de dormir ? » (Montaigne, *Essais*, II, 12, « L'Apologie de Raimond Sebond »).

– « Que de fois l'assoupissement de la nuit me persuade que je suis ici, habillé, assis près du feu, toutes choses habituelles, alors que pourtant je suis couché, déshabillé, entre mes draps ! [...] Et quand j'y pense avec plus d'attention, je vois manifestement qu'on ne peut jamais distinguer par des marques certaines la veille d'avec le sommeil que j'en suis stupéfait, et que cette stupeur même me confirme presque dans l'opinion que je dors. [...] Je supposerai donc, donc, non pas le Dieu tout bon, source de vérité, mais quelque génie méchant, et en même temps souverainement puissant et rusé, qui a mis toute son adresse à me tromper » (Descartes, *Méditations métaphysiques*, « Méditation Première »).

• PARCOURS CRITIQUE

« Le double allégorique »

Pour situer « le fantastique de l'expiation » propre à Stevenson (voir Francis Lacassin, préface du roman dans Stevenson, *Œuvres*, collection « Bouquins », Laffont, 1984, p. 12, note 1) :

« John Herdman, dans *The Double in Nineteenth-Century Fiction* (Bastingstoke, Macmillan, 1990), analyse l'évolution historique du thème : le double serait d'abord (de la fin du XVIIIe siècle à Dostoïevski) un "double surnaturel", et deviendrait ensuite soit un "double allégorique" (Stevenson, Wilde), soit un "double psychologique" (de Maupassant aux écrivains du XXe siècle).

Dans le "double surnaturel" se mélangent un problème psychologique et un problème moral – dans une perspective chrétienne – de perte et de salut. Ensuite le double, perdant son ambiguïté et sa transcendance, décline. Sa problématique n'est plus littéraire, mais scientifique. Jung est le seul psychanalyste qui laisse ouverte une perspective de complexité morale, à travers l'archétype de l'ombre. [...] Certains développements littéraires, comme ceux [...] de Stevenson, sont d'ailleurs directement marqués par le calvinisme écossais. [...] Les protagonistes des histoires de double seraient surtout des individus qui ne savent pas se repentir, parce qu'ils désespèrent. Le double étant une représentation du mauvais moi, le chrétien devrait accepter sa présence et croire au pardon ; si, au contraire, il le rejette complètement, il commet un péché d'orgueil qui le perd, et voit réapparaître d'une manière violente et incontrôlable la face cachée et sombre de sa personnalité. »

Pierre Jourde et Paolo Tortonese, *op. cit.*, pp. 88-89.

Ce très précieux ouvrage de synthèse complète l'analyse par des notices de présentation de plusieurs œuvres, suivies d'une bibliographie et d'une filmographie abondantes.

• **UN LIVRE / DES FILMS**

On pourra ajouter *Mary Reilly*, le film de Stephen Frears (voir les « Lectures croisées », ci-dessus), à la filmographie très détaillée des pp. 186-191.

À signaler : *The Mask*, film de Charles Russell (1994) avec Jim Carrey. Sous un masque trouvé par hasard, le héros découvre que sa personnalité s'épanouit et que toutes ses inhibitions s'évanouissent.

DOSSIER HISTORIQUE ET LITTÉRAIRE

I. REPÈRES BIOGRAPHIQUES

1850 13 novembre, naissance à Édimbourg de Robert Louis Stevenson, d'une famille paternelle d'ingénieurs écossais, bâtisseurs de phares, dont les ancêtres directs étaient de hardis marins. Du côté maternel, on trouve des missionnaires et des fonctionnaires de l'Empire (aux Indes, notamment).

1859 Robert Louis, dont la petite enfance, marquée par l'amour de sa nourrice Alison Cunningham (à qui il dédiera, en 1885, son recueil de poèmes *Le Jardin poétique d'un enfant*), a été constamment souffreteuse, commence des études qui seront cahotiques en raison de son état de santé.

1862-1863 Le jeune garçon voyage avec ses parents en Allemagne, puis sur la Riviera et en Italie, ce qui était de tradition chez les Britanniques fortunés qui croyaient (à tort) le climat méditerranéen recommandé pour les enfants faibles de la poitrine.

1864-1865 Robert Louis, qui lit avec passion des textes d'aventures exotiques ou des histoires de spectres, parues en magazine, compose lui-même des revues manuscrites destinées à sa famille (habitude qui fut aussi celle de Lewis Carroll adolescent).

1866 Son père, personnage complexe de puritain passionné, fait publier à ses frais, à Londres, *La Révolte du Pentland*, premier roman (historique) de son rejeton.

1867 Inscrit à l'université d'Édimbourg pour y poursuivre, en principe, des études d'ingénieur, Stevenson mène, en fait, une vie de bohème.

1870 Il propose à une jeune prostituée avec laquelle il a une liaison de l'épouser. Sa famille horrifiée l'en empêche.

1871 Il renonce brusquement à une carrière scientifique et commence des études de droit.

1873 Année décisive. Robert Louis avoue à son père qu'il a perdu la foi. Il rencontre Sidney Colvin, professeur à Cambridge, qui l'introduira dans le milieu littéraire, et Mrs Sitwell, la femme séparée d'un pasteur. Elle finira par le repousser (et épousera Colvin, longtemps après la mort de son pasteur de mari... et celle de Stevenson). Sa décision est prise : il sera écrivain.

1874-1875 Années agitées. Croisière en juillet 1874 avec un riche ami avocat, Walter Simpson, immenses lectures, rédaction de nombreux textes critiques. En 1875, rencontre du poète William Henley, qui deviendra son ami intime. Au mois de juillet de la même année, reçu à son droit, il ouvre à Édimbourg, grâce à l'argent de son père, un cabinet d'avocat mais repart aussitôt pour Paris puis s'installe à Barbizon dans un milieu de peintres. Il n'exercera jamais.

1876 Rupture violente avec son père. Chassé de chez lui, Stevenson s'installe chez Henley, puis descend la Sambre et l'Oise en péniche avec Walter Simpson. En août, il rencontre à Grez-sur-Loing, dans un hôtel de vacances, Fanny Osbourne, née Van de Grift, une Américaine séparée de son mari. Elle a dix ans de plus que Stevenson et deux enfants, une fille de seize ans et un garçon de neuf ans, Lloyd, pour qui sera écrite *L'Île au trésor*.

1877-1879 Son amour pour Fanny, qui habite Montmartre, conduit Stevenson à vivre plus souvent à Paris qu'en Écosse ou à Londres, malgré deux liaisons durant les mêmes années. Publication, en mai 1878, de son premier livre, un récit des croisières fluviales faites avec Simpson : *An Inland Voyage* (*Au fil de l'eau*). Suit *Voyages dans les Cévennes avec un âne*.

1880 Mariage avec Fanny.

1881 *L'Île au trésor*, en feuilleton.

1882 Les Nouvelles Mille et Une Nuits.

1883 *Les Pionniers du Silverado (The Silverado Squatters)*. *L'Île au trésor* en volume. *La Flèche noire (Black Arrow)* en feuilleton.

1884-1887 (juillet à août) Les Stevenson habitent Bournemouth (côte sud de l'Angleterre) dans le cottage *Skerryvore*, présent de Thomas Stevenson à sa belle-fille Fanny.

C'est là, durant l'hiver 1884, qu'il compose avec William Henley divers drames pour le théâtre. En septembre de la même année, amicale controverse littéraire entre le glorieux aîné Henry James, qui publie « L'Art de la fiction », et Stevenson qui lui répond par « Une humble remontrance ». 1885 : *A Child Garden of Verses* (*Le Jardin poétique d'un enfant*) ; *Le Prince Othon* ; second volume des *Nouvelles Mille et Une Nuits* (*Le Dynamiteur*), en collaboration avec Fanny ; *Robert Macaire*, en collaboration avec William Henley. 1886 : *L'Étrange Cas du Dr Jekyll et de M. Hyde*, né d'un cauchemar, connaît un succès triomphal ; *Kidnapped !* (*Enlevé ! ou Les Aventures de David Balfour*), roman écossais (Balfour est le nom de jeune fille de la mère de Stevenson), paraît en feuilleton dans *Young Folks*, puis en volume. Mai 1887 : mort de Thomas Stevenson.

1887-1888 (août à juin) Les Stevenson, accompagnés de la mère de l'écrivain, quittent l'Angleterre pour l'Amérique. Séjour d'hiver à Saranac, dans les Adirondacks. 1887 : *The Merry Men* (*Les Gais Lurons*), nouvelles ; *Memories and Portraits* (*Mémoires et portraits*), recueil d'articles.

1888-1890 (juin à octobre) Pour honorer un contrat des éditeurs américains de Stevenson (Scribner's), départ en famille pour les îles Marquises et Tahiti, puis retour à Hawaii, d'où Mme Stevenson mère rentrera seule en Écosse en 1889. Un peu plus tard, départ pour la France de Valentine Roch, bonne française des Stevenson depuis des années : sur plainte de la jalouse Fanny ? En 1889 et 1890, second puis troisième voyage jusqu'aux îles Gilbert puis Samoa. En décembre 1889, achat d'un terrain de vingt hectares dans l'île d'Apia (Samoa occidentales), construction d'un chalet dont Stevenson, malade (hémorragies, bronchite), attend l'achèvement à Sydney (Australie). Les années 1889 et 1890, le début de l'année 1891 sont remplies d'incessants aller et retour entre Sydney et les îles de l'archipel des Samoa. 1888 : *La Flèche noire*, en volume ; *The Misadventures of John Nicholson* (*Les Mésaventures de John Nicholson*). 1889 : *The Wrong Box* (*Un mort encombrant*), avec Lloyd Osbourne ; *The Master of Ballantrae* (*Le

Maître de Ballantrae). 1890 : *In the South Seas* (*Dans les mers du Sud*), recueil d'articles ; *Ballads* (*Ballades*), recueil de poèmes.

1890-1894 (octobre à décembre) Les Stevenson sont enfin fixés à Opolu (île d'Apia, Samoa) dans leur propriété de Vailima, « la maison des cinq rivières », où Robert Louis, adopté par les indigènes, est bientôt connu sous le nom de Tusitala, « celui qui raconte des histoires », et fait figure de magicien. Cela n'empêche pas les voyages, à Honolulu (Hawaii) notamment, qui se trouve tout de même à 3 500 km (à vol d'oiseau !) d'Apia. En 1893, lors de l'épisode de guerre civile qui oppose, aux Samoa, un baron allemand, gouverneur de l'archipel et homme lige de l'Angleterre, au chef local Mataafa, Stevenson prend fait et cause pour celui-ci et intervient comme défenseur des indigènes auprès du Foreign Office. Pour l'honorer, la tribu de Mataafa construit la « Route des cœurs aimants ». Épuisé par le tabac, la boisson, et aussi (malgré la surveillance jalouse de Fanny) les aventures féminines, Stevenson meurt à quarante-quatre ans d'une hémorragie cérébrale, le 3 décembre 1894. Il est enterré en haut du mont Vaea, sous le nom de Tusitala. 1891 : *The Wrecker* (*Le Trafiquant d'épaves*), avec Lloyd Osbourne. 1892 : *Across the Plains* (*À travers les plaines*), récits de voyages ; *A Family of Engineers* (*Une famille d'ingénieurs*), souvenirs de la famille paternelle. 1893 : *Catriona* (suite des aventures de David Balfour) ; *Island Night's Entertainments* (*Veillées des îles*), contes des mers du Sud. 1894 : *The Ebb-Tide* (*Le Reflux*), avec Lloyd Osbourne. À sa mort, Stevenson, dont l'activité, les dernières années, est véritablement fébrile, laissait une masse considérable d'inédits : romans, *Weir of Hermiston* (*Hermiston le juge pendeur*), *Saint-Ives*, rapidement publiés à titre posthume, essais littéraires, récits de voyages, etc., dont certains n'ont pas encore été traduits en français.

II. GENÈSE DE *L'ÉTRANGE CAS DU Dr JEKYLL ET DE M. HYDE*

1. L'ÉCRITURE DU RÊVE

Les surréalistes, engagés à ce faire par leur enthousiasme, qui souvent manque de distance critique, à l'égard du génie de Freud, et surtout leurs épigones, ont beaucoup (trop) écrit sur les rapports entre l'écriture, poétique en particulier, et le rêve. Quoi qu'il en puisse être de la nécessité — ou non — pour l'entreprise artistique qui se veut valide, de se soumettre à une certaine forme de dictée « automatique » en rapport avec l'inconscient, force est de constater qu'un nombre infime de textes (même surréalistes) donnent au lecteur l'impression forte d'avoir été produits sinon en état second onirique (le contrôle qu'implique tout geste esthétique l'interdit presque), du moins au plus près du déroulement psychique qui caractérise l'état de rêve. En français, on aurait même envie de ne citer que la suite en quinze sonnets, de Du Bellay, intitulée « Songe », Les Chimères *de Nerval, bonne part des* Illuminations *de Rimbaud,* Le Cornet à dés *de Max Jacob, et de-ci de-là des fragments de Breton, Desnos, enfin bien sûr* La Ralentie *et tant d'autres œuvres de Michaux. En Allemagne, la moisson serait évidemment plus riche, mais ce n'est pas du côté du romantisme fantastique qu'il faut chercher à Stevenson des pairs mais bien dans le domaine anglo-saxon où l'humour est une politesse du désespoir, du côté du Shakespeare des* Sonnets *ou des chansons d'Ariel, de Swift, et puis chez Poe, Lewis Carroll, plus tard chez le ténébreux Lovecraft, des écrivains pour qui, comme pour Nerval, « l'épanchement du rêve dans la vie réelle » était d'ordre expérimental.*

Pourtant ne nous leurrons pas : aucun dormeur n'écrit tandis qu'il dort ; Stevenson sait bien que ses « brownies », les lutins parfois terribles et toujours tyranniques qui font de son cerveau un pandémonium quand il est censé reposer, n'accom-

plissent, de toute façon, que la moitié (du) travail. *Mais la place démesurée qu'occupe chez lui la vie psychique en sommeil paradoxal, place dont les textes ci-après témoignent avec une précision rare et irréfutable, jointe à la permanence, toute une vie durant, du processus visionnaire, explique sans doute que, n'étant pas devenu fou (malgré les risques évidents et, dans une certaine mesure, assumés consciemment, qu'il évoque comme sans y toucher), il ait pu nous donner tellement l'impression d'être un écrivain funambule, qui danse sur son fil dans un ciel d'utopie (car le bonheur non plus n'est pas d'ici), au-dessus de son gouffre Hyde — confondu avec les arrière-cryptes du sommeil — que l'œuvre arrache au vide, expose, exorcise.*

UN CHAPITRE SUR LES RÊVES

Le passé est tout d'une seule texture, qu'il soit fictif ou subi, joué en trois dimensions ou seulement contemplé dans ce petit théâtre du cerveau que nous gardons brillamment illuminé tout le long de la nuit, lorsque les becs de gaz sont éteints et que les ténèbres et le sommeil règnent sans partage sur le reste du corps. Rien, dans l'aspect de nos expériences, ne nous permet de distinguer entre elles, l'une peut être intense, l'autre terne, celle-ci plaisante à évoquer, celle-là douloureuse ; mais laquelle est vraie, laquelle un rêve, il n'y a pas le moindre indice pour le prouver. Le passé se tient en équilibre précaire : la moindre paille jetée dans le champ de la métaphysique et nous en voilà dépouillés. Il n'est guère de famille, pour peu qu'elle puisse compter quatre générations, qui ne prétende à quelque titre tombé en sommeil, à quelque château, ou domaine — une prétention impossible à plaider devant un tribunal, mais flatteuse pour l'imagination et d'un grand agrément dans les heures d'oisiveté. Les droits d'un homme sur son passé sont encore plus précaires. Un papier peut soudain apparaître (comme cela arrive dans les romans) dans le tiroir secret d'un vieux secrétaire d'ébène, qui rend à votre famille ses titres de jadis et rétablit la propriété de la mienne sur un certain îlot des Indes occidentales (non loin de St. Kitt's, comme le fredonnait à mes jeunes oreilles une tradition très chère) qui nous appartint autrefois, et se trouve aujourd'hui injustement entre les mains de quelqu'un d'autre (encore qu'étant donné l'état du commerce du sucre, il n'ait plus de valeur pour personne). Je ne dis pas que ces révolutions soient vraisemblables, mais nul ne peut nier qu'elles soient possibles, tandis que le passé, lui, est perdu à jamais. Nos jours enfuis, nos actes anciens, notre ancien moi, aussi, et le monde même dans lequel toutes ces scènes se sont déroulées, tout cela est ramené au même vague résidu qu'un rêve de la dernière nuit, à quelques images discontinues et à un écho lointain dans les chambres du cerveau. Pas une heure, pas une humeur, pas un regard que nous puissions évoquer : tout cela s'en est allé, et aucune conjuration ne pourra les faire revenir. Et pourtant, imaginez que nous en soyons dépouillés, imaginez que ce petit fil de mémoire que nous traînons derrière nous se rompe au ras de notre poche : à quelle vacuité, à quelle nullité nous serions réduits ! Car nous ne nous guidons, nous ne nous connaissons nous-mêmes que par ces fantomatiques images du passé.

Se fondant là-dessus, il en est parmi nous qui se targuent d'avoir vécu plus longuement et plus richement que leurs voisins ; ils protestent qu'ils étaient toujours actifs, alors même qu'ils dormaient ; et parmi tous les trésors de souvenirs que chacun passe en revue pour son amusement, ils ne placent pas en second rang les moissons de leurs rêves.

Il en est un de cette espèce, sur qui j'ai l'œil, dont le cas est peut-être assez insolite pour mériter d'être décrit. Il fut dès l'enfance un rêveur aussi ardent que mal à son aise. La nuit, quand il avait une pointe de fièvre, que sa chambre grossissait et rapetissait, que ses vêtements, accrochés à un clou, tantôt s'enflaient en un instant à la taille d'une église, tantôt se perdaient dans l'horreur d'une distance infinie et d'une infinie petitesse, il savait trop bien alors, la pauvre âme, ce qui allait suivre et il se débattait de toutes ses forces contre les approches de ce sommeil qui marquait le commencement de ses souffrances. Mais la lutte était vaine, tôt ou tard, la sorcière de la nuit le saisissait à la gorge et l'arrachait, suffoquant et hurlant, au sommeil. Ses rêves étaient parfois assez ordinaires, parfois très étranges et parfois presque informes : il n'était hanté, par exemple, par rien de plus défini qu'une certaine teinte de brun qu'il ne détestait pas particulièrement quand il était éveillé, mais qu'il craignait et abominait quand il rêvait. À d'autres moments, ces rêves revêtaient toutes les apparences de la réalité, comme la nuit où il crut qu'il allait devoir avaler le monde et tous ses habitants, et où il se réveilla en hurlant d'horreur à cette pensée. Les deux principaux tourments de son existence très étroite — le tourment pratique et quotidien des devoirs d'école, et celui, ultime, impalpable, de l'Enfer et du Jugement Dernier — se confondaient souvent en un même et terrifiant cauchemar. Il se voyait comparaissant devant le Grand Trône Blanc, appelé, le pauvre petit diable, à réciter une certaine phrase, dont dépendait son destin, et sa langue restait collée à son palais, sa mémoire était vide, l'enfer béait devant lui, et il se réveillait cramponné à la tringle du rideau de son lit, les genoux remontés jusqu'au menton.

C'était là, dans l'ensemble, de bien piètres expériences ; et à cette époque de sa vie mon rêveur eût très volontiers abdiqué son pouvoir de rêver. Mais petit à petit, au fur et à mesure de sa croissance, les cris et les contorsions physiques disparurent, apparemment pour toujours. Ses visions restaient pour la plupart épouvantables mais il les supportait plus vaillamment, et il se réveillait sans symptômes plus marqués qu'un cœur battant, le cuir chevelu glacé, des sueurs froides et la terreur muette de la minuit. Ses rêves aussi, comme il convenait à un esprit mieux fourni maintenant en détails sur le monde, devinrent plus circonstanciés, et eurent davantage l'apparence et la continuité de la vie. L'aspect du monde commença à retenir son attention, le paysage en vint à jouer un rôle dans ses rêves aussi bien que dans ses pensées éveillées, si bien qu'il fit de longs voyages sans incidents notables, visita des villes étranges, ou des sites magnifiques, tandis qu'il se reposait sur son lit. Et, ce qui est plus significatif, un goût bizarre qu'il avait pour les costumes du temps des rois George et les récits sur cette époque de l'histoire d'Angleterre commença à gouverner ses rêves, de sorte qu'entre l'heure du coucher et celle du petit déjeuner il paradait en tricorne et s'engageait à fond dans la conspiration jacobite. Vers la même époque, il commença à lire en rêve — des histoires, surtout, le plus souvent dans la manière de G.P.R. James, mais si hautes en couleur, et tellement plus émouvantes que n'importe quel livre imprimé, que la littérature, depuis, l'a laissé insatisfait.

Puis, alors qu'il était encore étudiant, il eut dans ses rêves une aventure qu'il n'hésitera pas à rapporter : il commença à rêver, pour ainsi dire, en séquences, et à mener ainsi une double vie — une du jour, une de la nuit, l'une dont il avait tout lieu de croire qu'elle était la vraie, l'autre dont il n'avait aucun moyen de prouver qu'elle était fictive. J'aurais dû signaler qu'il étudiait, ou était supposé étudier, à l'université d'Édimbourg, ce qui explique (j'imagine) comment je vins à faire sa connaissance. Eh bien, dans sa vie de rêve, il imaginait passer une longue longue journée dans la salle de chirurgie, le cœur entre les dents, à observer de monstrueuses difformités, et l'abominable dextérité de chirurgiens. Par une soirée lourde, de pluie et de brume, il traversait South Bridge, remontait High Street et franchissait la porte d'un haut immeuble au dernier étage duquel il pensait loger. Tout le long de la nuit, dans ses vêtements trempés, il montait l'escalier, étage après étage, interminablement, avec tous les deux paliers une lampe à réflecteur allumée. Tout le long de la nuit, il frôlait des individus solitaires qui descendaient, mendiantes des rues, journaliers de haute taille, épuisés, couverts de boue, pauvres épouvantails en forme d'hommes, pauvres parodies de femmes, mais tous somnolents et las comme lui-même, tous solitaires, tous le frôlant au passage. À la fin, par une fenêtre au nord, il voyait le jour pâlir au-dessus du Firth, et il renonçait alors à son ascension, se retournait pour descendre et, en un clin d'œil, il se retrouvait dans la rue, en ses vêtements mouillés, dans l'aube humide, hagarde, pour se traîner vers une nouvelle journée de monstruosités et d'opérations abominables. Le temps passait plus vite dans la vie des rêves, sept heures pour une heure (lui semblait-il) et il devenait de plus en plus intense, de sorte que l'ombre sinistre de ces expériences imaginaires en vint à assombrir le jour lui-même : il ne s'en était pas encore libéré qu'il était déjà temps de se coucher, pour les voir revenir. Je ne saurais dire combien de temps il endura cette épreuve, mais ce fut assez long pour laisser une grande tache noire sur ses souvenirs, assez long pour l'envoyer, tremblant pour sa raison, à la porte d'un certain docteur — sur quoi une certaine potion le rendit au lot commun de l'humanité.

Le pauvre homme n'a plus été troublé depuis par rien de tel, ses nuits, pendant quelque temps, furent même pareilles à celles des autres hommes, tantôt vides, tantôt constellées de rêves, et ceux-ci parfois charmants, parfois affreux, mais si l'on excepte une certaine intensité, occasionnelle, rien de bien extraordinaire. Je mentionnerai seulement l'un d'eux, avant de passer à ce qui rend mon rêveur vraiment intéressant.

Il lui semblait qu'il était au premier étage d'une ferme de montagne. La pièce témoignait de quelques pauvres efforts d'élégance, un tapis sur le plancher, un piano, je crois, contre le mur — mais en dépit de ces raffinements il ne faisait pas de doute qu'il se trouvait dans une masure de la lande, parmi des montagnards, entouré de kilomètres de bruyère. Son regard plongeait du haut de la fenêtre dans une cour vide, qui semblait abandonnée depuis longtemps. Une grande torpeur pesait, angoissante, sur le monde. Il n'y avait aucun signe d'habitants, ni d'animaux de ferme, excepté un vieux chien brun, frisé, de la race des retrievers, couché contre le mur de la maison et qui semblait dormir. Quelque chose, chez ce chien, mettait le rêveur mal à l'aise. C'était un sentiment tout à fait indéfinissable, car l'animal avait somme toute un air assez normal, et de fait, il était si vieux, si triste et poussiéreux qu'il aurait plutôt dû inspirer de la pitié ; et pourtant la conviction venait au rêveur, de plus en plus précise, que ce n'était pas là un vrai chien, mais une créature infernale. Des mouches d'été, somnolentes, bourdonnaient en essaim dans la cour, et voilà que tout à coup le chien lançait sa patte en avant, attrapait une mouche dans sa paume ouverte, la portait à sa gueule tel un singe, puis, levant brusquement la tête vers le rêveur à la fenêtre, lui clignait de l'œil ! Le rêve continuait, peu importe comment, c'était même un bon rêve, pour un rêve, mais il n'avait plus rien dans la suite digne de ce diabolique chien brun. Et tout l'intérêt de cette affaire, pour moi, tient à ceci : qu'après avoir trouvé un incident aussi remarquable mon rêveur imparfait se fût révélé incapable de conclure correctement son histoire, plutôt que de se rabattre sur des bruits indescriptibles ou des horreurs mal définies. Les choses ne se passeraient plus ainsi aujourd'hui : il connaît mieux son affaire !

Car, pour en venir au fait : il y a longtemps que cet honnête garçon a pris l'habitude de s'endormir en se racontant des histoires, comme son père avant lui ; mais c'étaient là des inventions irresponsables, racontées pour le seul plaisir du conteur, sans souci du public grossier ni des critiques pointilleux : des histoires dont on pouvait laisser un fil s'égarer, ou abandonner une aventure pour une autre, au gré de sa fantaisie. De sorte que les petites créatures qui dirigent le théâtre intérieur de l'homme n'avaient pas encore reçu un entraînement très rigoureux, et jouaient sur leur scène comme des enfants qui se seraient glissés dans une maison et l'auraient trouvée vide, plutôt que comme des acteurs confirmés donnant une représentation bien réglée devant une mer de visages. Mais voilà que lui vint tout à coup l'idée de tirer parti (comme on dit) des histoires qu'il se racontait jusque-là à lui-même, pour son plaisir. Je veux dire par là qu'il se mit à écrire ses histoires, et à les vendre. Du coup, il se trouvait placé, et avec lui les petites créatures qui faisaient une partie de son travail, dans de toutes nouvelles conditions. Les histoires devaient maintenant être bien ficelées, bien parées et se tenir debout toutes seules ; elles devaient avoir un commencement et une fin, et se conformer (peu ou prou) aux réalités de la vie ; le plaisir, en un mot, était devenu un commerce ; et cela, non seulement pour notre rêveur, mais aussi pour les petites créatures de son théâtre — qui comprenaient le changement aussi bien que lui. Quand il se couchait et se préparait au sommeil, il ne recherchait plus l'amusement mais des histoires publiables et lucratives ; et une fois qu'il s'était assoupi dans sa loge, ses petites créatures poursuivaient leurs évolutions avec les mêmes intentions mercantiles. Toutes les autres formes de rêve l'abandonnèrent, sauf deux : il lui arrivait encore de loin en loin de lire les livres les plus enchanteurs, il visitait encore les sites les plus ravissants, et peut-être vaut-il la peine de noter qu'en ces mêmes sites, dans l'un d'eux en particulier, il retourne après des mois ou des années et y découvre toujours de nouveaux sentiers, rend visite à de nouveaux voisins, contemple cette heureuse vallée sous de nouveaux aspects, à midi, au couchant, et à l'aube. Mais toutes ses autres visions familières sont absolument perdues pour lui ; la banale version déformée des incidents de la veille, le cauchemar des têtes-écorchées-et-des-ossements-sanguinolents, donné par la rumeur publique comme la conséquence d'un excès de toasts au fromage, ceux-là et leurs semblables ont disparu ; et la plupart du temps, qu'il dorme ou qu'il veille, il est simplement occupé — lui ou ses petites créatures — à créer consciencieusement des histoires pour le grand public. Ce rêveur (comme beaucoup d'autres personnes) a connu quelques petits embarras d'argent. Quand la banque commence à envoyer des lettres, quand le boucher s'attarde à la porte de service, il se met à creuser sa cervelle à la recherche d'une histoire car c'est son gagne-pain le plus rapide, et voyez ! les petites créatures, aussitôt, se lancent dans la même recherche et travaillent toute la nuit, et toute la nuit, sur leur théâtre illuminé, lui présentent des tronçons d'histoires. Pour lui, plus de risque de prendre peur : le cœur battant et le cuir chevelu glacé sont des choses révolues, les applaudissements, les applaudissements croissants, l'intérêt de plus en plus vif, l'exultation grandissante à voir sa propre habileté (car il en revendique tout le crédit) et, au bout de cela, le réveil jubilatoire, d'un bond, avec sur les lèvres le cri : « Ça y est ! Je tiens mon sujet ! Voilà qui fera l'affaire ! », telles sont les émotions qu'il éprouve en assistant à ces représentations nocturnes, tels sont les éclats pour lesquels, à l'instar de Claudius, il interrompt la pièce en plein milieu. Assez souvent, le réveil est un désappointement : il dormait trop profondément — du moins est-ce ainsi que j'explique la chose —, le sommeil a gagné ses petites créatures, elles ont trébuché, bredouillé leur rôle, et la pièce, au réveil, n'est plus qu'un tissu d'absurdités. Et pourtant, combien de fois ces « brownies » insomniaques lui ont rendu d'honnêtes services, et lui ont fourni — alors qu'il se contentait, lui, de jouir paresseusement du spectacle depuis le fond de sa loge — des histoires bien meilleures que celles qu'il aurait pu imaginer tout seul !

En voici une, exactement comme elle lui vint. Il semblait être le fils d'un homme très riche et très méchant, propriétaire d'un vaste domaine, et d'un caractère exécrable. Le rêveur (autrement dit, le fils) avait longtemps vécu à l'étranger, afin d'échapper à son père ; lorsqu'il retourna enfin en Angleterre, ce fut pour le retrouver marié avec une jeune femme, qui était censée souffrir cruellement et détester son joug. À cause de ce mariage (comme le comprenait confusément le rêveur) une entrevue était souhaitable entre le père et le fils, mais comme ils étaient aussi fiers et colériques l'un que l'autre, aucun ne voulait condescendre à en prendre l'initiative. Ils finirent par convenir d'une rencontre en bord de mer, dans une région sablonneuse et désolée ; là ils se disputèrent, et le fils, piqué au vif par quelque injure intolérable, abattit le père. Il ne fut aucunement soupçonné. Le mort fut découvert et enterré, puis le rêveur hérita des vastes domaines et se trouva installé sous le même toit que la veuve de son père, à laquelle celui-ci n'avait rien légué. Ils vécurent tous deux à l'écart, comme il arrive souvent après un deuil, prirent leurs repas à la même table, passèrent ensemble de longues soirées et devinrent, au fil des jours, de plus en plus amis. Jusqu'au jour où il s'aperçut tout à coup qu'elle s'avançait furtivement dans une zone dangereuse, qu'elle commençait à soupçonner sa culpabilité, qu'elle l'épiait, et le sondait par d'incessantes questions. Il recula devant sa compagnie, comme les hommes reculent devant un précipice soudain découvert, et pourtant, si fort était l'attrait de cette femme qu'il retombait sans cesse dans leur intimité passée, jusqu'à ce qu'une question tendancieuse, un regard plein de sous-entendus le fassent fuir de nouveau. Ils vécurent ainsi, l'un en face de l'autre, une vie remplie de dialogues interrompus, de regards de défi, de passion réprimée. Jusqu'au jour où, voyant la jeune femme se glisser hors de la maison, voilée, il la suivit jusqu'à la gare, puis dans le train vers la région fatale, puis dans les dunes à l'endroit même où le crime avait été commis. Là, elle se mit à fouiller parmi les joncs, tandis qu'il l'observait, à plat ventre. Bientôt elle eut quelque chose dans la main — j'ai oublié quoi, au juste, mais c'était une preuve terrible contre le rêveur — et alors qu'elle levait l'objet pour l'examiner, son pied glissa, peut-être à cause du choc de la découverte, et elle vacilla dangereusement au bord même des dunes escarpées. Sans réfléchir, il bondit pour la sauver, et ils se trouvèrent face à face, elle avec cet objet mortel, dans la main, lui dont la présence même en ce lieu était comme un aveu. Elle ouvrit la bouche, elle allait parler, de toute évidence, mais c'était plus qu'il n'en pouvait supporter. Être perdu, oui, mais surtout pas en parler avec celle qui allait le confondre ! Il coupa court, par quelques banalités. Puis, bras dessus, bras dessous, ils reprirent le train, devisant de choses et d'autres, firent le voyage dans le même compartiment, s'assirent à dîner et passèrent la soirée dans le salon comme auparavant. Mais, dans la poitrine du rêveur, l'attente et la peur battaient la chamade. « Elle ne m'a pas encore dénoncé, pensait-il, quand va-t-elle me dénoncer ? Sera-ce demain ? » Mais ce ne fut pas le lendemain, ni le surlendemain, ni le jour suivant ; et leur vie reprit son cours comme par le passé à ceci près que la femme paraissait plus gentille qu'auparavant, tandis que l'incertitude et l'anxiété devenaient pour lui un fardeau chaque jour plus intolérable, si bien qu'il dépérissait comme un homme rongé par quelque maladie. Un jour, il franchit même les bornes de la bienséance et, profitant d'une occasion où elle était sortie, il mit sa chambre à sac pour finalement trouver, cachée dans le coffre à bijoux, la preuve accablante. Il était là, avec dans le creux de sa main l'objet qui était sa vie, s'interrogeant sur l'inconséquence de cette femme qui avait recherché puis gardé par-devers elle cette preuve sans en faire usage lorsque la porte s'ouvrit et qu'elle apparut. Une fois de plus, ils se tinrent face à face, les yeux dans les yeux, avec cette preuve entre eux ; et une fois de plus elle leva vers lui un visage débordant de quelque message silencieux ; et une fois de plus il se déroba à toute explication, et s'enfuit. Mais avant de sortir de la chambre qu'il avait mise sens dessus dessous il remit son arrêt de mort là où il l'avait trouvé, et à ce geste il vit le visage de la jeune femme s'illuminer. Il l'entendit par la suite expliquer à sa femme de chambre, par un ingénieux petit mensonge, le désordre de ses affaires. Sa chair et son sang ne pouvaient supporter plus longtemps pareille tension, et ce fut je crois le lendemain matin (bien que la chronologie soit toujours un peu embrouillée, dans le théâtre de l'esprit) qu'il sortit brusquement de sa réserve. Ils avaient pris le petit déjeuner ensemble dans un coin d'une vaste salle parquetée, austèrement meublée, aux nombreuses fenêtres ; pendant tout le repas, elle l'avait torturé d'allusions voilées, aussi les domestiques ne furent-ils pas plus tôt sortis, laissant seuls les deux protagonistes, qu'il se leva d'un bond. Elle se leva de même, le visage très pâle. Et, pâle, elle écouta son délire de récriminations : pourquoi le torturait-elle ainsi ? Elle savait tout, elle savait qu'il n'était pas son ennemi ; pourquoi ne l'avait-elle pas dénoncé sur-le-champ ? Que signifiait sa conduite ? Pourquoi le torturait-elle ? Et quand il eut fini, elle tomba à genoux en tendant les mains, s'écria : « Tu ne comprends donc pas ? Je t'aime ! »

Là-dessus, dans un sursaut d'étonnement et de ravissement mercantile, le rêveur s'éveilla. Son ravissement mercantile fut de courte durée, car il devint vite évident que dans ce récit plein de verve se trouvaient des éléments invendables — c'est pourquoi il vous est ici raconté si brièvement. Mais, malgré tout, son étonnement ne cessait de croître, et je pense que celui du lecteur, à la réflexion, en fera autant. Car il doit voir à présent pourquoi je parle des petites créatures comme d'inventeurs et d'acteurs à part entière. Elles ont gardé leur secret jusqu'au bout. Je puis me porter garant de ce que le rêveur (dont j'ai d'excellentes raisons d'apprécier la franchise) ne devinait aucunement le mobile de la femme — la charnière de cette intrigue bien ficelée — jusqu'à l'instant de cette dramatique déclaration. Ce n'était pas son histoire, c'était celle des petites créatures ! Et remarquez : non seulement le secret était bien gardé, mais l'histoire racontée avec une habileté consommée. Le comportement des deux acteurs est (pour employer un jargon à la mode) psychologiquement correct et l'émotion court comme il se doit jusqu'à l'ultime coup de théâtre. Je suis éveillé en ce moment, et je connais le métier, mais je ne saurais faire mieux. Je suis éveillé et je vis de cette profession, mais je ne saurais surpasser — peut-être pas même égaler — l'astucieux stratagème (digne d'un vieux routier du théâtre comme Dennery ou Sardou) par lequel la même situation est présentée deux fois, les deux acteurs mis deux fois face à face avec, entre eux, la pièce à conviction — mais une fois dans la main de la femme, la seconde dans celle du rêveur — et cela dans l'ordre qu'il faut, la moins dramatique en premier. Plus j'y pense, plus je suis enclin à poser publiquement la question : « Qui sont les Petites Créatures ? » Elles sont en relations étroites avec le rêveur, cela ne fait pas de doute, elles partagent ses soucis financiers et gardent un œil sur son relevé bancaire, elles partagent de toute évidence son éducation ; elles ont manifestement appris comme lui à construire le plan d'une histoire bien ficelée et à doser progressivement l'émotion ; je crois simplement qu'elles ont plus de talent ; en tout cas une chose est indubitable, elles peuvent lui raconter une histoire morceau par morceau, comme un roman-feuilleton, en le laissant constamment dans l'ignorance du dénouement. Qui sont-elles, alors ? Et qui est le rêveur ?

Quant au rêveur, je puis répondre, car il n'est autre que moi-même — comme j'aurais pu vous le dire dès le début, si les critiques ne murmuraient pas continuellement contre mon égotisme — et comme je suis absolument forcé de vous le dire à présent, si je veux aller plus loin dans mon propos. Quant aux Petites Créatures, que puis-je dire sinon que ce sont, Dieu les bénisse, tout bonnement mes *brownies* ! Qui font la moitié de mon travail pour moi, tandis que je dors, et qui, selon toute probabilité, font aussi le reste, quand je suis bien réveillé et que je crois sottement le faire moi-même. La part qui est faite quand je dors est indéniablement celle des brownies ; mais celle qui est accomplie quand je suis debout n'est pas nécessairement mienne, car tout semble indiquer que les brownies, même alors, y ont mis la main. Il y a là un doute qui me tracasse fort la conscience. Car ce moi — ce que j'appelle « moi », mon ego conscient, l'habitant de la glande pinéale, à moins qu'il n'ait changé de résidence depuis Descartes, l'homme doté d'une conscience et d'un compte en banque sujet à fluctuations, l'homme en bottes et chapeau qui a le privilège de voter et de ne pas soutenir son candidat aux élections générales — je suis parfois tenté de penser qu'il n'est nullement un raconteur d'histoires, mais un individu aussi terre à terre qu'un marchand de fromages, ou un quelconque fromage, et un réaliste embourbé jusqu'aux oreilles dans l'actualité, de sorte qu'à ce compte l'ensemble de mes fictions publiées doit être le produit exclusif de quelque brownie, de quelque démon familier, de quelque collaborateur invisible que je tiens enfermé dans un arrière-grenier, alors que je reçois toutes les louanges et lui une part seulement (que je ne puis l'empêcher d'avoir) du gâteau. Je suis un excellent conseiller, à la manière d'une servante de Molière. Je supprime, je retaille, j'habille le tout des meilleurs mots, des meilleures phrases que je puisse trouver ou inventer. Je tiens la plume, aussi. Et c'est moi qui reste assis à la table, ce qui est peut-être le pire de l'affaire. Et quand tout est fini, je signe le manuscrit et le dépose à mes frais, si bien que j'ai somme toute quelque droit à une part — moindre il est vrai que celle que je voudrais — des bénéfices de notre entreprise commune.

Je ne puis que donner un exemple ou deux de la part du travail effectué en dormant et de celui effectué à l'état de veille, en laissant le lecteur partager à sa guise les lauriers, s'il en est, entre moi et mes collaborateurs ; pour ce faire je prendrai d'abord un livre qu'un certain nombre de lecteurs ont eu la politesse de lire, *L'Étrange Cas du Dr Jekyll et de Mr Hyde*. J'essayais depuis longtemps d'écrire une histoire sur ce sujet, de trouver un corps, un véhicule, pour ce sentiment puissant de la dualité humaine qui par moments assaille et submerge l'esprit de toute créature pensante. J'en avais même écrit une, *Le Compagnon de voyage*, qui m'avait été refusée par un rédacteur en chef, sous le prétexte qu'il s'agissait d'une œuvre géniale, mais indécente, et que j'ai brûlée l'autre jour parce que ce n'était pas une œuvre de génie et que « Jekyll » l'avait supplantée. C'est sur ces entrefaites que survint une de ces fluctuations financières auxquelles (avec une élégante modestie) j'ai déjà fait allusion à la troisième personne. Pendant deux jours, je me torturai la cervelle à la recherche d'une intrigue, et la seconde nuit je rêvai la scène à la fenêtre, et une scène qui fut par la suite divisée en deux, dans laquelle Hyde, poursuivi pour un crime, avale la fameuse poudre et subit sa transformation en présence de ses poursuivants. Tout le reste fut composé à l'état de veille et consciemment, mais je crois y retrouver beaucoup de la manière des brownies. La signification de l'histoire est donc bien mienne, elle a longtemps préexisté dans mon jardin d'Adonis, essayant en vain de se trouver un corps. En somme, je suis responsable de l'essentiel de la morale, hélas ! et mes brownies n'ont pas le moindre rudiment de ce que nous appelons une conscience. Le décor aussi est mien, et miens sont les personnages. Tout ce qui me fut donné se résume à la matière de trois scènes et à l'idée centrale d'un changement volontaire devenant involontaire. M'accusera-t-on de manquer de générosité si, après avoir libéralement couvert de louanges mes collaborateurs invisibles, je les jette, ici, pieds et poings liés, dans l'arène des critiques ? Car l'affaire des poudres n'est nullement la mienne, je le dis avec soulagement, mais appartient en propre aux brownies.

Je dirai aussi un mot d'une autre histoire, pour le cas où le lecteur aurait jeté sur elle un coup d'œil : celle, peu défendable, d'*Olalla*. Ici la cour, la mère, la niche de la mère, Olalla, la chambre d'Olalla, les rencontres dans l'escalier, la fenêtre brisée, la vilaine scène de la morsure, tout cela m'a été donné en gros et en détail tel que j'ai essayé de l'écrire. Je n'ai ajouté que le décor extérieur (car dans mon rêve je n'allais jamais au-delà de la cour), le portrait, les personnages de Felipe et du prêtre, la morale, pour ce qu'elle vaut, et les dernières pages, pour ce, hélas, qu'elles ne valent pas ! Et je puis même dire que dans ce cas la morale elle-même m'a été donnée ; car elle a découlé immédiatement d'une comparaison entre la mère et la fille, et du hideux trait d'atavisme de la première. Parfois, un sens symbolique plus indéniable encore se dégage d'un rêve. Parfois je suis amené à me dire que mes brownies ont singé Bunyan, et cependant jamais avec ce qu'il serait permis d'appeler une morale livresque, mais suggérant plutôt des limites plus larges à la vie, et cette espèce de signification que nous semblons deviner dans les arabesques du temps et de l'espace.

Pour la plupart, on le verra, mes brownies sont quelque peu fantastiques, tout comme leurs histoires sont pleines de feu, de passion, de pittoresque et de rebondissements, et ils n'ont aucun préjugé contre le surnaturel. Mais l'autre jour ils m'ont fait une surprise en me distrayant avec une histoire d'amour, une petite comédie printanière que je devrais certainement transmettre à l'auteur de *A Chance Acquaintance*, car il saurait l'écrire comme elle doit l'être, alors que je suis sûr (bien que j'aie l'intention d'essayer) d'en être incapable... Mais qui aurait pu supposer qu'un de mes brownies irait inventer une histoire pour Mr. Howells ?

Robert Louis Stevenson [1]

2. LE TÉMOIGNAGE DE FANNY

Quand nous revînmes en Angleterre — mon mari et moi — venant d'Hyères, en France, nous pensions bien y retourner l'hiver suivant. Mais la santé de mon beau-père déclinait rapidement, de toute évidence, et le départ de son fils bien-aimé lui aurait porté un coup sérieux. Aussi nous décidâmes sans trop d'hésitations — du moins de ma part — de rester à Bournemouth aussi longtemps qu'il le faudrait. Pour me récompenser de mon acceptation et, sans doute, dans l'espoir de rendre notre séjour encore plus définitif, le père de mon mari me fit don d'une charmante petite maison que nous baptisâmes *Skerryvore*. Les étages en étaient de superficie plutôt réduite mais cette étroitesse était compensée par la présence d'une pelouse, de massifs de fleurs, d'un jardin potager et d'un soupçon de vallon sauvage avec un petit cours d'eau qui coulait dans sa partie basse. À l'intérieur de l'étable — dont nous n'avions guère l'usage — et attenant à la maison, se trouvait un pigeonnier recouvert de lierre.

Dès notre arrivée à Bournemouth, M. W. E. Henley était venu passer quelque temps avec nous pour écrire des pièces de théâtre avec mon mari ; il nous rendit à nouveau visite quand nous fûmes installés à Skerryvore. Le *Diacre Brodie* avait déjà été joué à Londres sans rencontrer autre chose qu'un *succès d'estime*. Mais M. Henley espérait bien profiter de l'expérience acquise à cette occasion pour composer quelque chose que le grand public accepte.

1. « A chapter on dreams », *Scribner's Magazine*, 1888, puis *Tusitala*, volume XXX, traduction France-Marie Watkins et Michel Le Bris, *in* Stevenson, *Essais sur l'art de la fiction*, édition procurée par Michel Le Bris, La Table Ronde, 1988, pp. 353 sq.

Dans la chambre que mon mari occupait, étant enfant, à Édimbourg, il y avait une bibliothèque et une commode fabriquées par le célèbre diacre Brodie : respectable artisan dans la journée et cambrioleur la nuit. Cummy — Alison Cunningham — à qui mon mari avait dédié son *Recueil de Vers pour Enfants*, avec sa vive imagination d'Écossaise, composa nombre de chansons ayant ces meubles pourtant bien prosaïques pour sujet et ceci afin d'amuser l'enfant qu'elle élevait.

Des années après, mon mari fut très impressionné par la lecture d'un article paru dans une revue française de vulgarisation scientifique et qui traitait du subconscient. La teneur de cette étude se combina dans son esprit avec le cas du diacre Brodie et ce fut là l'origine de l'idée qu'il développa ultérieurement. Dans une pièce d'abord, puis à nouveau dans la nouvelle *Markheim*, atteignant son point culminant avec l'histoire issue d'un cauchemar : celle de Jekyll et Hyde, écrite pendant la fièvre phtisique consécutive à une hémorragie pulmonaire.

Mon mari n'avait pas un goût très marqué pour la composition dramatique — bien que *Prince Othon* ait été primitivement conçu comme pièce de théâtre ; mais M. Henley possédait un extraordinaire pouvoir de persuasion et savait insuffler son propre enthousiasme aux autres. Même moi, je me trouvai involontairement entraînée dans ce tourbillon. Je me rappelle qu'on me promit un bracelet orné de rubis acheté avec les bénéfices de la première représentation, après que j'eus donné l'idée de l'*Amiral Guinée* ! Les sujets de pièces sortaient de l'imagination de M. Henley, qui les jetait sur le papier avec sa manière passionnée et tapageuse et dont l'influence restait prédominante à cela près qu'il ne savait leur donner une forme littéraire véritable. On esquissait après un mince scénario encore assez lâche, étendu par la suite et élaboré sous forme de scènes, apportées alternativement par chacun des deux co-auteurs. Il était entendu entre eux que ce qui avait été écrit par l'un serait impitoyablement supprimé par l'autre s'il faisait l'objet d'une critique et cela sans appel. C'était là un procédé que j'ai toujours estimé être dommageable au travail des deux. Alors que la conception de mon mari était d'accomplir un *tour de force* littéraire et bâti sur des conventions classiques du théâtre, celle de M. Henley était d'épater le public avant tout et à tout prix. Il aurait très bien pu advenir que l'un et l'autre connaissent le succès, mais indépendamment, alors que le fait de vouloir concilier les deux était une gageure. Et M. Henley de s'écrier : « Mais vous allez les faire bondir, mon cher ! » en donnant un coup sur la table qui faisait tinter l'encrier. « Mais non, Henley », protestait mon mari avec lassitude : « Vous êtes trop brutal, il faut atténuer cela. » En conformité avec leur accord préalable, la scène était rejetée, la nouvelle version ayant manifestement perdu quelque chose et ceci au détriment des deux.

Pendant le séjour de M. Henley chez nous, plusieurs amis de mon mari avaient pris l'habitude de venir passer deux heures presque chaque soir en notre compagnie. Il y avait M. Henry James, M. John Sargent, Mme de Mattos, M. Sully, M. Walter Lemon, les demoiselles Taylor, Mlle Ferrier et Robert Alan Stevenson. Ces soirées d'intéressantes discussions, savantes et brillantes, ont été l'une des expériences les plus agréables que mon mari ait connues dans sa vie ; mais elles furent interdites par le médecin comme lui imposant une trop grande tension nerveuse. Il retourna alors — avec une passivité pathétique — à ce qu'il appelait « le pays de la broderie » — jouant avec son sifflet à un penny. Et quand, à son tour, cette pratique lui fut également interdite — car elle occasionnait des difficultés de poitrine — nous imaginâmes de résoudre des problèmes d'échecs posés par un journal. Ces parties d'échecs s'avérèrent bien autre chose qu'un sédatif universel pour l'esprit et les nerfs survoltés au terme d'une journée de travail dans l'accablante société de M. Henley.

Mon mari avait toujours trouvé le sommeil sans difficulté et à volonté. Il disait : « réveille-moi dans une demi-heure » en posant la tête sur l'oreiller et il tombait instantanément dans un assoupissement régénérateur. Or, pour la première fois dans son existence, son sommeil devenait agité et intermittent. Les papillons noirs se manifestaient activement à toute heure de la nuit, le tourmentant avec de fantomatiques problèmes sur l'échiquier ou alors sous forme de scènes personnelles depuis longtemps oubliées et remémorées dans ses rêves.

Ce fut précisément lors d'une période d'interruption contrainte dans sa collaboration de dramaturge que lui vint le cauchemar de *L'Étrange Cas du Dr Jekyll et de M. Hyde*.

Les cris d'horreur poussés par mon mari dans son sommeil m'obligèrent à l'éveiller, à sa grande indignation. « Je rêvais d'un joli conte de terreur », me dit-il d'un ton de reproche, faisant un rapide récit de Jekyll et Hyde jusqu'à la scène de la transformation qu'il était en train de rêver quand je l'avais réveillé.

À l'aube, il était déjà au travail avec une activité fiévreuse. En trois jours, le premier canevas — comptant trente mille mots — était terminé, aussitôt complètement détruit et réécrit immédiatement avec un point de vue différent : celui mettant en avant l'allégorie, le plus en évidence, ce qui manqua dans le premier jet sans doute écrit dans la hâte et sous l'irrésistible influence de son cauchemar.

Il réécrivit donc, en trois jours également, la version définitive du livre prêt à la publication, mis à part quelques corrections mineures. La quantité de travail que cela représente est stupéfiante. Qu'un invalide dans la condition de santé où se trouvait mon mari ait été capable d'abattre un tel labeur en six jours — soixante mille mots jetés sur le papier — semble presque inimaginable. Il souffrait d'hémorragies continuelles et parlait avec difficulté, sa conversation se faisant habituellement par le truchement d'une ardoise et d'un crayon. Il ne pouvait recevoir deux personnes à la fois dans son bureau et quand l'une obtenait la permission du docteur, l'entrevue était limitée à quinze minutes. La tâche ingrate de monter la garde devant la porte, à l'extérieur, montre en main et de prévenir le visiteur que le délai était passé, cette tâche ingrate, donc, m'incombait.

Le succès de *Jekyll et Hyde* fut immédiat et phénoménal, aussi bien en Angleterre qu'en Amérique où parurent des éditions pirates. Cette histoire fut citée par des clergymen au cours de prêches et trois adaptations en furent faites pour le théâtre, la seule bonne étant l'œuvre de M. T.R. Sullivan, qui envoya le manuscrit à mon mari pour qu'il y apporte ses corrections et fasse ses suggestions.

Il est assez étrange, au fond, de constater que le public identifie les créations d'un livre à la personnalité de son auteur. Les apparences de mon mari ont été ainsi assimilées à une sorte de mélange grotesque entre le Dr Jekyll et M. Hyde. Un critique a même écrit : « ... il ressemble à un noyé que l'on aurait retiré de l'eau juste à temps, ses longs cheveux encore tout mouillés et collés à son visage ». Les peintres qui ont essayé de faire son portrait ont forcé sur l'aspect quelque peu bizarre et spectral de sa physionomie ; aucun d'eux n'a eu l'idée de lui donner l'apparence du Prince Othon, par exemple, qui lui ressemblait pourtant beaucoup.

Il reçut de nombreuses lettres, tout particulièrement de la part de spirites et de théosophes, lesquels s'imaginaient qu'il avait été guidé dans sa description d'une double vie par le monde surnaturel. Une de ces lettres lui fut écrite par une comtesse allemande qui lui demandait si ce récit était vraiment issu d'un rêve ; elle l'assurait que s'il en était bien ainsi son état se trouvait terriblement compromis car les forces « de la magie blanche et de la magie noire » se disputaient son âme. La comtesse le suppliait d'accepter les vérités de la théosophie, sans quoi les forces de la magie noire allaient avoir le dessus, auquel cas — affirmait-elle — « les conséquences en seraient désastreuses ».

Fanny Van de Grift-Stevenson [1]

1. « Le cauchemar d'où naquit M. Hyde », traduction de Charles-Noël Martin, *Œuvres* de Stevenson, éd. Robert Laffont, collection « Bouquins », 1984, pp. 1098 sq.

III. « LE RÊVE EST UNE SECONDE VIE »

Le rêve, qui n'a guère changé sans doute dans ses modes et ses formes (n'est-il pas, au lieu du langage parlé qui sépare, la langue universelle des fantasmes, qui unit ?) depuis son invention par le sommeil paradoxal — commun à tous les mammifères et, en deçà d'eux, peut-être à tous les animaux —, constitue l'intermédiaire le plus direct entre MOI *et l'*AUTRE*, c'est-à-dire tout l'autre (macrocosme, matière, univers) et tous les autres.*

Il suffit, comme l'expérimente Gérard de Nerval, qu'il ne soit plus confiné à la vie nocturne, et s'épanche « dans la vie réelle », aussitôt de mystérieuses « correspondances » se nouent entre l'entité individuelle, jusque-là bien isolée dans son cocon, et l'immensité des êtres, des choses, des croyances distinctes, désormais reliés entre eux par des réseaux emmêlés d'anastomoses. C'est encore un retour aux conditions primitives de l'être au monde que cette dissolution des défenses fait vivre, et ce qui ne serait peut-être pas du tout appréhendé négativement — comme une entrée dans la folie — par un adepte du chamanisme ou un Éthiopien Agondar en extase débouche pour Nerval le moderne, par le truchement d'une abolition des contraintes personnelles et collectives, sur une paradoxale aliénation.

Nul doute que dans ce contexte, où se résume l'aboutissement de toute une pensée occidentale habile à distinguer, sérier, découper dans le continuum du réel ces petits fragments mal raboutés de discontinu que nous appelons notre vie quotidienne, le clivage immédiat du MOI *compact en une créature étrangement bicéphale, le* double*, ne soit éprouvé par le malheureux Gérard, dont la tentative intrépide pour retrouver ses morts est pourtant involontaire, comme une épreuve terrible et finalement brisante. Elle le fut en effet (il le confesse à la fin d'*Aurélia*) au moins autant que, pour le poète antique Orphée, et pour les penseurs anciens en général,* *la descente aux Enfers que doivent affronter tous les grands héros (Gilgamesh, Ulysse, Énée).*

On peut supposer que, sur un mode plus patent, donc plus simple (ses motivations de libération sexuelle sont assez élémentaires), le Dr Jekyll a vécu lui aussi quelque chose de cette épreuve. Mais, au contraire d'Ulysse sorti vivant du séjour où il avait pour sa déception retrouvé sa mère morte, réduite à une ombre évanescente (Nerval cherchera en vain la sienne toute sa vie), au contraire d'Orphée qui, malgré la perte d'Eurydice, revoit la lumière du jour, il est significatif que le médecin imprudent de Stevenson n'ait pu, pour « s'en sortir », que plonger plus avant dans les ténèbres.

DANS LE MAËLSTROM DU RÊVE : *AURÉLIA* [1]

PREMIÈRE PARTIE

I

Le rêve est une seconde vie. Je n'ai pu percer sans frémir ces portes d'ivoire ou de corne qui nous séparent du monde invisible. Les premiers instants du sommeil sont l'image de la mort ; un engourdissement nébuleux saisit notre pensée, et nous ne pouvons déterminer l'instant précis où le *moi*, sous une autre forme, continue l'œuvre de l'existence. C'est un souterrain vague qui s'éclaire peu à peu, et où se dégagent de l'ombre et de la nuit les pâles figures gravement immobiles qui habitent le séjour des limbes. Puis le tableau se forme, une clarté nouvelle illumine et fait jouer ces apparitions bizarres ; — le monde des Esprits s'ouvre pour nous.

Swedenborg appelait ces visions *Memorabilia* ; il les devait à la rêverie plus souvent qu'au sommeil ; *L'Âne d'or* d'Apulée, *La Divine Comédie* de Dante, sont les modèles poétiques de ces études de l'âme humaine. Je vais essayer, à leur exemple, de transcrire les impressions d'une longue maladie qui s'est passée tout entière dans les mystères de mon esprit ; — et je ne sais pourquoi je me sers de ce terme maladie, car jamais, quant à ce qui est de moi-même, je ne me suis senti

1. Disponible dans la même collection.

mieux portant. Parfois, je croyais ma force et mon activité doublées ; il me semblait tout savoir, tout comprendre ; l'imagination m'apportait des délices infinies. En recouvrant ce que les hommes appellent la raison, faudra-t-il regretter de les avoir perdues ?...

Cette *Vita nuova* a eu pour moi deux phases. Voici les notes qui se rapportent à la première. — Une dame que j'avais aimée longtemps et que j'appellerai du nom d'Aurélia, était perdue pour moi. [...]

Un jour, arriva dans la ville une femme d'une grande renommée qui me prit en amitié et qui, habituée à plaire et à éblouir, m'entraîna sans peine dans le cercle de ses admirateurs. Après une soirée où elle avait été à la fois naturelle et pleine d'un charme dont tous éprouvaient l'atteinte, je me sentis épris d'elle à ce point que je ne voulus pas tarder un instant à lui écrire. J'étais si heureux de sentir mon cœur capable d'un amour nouveau !... J'empruntai, dans cet enthousiasme factice, les formules mêmes qui, si peu de temps auparavant, m'avaient servi pour peindre un amour véritable et longtemps éprouvé. La lettre partie, j'aurais voulu la retenir, et j'allai rêver dans la solitude à ce qui me semblait une profanation de mes souvenirs.

Le soir rendit à mon nouvel amour tout le prestige de la veille. La dame se montra sensible à ce que je lui avais écrit, tout en manifestant quelque étonnement de ma ferveur soudaine. J'avais franchi, en un jour, plusieurs degrés des sentiments que l'on peut concevoir pour une femme avec apparence de sincérité. Elle m'avoua que je l'étonnais tout en la rendant fière. J'essayai de la convaincre ; mais quoi que je voulusse lui dire, je ne pus ensuite retrouver dans nos entretiens le diapason de mon style, de sorte que je fus réduit à lui avouer, avec larmes, que je m'étais trompé moi-même en l'abusant. Mes confidences attendries eurent pourtant quelque charme, et une amitié plus forte dans sa douceur succéda à de vaines protestations de tendresse.

II

Plus tard, je la rencontrai dans une autre ville où se trouvait la dame que j'aimais toujours sans espoir. Un hasard les fit connaître l'une à l'autre, et la première eut l'occasion, sans doute, d'attendrir à mon égard celle qui m'avait exilé de son cœur. De sorte qu'un jour, me trouvant dans une société dont elle faisait partie, je la vis venir à moi et me tendre la main. Comment interpréter cette démarche et le regard profond et triste dont elle accompagna son salut ? J'y crus voir le pardon du passé ; l'accent divin de la pitié donnait aux simples paroles qu'elle m'adressa une valeur inexprimable, comme si quelque chose de la religion se mêlait aux douceurs d'un amour jusque-là profane, et lui imprimait le caractère de l'éternité.

Un devoir impérieux me forçait de retourner à Paris, mais je pris aussitôt la résolution de n'y rester que peu de jours et de revenir près de mes deux amies. La joie et l'impatience me donnèrent alors une sorte d'étourdissement qui se compliquait du soin des affaires que j'avais à terminer. Un soir, vers minuit, je remontais un faubourg où se trouvait ma demeure, lorsque, levant les yeux par hasard, je remarquai le numéro d'une maison éclairé par un réverbère. Ce nombre était celui de mon âge. Aussitôt, en baissant les yeux, je vis devant moi une femme au teint blême, aux yeux caves, qui me semblait avoir les traits d'Aurélia. Je me dis : « C'est *sa mort* ou la mienne qui m'est annoncée ! » Mais je ne sais pourquoi j'en restai à la dernière supposition, et je me frappai de cette idée, que ce devait être le lendemain à la même heure.

Cette nuit-là, je fis un rêve qui me confirma dans ma pensée. — J'errais dans un vaste édifice composé de plusieurs salles, dont les unes étaient consacrées à l'étude, d'autres à la conversation ou aux discussions philosophiques. Je m'arrêtai avec intérêt dans une des premières, où je crus reconnaître mes anciens maîtres et mes anciens condisciples. Les leçons continuaient sur les auteurs grecs et latins, avec ce bourdonnement monotone qui semble une prière à la déesse Mnémosyne. — Je passai dans une autre salle, où avaient lieu des conférences philosophiques. J'y pris part quelque temps, puis j'en sortis pour chercher ma chambre dans une sorte d'hôtellerie aux escaliers immenses, pleine de voyageurs affairés.

Je me perdis plusieurs fois dans les longs corridors, et en traversant une des galeries centrales, je fus frappé d'un spectacle étrange. Un être d'une grandeur démesurée, — homme ou femme, je ne sais, — voltigeait péniblement au-dessus de l'espace et semblait se débattre parmi des nuages épais. Manquant d'haleine et de force, il tomba enfin au milieu de la cour obscure, accrochant et froissant ses ailes le long des toits et des balustres. Je pus le contempler un instant. Il était coloré de teintes vermeilles, et ses ailes brillaient de mille reflets changeants. Vêtu d'une robe longue à plis antiques, il ressemblait à l'Ange de la *Mélancolie*, d'Albrecht Dürer. — Je ne pus m'empêcher de pousser des cris d'effroi, qui me réveillèrent en sursaut. [...]

IX

Telles furent les images qui se montrèrent tour à tour devant mes yeux. Peu à peu le calme était rentré dans mon esprit, et je quittai cette demeure qui était pour moi un paradis. Des circonstances fatales préparèrent longtemps après une rechute qui renoua la série interrompue de ces étranges rêveries. — Je me promenais dans la campagne préoccupé d'un travail qui se rattachait aux idées religieuses. En passant devant une maison, j'entendis un oiseau qui parlait selon quelques mots qu'on lui avait appris, mais dont le bavardage confus me parut avoir un sens ; il me rappela celui de la vision que j'ai racontée plus haut, et je sentis un frémissement de mauvais augure. Quelques pas plus loin, je rencontrai un ami que je n'avais pas vu depuis longtemps et qui demeurait dans une maison voisine. Il voulut me faire voir sa propriété, et, dans cette visite, il me fit monter sur une terrasse élevée d'où l'on découvrait un vaste horizon. C'était au coucher du soleil. En descendant les marches d'un escalier rustique, je fis un faux pas, et ma poitrine alla porter sur l'angle d'un meuble. J'eus assez de force pour me relever et m'élançai jusqu'au milieu du jardin, me croyant frappé à mort, mais voulant, avant de mourir, jeter un dernier regard au soleil couchant. Au milieu des regrets qu'entraîne un tel moment, je me sentais heureux de mourir ainsi, à cette heure, et au milieu des arbres, des treilles et des fleurs d'automne. Ce ne fut cependant qu'un évanouissement, après lequel j'eus encore la force de regagner ma demeure pour me mettre au lit. La fièvre s'empara de moi ; en me rappelant de quel point j'étais tombé, je me souvins que la vue que j'avais admirée donnait sur un cimetière, celui même où se trouvait le tombeau d'Aurélia. Je n'y pensai véritablement qu'alors, sans quoi je pourrais attribuer ma chute à l'impression que cet aspect m'aurait fait éprouver.

— Cela même me donna l'idée d'une fatalité plus précise. Je regrettai d'autant plus que la mort ne m'eût pas réuni à elle. Puis, en y songeant, je me dis que je n'en étais pas digne. Je me représentai amèrement la vie que j'avais menée depuis sa mort, me reprochant, non de l'avoir oubliée, ce qui n'était point arrivé, mais d'avoir, en de faciles amours, fait outrage à sa mémoire. L'idée me vint d'interroger le sommeil, mais *son* image, qui m'était apparue souvent, ne revenait plus dans mes songes. Je n'eus d'abord que des rêves confus, mêlés de scènes sanglantes. Il semblait que toute une race fatale se fût déchaînée au milieu du monde idéal que j'avais vu autrefois et dont elle était la reine. Le même Esprit qui m'avait menacé, — lorsque j'entrais dans la demeure de ces familles pures qui habitaient les hauteurs de la *Ville mystérieuse*, — passa devant moi, non plus dans ce costume blanc qu'il portait jadis, ainsi que ceux de sa race, mais vêtu en prince d'Orient. Je m'élançai vers lui, le menaçant, mais il se tourna tranquillement vers moi. Ô terreur ! ô colère ! c'était mon visage, c'était toute ma forme idéalisée et grandie... Alors je me souvins de celui qui avait été arrêté la même nuit que moi et que, selon ma pensée, on avait fait sortir sous mon nom du corps de garde, lorsque deux amis étaient venus pour me chercher. Il portait à la main une arme dont je distinguais mal la forme, et l'un de ceux qui l'accompagnaient dit : « C'est avec cela qu'il l'a frappé. »

Je ne sais comment expliquer que, dans mes idées, les événements terrestres pouvaient coïncider avec ceux du monde surnaturel, cela est plus facile à *sentir* qu'à énoncer clairement*. Mais quel était donc cet esprit qui était moi et en dehors de moi ? Était-ce le *Double* des légendes, ou ce frère mystique que les Orientaux appellent *Ferouër* ? — N'avais-je pas été frappé de l'histoire de ce chevalier qui combattit toute une nuit dans une forêt contre un inconnu qui était lui-même ? Quoi qu'il en soit, je crois que l'imagination humaine n'a rien inventé qui ne soit vrai, dans ce monde ou dans les autres, et je ne pouvais douter de ce que j'avais *vu* si distinctement.

Une idée terrible me vint : « L'homme est double », me dis-je. — « Je sens deux hommes en moi », a écrit un Père de l'Église. — Le concours de deux âmes a déposé ce germe

* Cela faisait allusion, pour moi, au coup que j'avais reçu dans ma chute.

mixte dans un corps qui lui-même offre à la vue deux portions similaires reproduites dans tous les organes de sa structure. Il y a en tout homme un spectateur et un acteur, celui qui parle et celui qui répond. Les Orientaux ont vu là deux ennemis : le bon et le mauvais génie. « Suis-je le bon ? suis-je le mauvais ? me disais-je. En tout cas, *l'autre* m'est hostile... Qui sait s'il n'y a pas telle circonstance ou tel âge où ces deux esprits se séparent ? Attachés au même corps tous deux par une affinité matérielle, peut-être l'un est-il promis à la gloire et au bonheur, l'autre à l'anéantissement ou à la souffrance éternelle ? » Un éclair fatal traversa tout à coup cette obscurité... Aurélia n'était plus à moi !... Je croyais entendre parler d'une cérémonie qui se passait ailleurs, et des apprêts d'un mariage mystique qui était le mien, et où *l'autre* allait profiter de l'erreur de mes amis et d'Aurélia elle-même. Les personnes les plus chères qui venaient me voir et me consoler me paraissaient en proie à l'incertitude, c'est-à-dire que les deux parties de leurs âmes se séparaient aussi à mon égard, l'une affectionnée et confiante, l'autre comme frappée de mort à mon égard. Dans ce que ces personnes me disaient, il y avait un sens double, bien que toutefois elles ne s'en rendissent pas compte, puisqu'elles n'étaient pas *en esprit* comme moi. Un instant même cette pensée me sembla comique en songeant à Amphitryon et à Sosie. Mais si ce symbole grotesque était autre chose, — si, comme dans d'autres fables de l'Antiquité, c'était la vérité fatale sous un masque de folie ? « Eh bien, me dis-je, luttons contre l'esprit fatal, luttons contre le Dieu lui-même avec les armes de la tradition et de la science. Quoi qu'il fasse dans l'ombre et la nuit, j'existe, — et j'ai pour le vaincre tout le temps qu'il m'est donné encore de vivre sur la terre. »

X

Comment peindre l'étrange désespoir où ces idées me réduisirent peu à peu ? Un mauvais génie avait pris ma place dans le monde des âmes ; — pour Aurélia, c'était moi-même, et l'esprit désolé qui vivifiait mon corps, affaibli, dédaigné, méconnu d'elle, se voyait à jamais destiné au désespoir ou au néant. J'employai toutes les forces de ma volonté pour pénétrer encore le mystère dont j'avais levé quelques voiles.

Le rêve se jouait parfois de mes efforts et n'amenait que des figures grimaçantes et fugitives. Je ne puis donner ici qu'une idée assez bizarre de ce qui résulta de cette contention d'esprit. Je me sentais glisser comme sur un fil tendu dont la longueur était infinie. La terre, traversée de veines colorées de métaux en fusion, comme je l'avais vue déjà, s'éclaircissait peu à peu par l'épanouissement du feu central, dont la blancheur se fondait avec les teintes cerise qui coloraient les flancs de l'orbe intérieur. Je m'étonnais de temps en temps de rencontrer de vastes flaques d'eau, suspendues comme le sont les nuages dans l'air, et toutefois offrant une telle densité qu'on pouvait en détacher des flocons ; mais il est clair qu'il s'agissait là d'un liquide différent de l'eau terrestre, et qui était sans doute l'évaporation de celui qui figurait la mer et les fleuves pour le monde des esprits.

J'arrivai en vue d'une vaste plage montueuse et toute couverte d'une espèce de roseaux de teinte verdâtre, jaunis aux extrémités comme si les feux du soleil les eussent en partie desséchés, — mais je n'ai pas vu de soleil plus que les autres fois. — Un château dominait la côte que je me mis à gravir. Sur l'autre versant, je vis s'étendre une ville immense. Pendant que j'avais traversé la montagne, la nuit était venue, et j'apercevais les lumières des habitations et des rues. En descendant, je me trouvai dans un marché où l'on vendait des fruits et des légumes pareils à ceux du Midi.

Je descendis par un escalier obscur et me trouvai dans les rues. On affichait l'ouverture d'un casino, et les détails de sa distribution se trouvaient énoncés par articles. L'encadrement typographique était fait de guirlandes de fleurs si bien représentées et coloriées, qu'elles semblaient naturelles. — Une partie du bâtiment était encore en construction. J'entrai dans un atelier où je vis des ouvriers qui modelaient en glaise un animal énorme de la forme d'un lama, mais qui paraissait devoir être muni de grandes ailes. Ce monstre était comme traversé d'un jet de feu qui l'animait peu à peu, de sorte qu'il se tordait, pénétré par mille filets pourprés, formant les veines et les artères et fécondant pour ainsi dire l'inerte matière, qui se revêtait d'une végétation instantanée d'appendices fibreux, d'ailerons et de touffes laineuses. Je m'arrêtai à contempler ce chef-d'œuvre, où l'on semblait avoir surpris les secrets de la création divine. « C'est que nous avons ici, me dit-on, le feu primitif qui anima les premiers êtres... Jadis il s'élançait jusqu'à la surface de la terre, mais les sources se sont taries. » Je vis aussi des travaux d'orfèvrerie où l'on employait deux métaux inconnus sur la terre : l'un rouge qui semblait correspondre au cinabre, et l'autre bleu d'azur. Les ornements n'étaient ni martelés ni ciselés, mais se formaient, se coloraient et s'épanouissaient comme les plantes métalliques qu'on fait naître de certaines mixtions chimiques. « Ne créerait-on pas aussi des hommes ? » dis-je à l'un des travailleurs ; mais il me répliqua : « Les hommes viennent d'en haut et non d'en bas : pouvons-nous nous créer nous-mêmes ? Ici l'on ne fait que formuler par les progrès successifs de nos industries une matière plus subtile que celle qui compose la croûte terrestre. Ces fleurs qui vous paraissent naturelles, cet animal qui semblera vivre, ne seront que des produits de l'art élevé au plus haut point de nos connaissances, et chacun les jugera ainsi. »

Telles sont à peu près les paroles, ou qui me furent dites, ou dont je crus percevoir la signification. Je me mis à parcourir les salles du casino et j'y vis une grande foule, dans laquelle je distinguai quelques personnes qui m'étaient connues, les unes vivantes, d'autres mortes en divers temps. Les premières semblaient ne pas me voir, tandis que les autres me répondaient sans avoir l'air de me connaître. J'étais arrivé à la plus grande salle qui était toute tendue de velours ponceau à bandes d'or tramé, formant de riches dessins. Au milieu se trouvait un sofa en forme de trône. Quelques passants s'y asseyaient pour en éprouver l'élasticité ; mais les préparatifs n'étant pas terminés, ils se dirigeaient vers d'autres salles. On parlait d'un mariage et de l'époux qui, disait-on, devait arriver pour annoncer le moment de la fête. Aussitôt un transport insensé s'empara de moi. J'imaginai que celui qu'on attendait était mon *double*, qui devait épouser Aurélia, et je fis un scandale qui sembla consterner l'assemblée. Je me mis à parler avec violence, expliquant mes griefs et invoquant le secours de ceux qui me connaissaient. Un vieillard me dit : « Mais on ne se conduit pas ainsi, vous effrayez tout le monde. » Alors je m'écriai : « Je sais bien qu'il m'a frappé déjà de ses armes, mais je l'attends sans crainte et je connais le signe qui doit le vaincre ! »

En ce moment un des ouvriers de l'atelier que j'avais visité en entrant parut tenant une longue barre, dont l'extrémité se composait d'une boule rougie au feu. Je voulus m'élancer sur lui, mais la boule qu'il tenait en arrêt menaçait toujours ma tête. On semblait autour de moi me railler de mon impuissance... Alors je me reculai jusqu'au trône, l'âme pleine d'un indicible orgueil, et je levai le bras pour faire un signe qui me semblait avoir une puissance magique. Le cri d'une femme, distinct et vibrant, empreint d'une douleur déchirante, me réveilla en sursaut ! Les syllabes d'un mot inconnu que j'allais prononcer expiraient sur mes lèvres... Je me précipitai à terre et je me mis à prier avec ferveur en pleurant à chaudes larmes. — Mais quelle était donc cette voix qui venait de résonner si douloureusement dans la nuit ?

Elle n'appartenait pas au rêve ; c'était la voix d'une personne vivante et pourtant c'était pour moi la voix et l'accent d'Aurélia...

J'ouvris ma fenêtre ; tout était tranquille, et le cri ne se répéta plus. — Je m'informai au dehors, personne n'avait rien entendu. — Et cependant, je suis encore certain que le cri était réel et que l'air des vivants en avait retenti... Sans doute, on me dira que le hasard a pu faire qu'à ce moment-là même une femme souffrante ait crié dans les environs de ma demeure. — Mais, selon ma pensée, les événements terrestres étaient liés à ceux du monde invisible. C'est un de ces rapports étranges dont je ne me rends pas compte moi-même et qu'il est plus aisé d'indiquer que de définir...

Qu'avais-je fait ? J'avais troublé l'harmonie de l'univers magique où mon âme puisait la certitude d'une existence immortelle. J'étais maudit peut-être pour avoir voulu percer un mystère redoutable en offensant la loi divine ; je ne devais plus attendre que la colère et le mépris ! Les ombres irritées fuyaient en jetant des cris et traçant dans l'air des cercles fatals, comme les oiseaux à l'approche d'un orage.

Gérard de Nerval [1]

1. *Aurélia*, 1854, Ire partie, début — I, II, III, IV —, puis fin — IX, X.

IV. DÉDOUBLEMENT DE LA PERSONNALITÉ

1. « JE EST UN AUTRE »

Voir son double, c'est mourir, disaient les anciennes sagesses, dont Poe avait retrouvé la leçon, quitte à la transposer du monde physique à la sphère morale. Mais la chose, pour avoir ce caractère fatal, doit arriver de façon fortuite, ou occasionnée peut-être par quelque jeteur de mauvais sort. Il faut que je tombe inopinément sur cette copie presque parfaite de moi-même pour être frappé du haut mal de savoir qui je suis et de ne le pouvoir pas supporter.

Le dédoublement en revanche, à moins d'être franchement pathologique — et d'aboutir soit au cul-de-sac de la schizophrénie, soit, degré de gravité moindre, à cet éparpillement de la personnalité en figures multiples et étanches entre elles, dont on connaît des exemples parfois repérés par les tribunaux, et auquel le cinéaste Woody Allen a consacré, en 1983, un de ses films les plus cocasses et les plus inquiétants, Zelig *—, peut résulter d'une décision volontaire de la conscience, ou d'un acte réfléchi. Mais, même vécu comme un traumatisme sur lequel celui qui le subit a peu ou pas de prise, il naît toujours d'un désir, parfois téméraire, de visiter le labyrinthe du moi, plus inconnaissable que celui de Dédale.*

Quand Rimbaud, extralucide de dix-sept ans, découvre non la réalité du don d'ubiquité que possède tout créateur voué à fragmenter infiniment son moi pour lui faire endosser tous les rôles qu'il imagine, mais la formule définitive de ce don, « Je est un autre », il associe instantanément pour son correspondant Paul Demeny, à cette découverte, l'éblouissement du désir réalisé qui l'accompagne sur le théâtre du dedans (« Si le cuivre s'éveille clairon... », « Je lance un coup d'archet [...] on vient d'un bond sur la scène »).

Deux ans seulement plus tard — mais une année de Rimbaud vaut une décennie —, le « voleur de feu », passé de « l'hallucination simple » à « l'hallucination des mots », découvrira, lors de l'établissement de ce bilan provisoire qu'est Une saison en Enfer, *quel est le prix de « terreur » (celui-là même dont doit s'acquitter Jekyll) à payer pour avoir attaqué, à coups du bélier de la volonté, la forteresse de ce que Henri Michaux appelle « l'espace du dedans ».*

LE DÉDOUBLEMENT SELON RIMBAUD

Première phase : euphorie

[...]

On n'a jamais bien jugé le romantisme ; qui l'aurait jugé ? les critiques !! Les romantiques ? qui prouvent si bien que la chanson est si peu souvent l'œuvre, c'est-à-dire la pensée chantée *et comprise* du chanteur ?

Car Je est un autre. Si le cuivre s'éveille clairon, il n'y a rien de sa faute. Cela m'est évident : j'assiste à l'éclosion de ma pensée : je la regarde, je l'écoute : je lance un coup d'archet : la symphonie fait son remuement dans les profondeurs, ou vient d'un bond sur la scène.

Si les vieux imbéciles n'avaient pas trouvé du Moi que la signification fausse, nous n'aurions pas à balayer ces millions de squelettes qui, depuis un temps infini ! ont accumulé les produits de leur intelligence borgnesse, en s'en clamant les auteurs !

En Grèce, ai-je dit, vers et lyres *rythment l'Action*. Après, musique et rimes sont jeux, délassements. L'étude de ce passé charme les curieux : plusieurs s'éjouissent à renouveler ces antiquités : — c'est pour eux. L'intelligence universelle a toujours jeté ses idées, naturellement ; les hommes ramassaient une partie de ces fruits du cerveau : on agissait par, on en écrivait des livres : telle allait la marche, l'homme ne se travaillant pas, n'étant pas encore éveillé, ou pas encore dans la plénitude du grand songe. Des fonctionnaires, des écrivains : auteur, créateur, poète, cet homme n'a jamais existé !

La première étude de l'homme qui veut être poète est sa propre connaissance, entière ; il cherche son âme, il l'inspecte, il la tente, l'apprend. Dès qu'il la sait, il doit la cultiver ; cela semble simple : en tout cerveau s'accomplit un développement naturel ; tant d'*égoïstes* se proclament auteurs ; il en est bien d'autres qui s'attribuent leur progrès intellectuel ! — Mais il s'agit de faire l'âme monstrueuse : à l'instar des comprachicos, quoi ! Imaginez un homme s'implantant et se cultivant des verrues sur le visage.

Je dis qu'il faut être *voyant*, se faire *voyant*.

Le Poète se fait *voyant* par un long, immense et raisonné *dérèglement* de *tous les sens*. Toutes les formes d'amour, de souffrance, de folie ; il cherche lui-même, il épuise en lui tous les poisons, pour n'en garder que les quintessences. Ineffable torture où il a besoin de toute la foi, de toute la force surhumaine, où il devient entre tous le grand malade, le grand criminel, le grand maudit, — et le suprême Savant ! — Car il arrive à l'*inconnu* ! Puisqu'il a cultivé son âme, déjà riche, plus qu'aucun ! Il arrive à l'*inconnu*, et quand, affolé, il finirait par perdre l'intelligence de ses visions, il les a vues ! Qu'il crève dans son bondissement par les choses inouïes et innombrables : viendront d'autres horribles travailleurs ; ils commenceront par les horizons où l'autre s'est affaissé !

[...]

Donc le poète est vraiment voleur de feu.

Il est chargé de l'humanité, des animaux même ; il devra faire sentir, palper, écouter ses inventions ; si ce qu'il rapporte de *là-bas* a forme, il donne forme : si c'est informe, il donne de l'informe. Trouver une langue ;

— Du reste, toute parole étant idée, le temps d'un langage universel viendra ! Il faut être académicien, — plus mort qu'un fossile, — pour parfaire un dictionnaire, de quelque langue que ce soit. Des faibles se mettraient à *penser* sur la première lettre de l'alphabet, qui pourraient vite se ruer dans la folie ! — [...]

Arthur Rimbaud [1]

Deuxième phase : les cercles de l'hallucination

La vieillerie poétique avait une bonne part dans mon alchimie du verbe.

Je m'habituai à l'hallucination simple : je voyais très franchement une mosquée à la place d'une usine, une école de tambours faite par des anges, des calèches sur les routes du

1. Lettre à Paul Demeny du 15 mai 1871, dite « Lettre du voyant », extraits.

ciel, un salon au fond d'un lac ; les monstres, les mystères ; un titre de vaudeville dressait des épouvantes devant moi.

Puis j'expliquai mes sophismes magiques avec l'hallucination des mots !

Je finis par trouver sacré le désordre de mon esprit. J'étais oisif, en proie à une lourde fièvre : j'enviais la félicité des bêtes, — les chenilles, qui représentent l'innocence des limbes, les taupes, le sommeil de la virginité ! [...]

J'aimai le désert, les vergers brûlés, les boutiques fanées, les boissons tiédies. Je me traînais dans les ruelles puantes et, les yeux fermés, je m'offrais au soleil, dieu de feu.

« Général, s'il reste un vieux canon sur tes remparts en ruine, bombarde-nous avec des blocs de terre sèche. Aux glaces des magasins splendides ! dans les salons ! Fais manger sa poussière à la ville. Oxyde les gargouilles. Emplis les boudoirs de poudre de rubis brûlante... »

Oh ! le moucheron enivré à la pissotière de l'auberge, amoureux de la bourrache, et que dissout un rayon ! [...]

Enfin, ô bonheur, ô raison, j'écartai du ciel l'azur, qui est du noir, et je vécus, étincelle d'or de la lumière *nature*. De joie, je prenais une expression bouffonne et égarée au possible :

Elle est retrouvée !
Quoi ? l'éternité.
C'est la mer mêlée
Au soleil.

Mon âme éternelle,
Observe ton vœu
Malgré la nuit seule
Et le jour en feu.

Donc tu te dégages
Des humains suffrages,
Des communs élans !
Tu voles selon...

— Jamais l'espérance.
Pas d'*orietur*.
Science et patience,
Le supplice est sûr.

Plus de lendemain,
Braises de satin,
Votre ardeur
Est le devoir.

Elle est retrouvée !
— Quoi ? — l'Éternité.
C'est la mer mêlée
Au soleil.

Je devins un opéra fabuleux : je vis que tous les êtres ont une fatalité de bonheur : l'action n'est pas la vie, mais une façon de gâcher quelque force, un énervement. La morale est la faiblesse de la cervelle.

À chaque être, plusieurs *autres* vies me semblaient dues. Ce monsieur ne sait ce qu'il fait : il est un ange. Cette famille est une nichée de chiens. Devant plusieurs hommes, je causai tout haut avec un moment d'une de leurs autres vies. — Ainsi, j'ai aimé un porc.

Aucun des sophismes de la folie, — la folie qu'on enferme, — n'a été oublié par moi : je pourrais les redire tous, je tiens le système.

Ma santé fut menacée. La terreur venait. Je tombais dans des sommeils de plusieurs jours, et, levé, je continuais les rêves les plus tristes. J'étais mûr pour le trépas, et par une route de dangers ma faiblesse me menait aux confins du monde et de la Cimmérie, patrie de l'ombre et des tourbillons.

Je dus voyager, distraire les enchantements assemblés sur mon cerveau. Sur la mer, que j'aimais comme si elle eût dû me laver d'une souillure, je voyais se lever la croix consolatrice. J'avais été damné par l'arc-en-ciel. Le Bonheur était ma fatalité, mon remords, mon ver : ma vie serait toujours trop immense pour être dévouée à la force et à la beauté.

Le Bonheur ! Sa dent, douce à la mort, m'avertissait au chant du coq, — *ad matutinum*, au *Christus venit*, — dans les plus sombres villes :

Ô saisons, ô châteaux !
Quelle âme est sans défauts ?

J'ai fait la magique étude
Du bonheur, qu'aucun n'élude.

Salut à lui, chaque fois
Que chante le coq gaulois.

Ah ! je n'aurai plus d'envie :
Il s'est chargé de ma vie.

Ce charme a pris âme et corps
Et dispersé les efforts.

Ô saisons, ô châteaux !

L'heure de sa fuite, hélas !
Sera l'heure du trépas.

Ô saisons, ô châteaux !

Cela s'est passé. Je sais aujourd'hui saluer la beauté.

Une saison en Enfer, 1873, extraits.

2. L'INTERVERSION DES RÔLES

Érudit et polyglotte, Marcel Schwob (1867-1905), à la fois traducteur, essayiste et auteur de fictions, fut un des écrivains symbolistes les plus originaux de l'autre fin de siècle. Fasciné par l'œuvre de son aîné Stevenson, il lui écrivit une première lettre alors qu'il n'avait que vingt et un ans (en septembre 1888) et que son maître en art d'écrire se trouvait déjà à Honolulu, en partance pour un bien plus long voyage qui allait le mener aux antipodes.

C'est trois ans plus tard, en 1891, que Schwob publie Cœur double, *dont le titre et une partie de l'inspiration sont directement issus de la lecture de* L'Étrange Cas du Dr Jekyll et de M. Hyde. *Mais son imagination morbide et certain raffinement dans la désespérance poussent Schwob vers l'invention littéraire d'une situation de crise où une sorte de Dr Jekyll sain d'esprit assiste* in vivo *à un dédoublement de la personnalité qui le laisse sans volonté et sans jugement* (L'Homme double). *Dans* Les Portes de l'opium, *la substance psychédélique joue le rôle de la potion de* L'Étrange Cas du Dr Jekyll et M. Hyde *et conduit son opulente victime, affriolée comme Jekyll par le goût du mystère intérieur, à un complet renversement de situation matérielle, et à l'échange semi volontaire des rôles avec un mendiant. Chemin faisant, on remarquera les emprunts-hommages de Schwob à Stevenson, consistant surtout en images frappantes : la porte close, la canne tordue (avec laquelle Hyde terrasse Carew), l'arrière-cour transformée en terrain vague. Quant à l'écriture poétique du Français, elle ne doit rien à personne.*

LE JUGE ET L'ASSASSIN

Le couloir dallé sonna sous des pas, et le juge d'instruction vit entrer un monsieur blême, cheveux lisses, avec des favoris collés aux joues et des yeux perpétuellement inquiets ou scrutateurs. Il avait l'air abattu d'un homme qui ne comprend rien à ce qu'on lui fait faire ; les gardes municipaux le quittèrent à la porte avec un regard de commisération. Seules les prunelles, luisantes et mobiles, paraissaient vivre dans sa face terreuse : elles avaient l'éclat et l'impénétrabilité de la faïence noire polie. Les vêtements, redingote et pantalon en sac, pendaient à son corps comme des habits accrochés ; le chapeau, haut de forme, avait été écrasé par des plafonds bas ; le tout, avec l'indication des favoris, donnant assez bien l'idée d'un homme de loi misérable poursuivi par ses confrères.

Le juge, assis sous la lumière qui frappait l'inculpé en face, considérait les méplats gris clair de ce visage terne, dont les creux étaient marqués par des coupelles d'ombre indécise. Et, tandis qu'il faisait glisser machinalement du pouce les pièces éparses des dossiers qui gisaient sur sa table, l'apparence de respectabilité répandue sur cet homme lui donna, comme dans une de ces explosions de lumière, sitôt évanouies, qui illuminent le cerveau, l'étrange impression qu'il avait devant lui un autre juge d'instruction, avec une redingote et des favoris courts, avec des yeux impénétrables et perçants, sorte de malheureuse caricature falote et mal dessinée, s'estompant dans la grisaille du jour.

Cette respectabilité indescriptible, qui venait certainement de la coupe de la barbe et des vêtements, confondait néanmoins le juge dans l'affaire présente, et le faisait hésiter. Le crime avait paru banal, d'abord : un de ces assassinats fréquents dans les dernières années. On avait trouvé dans son lit, la gorge coupée, une femme galante qui habitait un petit appartement de la rue de Maubeuge. Le coup avait été porté par une main semblant accoutumée à trancher, juste au-dessous du thyroïde ; la section de l'artère carotide était nette, le cou ayant été à moitié ouvert — la mort presque instantanée, puisque le sang s'était échappé par larges jets successifs, en trois ou quatre battements. Les draps, peu tordus, portaient de grandes taches de sang, disposées en flaques opaques, épaisses au centre et se fondant graduellement sur les bords par un rose clair semé de traces brunes. L'armoire à glace avait été défoncée ; des boîtes de carton, renversées, jonchaient le parquet ; même les matelas avaient été éventrés à la couture.

La femme assassinée, déjà d'un certain âge, n'était pas inconnue dans le monde galant. On la rencontrait, le soir, au Cercle, aux Princes, de l'Américain aux restaurants où on soupe. Ses bijoux disparus étaient cotés. Et quand les marchands d'or et d'argent virent apparaître des bagues signalées et des colliers désignés, leur indication suffit au chef de la Sûreté pour arriver au vrai coupable. On avait unanimement nommé l'individu qui était sous les yeux du juge. Il ne s'était pas caché : les brocanteurs du Marais, les petits boutiquiers du quartier Saint-Germain savaient son adresse. Il était venu vendre les bijoux avec l'air respectable qu'il avait maintenant, l'air d'un homme qui serait dans une position fâcheuse et qui voudrait faire argent de tout.

Quand le juge l'interrogea, il employa malgré lui des formules de politesse et des atténuations sympathiques. Les réponses de l'homme étaient manifestement empâtées, évasives ; mais elles étaient respectables, comme son extérieur. Il était, dit-il, clerc d'avoué. Il donna le nom et l'adresse de son patron. Un mot du juge revint presque aussitôt avec la réponse : *Inconnu*. L'homme eut un geste d'étonnement et murmura : « Je ne sais plus. »

On avait retrouvé chez lui, dans une chambre d'hôtel, rue Saint-Jacques, des liasses d'actes et de copies. Lorsqu'elles lui furent présentées, il dit qu'il ne les connaissait pas. Le juge, pensant que ces liasses étaient une preuve intentionnelle, parut surpris. Poussant l'interrogatoire, il se heurta à d'inexplicables contradictions. L'homme avait l'extérieur juridique et ne connaissait rien de la langue de la loi. Il ne savait de l'avoué où il se disait employé que le nom et l'adresse. Mais il persistait dans ses affirmations.

Les bijoux venaient, disait-il, d'une succession, et lui avaient été confiés pour les vendre et réaliser une somme d'argent. Il répondit à la question traditionnelle de l'emploi de son temps, la nuit du crime : « J'ai dormi dans mon lit, monsieur. » Quand le logeur, appelé, affirma que l'homme n'était pas rentré cette nuit-là ; qu'il n'était arrivé que le matin, la face pâle, l'air harassé, l'accusé le regarda avec surprise, et dit : « Mais non, mais non, voyons — je le sais bien — j'étais dans mon lit. » Le juge, interloqué, fit venir trois brocanteurs, qui reconnurent l'homme. Il ne fit aucune difficulté pour admettre qu'il leur avait vendu des bijoux. « Voyons, puisque je vous dis, monsieur, expliqua-t-il au juge, que tout ça m'avait été confié par une personne, rapport que je suis chez un avoué, pour vendre et puis placer chez le patron. » — « Quelle personne ? » demanda le juge. L'homme réfléchit et dit : « Ah bien — attendez — je ne me rappelle pas comme ça, moi — ça va me revenir. »

Alors le juge, prenant la parole, lui montra les inconséquences de son système. Il les lui montra, gardant une sorte de respect pour le personnage extérieur que l'homme représentait, comme une pitié pour son attitude affalée, ses raisonnements d'idiot. Il l'appela doucement « mon ami », en lui faisant toucher du doigt ses contradictions. Il lui expliqua son crime, parce qu'il ne semblait pas le comprendre. Il en fit ressortir la gravité, l'abomination ; insista sur toutes les preuves qui l'accablaient, et termina par une péroraison éloquente où il était dit que souvent le Président préférait user du droit suprême à l'égard de ceux qui avouent.

L'homme parut apprécier l'indulgence du magistrat, et prit la parole à son tour après le juge. Sa voix jusqu'alors avait été terne, monotone, impersonnelle. Il était impossible de se rappeler un ton semblable. Les nuances n'y existaient pas : il était gris et uniforme comme la face terreuse du personnage. Mais, lorsque l'homme répondit à l'exhortation du juge, il fit à son tour une sorte d'exhortation. Les tons de voix s'accusèrent, et furent l'imitation pâle des tons de voix par lesquels le magistrat s'était adressé à lui. Les mots qui vinrent à ses lèvres furent des copies des mots qu'il avait entendus.

Son discours fut négatif : il se borna simplement à repousser les contradictions et à nier les preuves. Il ne pouvait compter sur la clémence du Président, puisqu'il ignorait le crime.

Quand il en vint là, le juge dut l'arrêter. Le greffier, malgré le sérieux de l'homme et l'horreur du crime, souriait en écrivant. Il y avait devant la table du juge d'instruction un être singulier qui mimait le magistrat avec un talent réel, qui colorait sa voix monotone avec les tons du juge, qui plissait un visage terne dans les rides expressives de la figure placée en face de lui, qui semblait gonfler ses vêtements flottants avec des gestes exactement empruntés. Si bien que de l'apparence vague qui avait frappé le juge d'instruction à l'entrée de son accusé, il se dégageait maintenant l'image nette, précise, d'un homme de loi qui discute avec un confrère ; comme si on avait forcé les traits d'un dessin flou, gris et fondu, jusqu'à lui donner le tranchant d'une eau-forte où le blanc crie contre le noir.

Le juge entra au cœur de l'affaire, avec autorité. Il ne discuta plus les possibilités, mais les faits. La gorge de la victime avait été coupée par une main exercée — on savait au moyen de quel instrument. Le juge passa sous les yeux de l'homme un couteau, taché de sang, qu'on avait saisi derrière son lit — un fort couteau de boucher. Le dos de la lame était épais d'un demi-doigt. C'était le premier lien visible établi entre l'homme et le crime. L'effet fut prodigieux.

Une onde courut tout le long du personnage, et mit le visage entier en mouvement. Les yeux roulèrent et devinrent clairs. Les cheveux se hérissèrent, avec les favoris, qui semblèrent en être les prolongements. Des plis se creusèrent aux tempes et à la bouche. La figure de l'homme avait maintenant une fixité mauvaise ; et, avec un geste étrange, comme venant d'être réveillé, il se frotta deux ou trois fois sous le nez, de l'index. Puis il se mit à parler, avec un accent traînard, les mains non plus gourdes, mais suivant les paroles avec des gestes. C'étaient des paroles adressées à d'autres personnes, évidemment, qui n'étaient pas là. Le juge crut devoir lui demander où il se trouvait. L'homme tressaillit sous la question ; sa bouche s'ouvrit sans effort, — et ce flux déborda :

« Où que j'suis ? Eh ben — chez moi — donc ! Qu'est-ce que ça peut t'foutre, où que j'suis ! » — Il prit une plume sur la table. « V'là une *trempe-tes-deux-bras-dans-la-vase-noire*, j'm'en suis jamais tant servi. C'est pour refaire les mecs-à-bavette. Ils ont été bons. J'ai passé devant le Rouge ; j'étais bien fringué, là. Il a gobé que j' travaillais avec cet' instrument-là. Bonnes poires, va ! C'est comme mon boniment pour les bijoux. Oh ! i'sont pas coton — i'sont à la coule — c'est comme du velours. J'ai esgourdé l'autre tourte ; j'ai entravé, entravé ce qu'il jaquetait. Je l'ai gouré première marque avec un beau chiqué, quéqu'chose d'bat. Ej'crains pas des mecs qui retournent leur veste, moi. J'ai fait mon travail seul. Ej'vas me r'poser dans mon *tend-moi-tes-bois*. »

L'homme se dirigea vers le fauteuil du juge, qui se leva, effaré, et lui céda la place. À peine assis, la réaction se produisit, le sang quitta les joues ; la tête roula en arrière ; les paupières retombèrent — et tout le corps s'affaissa inerte.

Et le juge, à son tour debout devant l'homme, se posait un terrible problème. Des deux personnages demi-simulés qu'il avait eus devant lui, l'un était coupable et l'autre ne l'était pas. Cet homme était double et avait deux consciences ; mais des deux êtres réunis en un, quel était le véritable ? Un d'eux avait agi, — mais était-ce l'être primordial ? Dans l'homme double qui s'était révélé — où était l'homme ?

Marcel Schwob [1]

VARIATION SUR LE RÊVE, L'HALLUCINATION ET L'ÉCHANGE DES RÔLES

O just, subtle and mighty opium !...
Thomas de Quincey

Je fus toujours l'ennemi d'une vie réglée comme celle de tous les autres. La monotonie persistante des actions répétées et habituelles m'exaspérait. Mon père m'ayant laissé la disposition d'une énorme fortune, je n'eus point le désir de vivre en élégant. Les hôtels somptueux ni les attelages de luxe ne m'attiraient ; non plus les chasses forcenées ou la vie indolente des villes d'eaux ; le jeu ne présentait que deux alternatives à mon esprit agité : c'était trop peu. Nous étions arrivés dans un temps extraordinaire où les romanciers nous avaient montré toutes les faces de la vie humaine et tous les dessous des pensées. On était lassé de bien des sentiments avant de les avoir éprouvés ; plusieurs se laissaient attirer vers un gouffre d'ombres mystiques et inconnues ; d'autres étaient possédés par la passion de l'étrange, par la recherche quintessenciée de sensations nouvelles ; d'autres enfin se fondaient dans une large pitié qui s'étendait sur toutes choses.

Ces poursuites avaient créé en moi une curiosité extravagante de la vie humaine. J'éprouvais le désir douloureux de m'aliéner à moi-même, d'être souvent soldat, pauvre, ou marchand, ou la femme que je voyais passer, secouant ses jupes, ou la jeune fille tendrement voilée qui entrait chez un pâtissier : elle relevait son voile à demi, mordait dans un gâteau, puis, versant de l'eau dans un verre, elle restait, la tête penchée.

1. *L'Homme double*, conte du recueil *Cœur double*, 1891.

Ainsi il est facile de comprendre pourquoi je fus hanté par la curiosité d'une porte. Il y avait dans un quartier éloigné un haut mur gris, percé d'yeux grillés à de grandes hauteurs, avec de fausses fenêtres pâlement dessinées par places. Et au bas de ce mur, dans une position singulièrement inégale, sans qu'on pût savoir ni pourquoi, ni comment, loin des trous grillés, on voyait une porte basse, en ogive, fermée d'une serrure à longs serpents de fer et croisée de traverses vertes. La serrure était rouillée, les gonds étaient rouillés ; dans la vieille rue abandonnée les orties et les ravenelles avaient jailli par bouquets sous le seuil, et des écailles blanchâtres se soulevaient sur la porte comme sur la peau d'un lépreux.

Derrière, y avait-il des êtres vivants ? Et quelle insolite existence devaient-ils mener, s'ils passaient les journées à l'ombre de ce grand mur gris, cloîtrés du monde par la petite porte basse qu'on ne voyait jamais ouverte ! D'heure en heure mes promenades inactives me ramenaient dans cette rue silencieuse, et j'interrogeais la porte comme un problème.

Un soir que j'errais dans la foule, cherchant de curieuses figures, je remarquai un vieux petit homme qui tressautait en marchant. Il avait un foulard rouge pendant de sa poche, et il frappait le pavé d'une canne tordue, en ricanant. Sous le gaz, sa figure semblait barrée d'ombre, et les yeux y étincelaient de lueurs si verdâtres que je fus invinciblement ramené *à l'idée de la porte* : dans l'instant je devins sûr qu'il y avait entre lui et elle quelque relation.

Je suivis cet homme. Je ne puis pas dire qu'il ait rien fait pour cela. Mais il m'était impossible d'agir autrement, et quand il parut au bout de la rue abandonnée où était la porte, je fus illuminé de ce pressentiment soudain qui vous fait saisir, comme dans un éclair du temps, qu'on sait ce qui va se passer. Il frappa deux ou trois coups ; la porte roula sur ses gonds rouillés sans grincer. Je n'hésitai pas, et je m'élançai ; mais je trébuchai sur les jambes d'un mendiant que je n'avais pas vu, et qui s'était assis le long du mur. Il avait sur les genoux une écuelle de terre et une cuillère d'étain à la main ; levant son bâton, il me maudit d'une voix rauque, lorsque la porte se referma silencieusement sur moi.

J'étais dans un immense jardin sombre, où les herbes folles et les plantes sauvages poussaient à hauteur de genoux. La terre était détrempée, comme par des pluies continuelles ; elle paraissait de glaise, tant elle s'attachait aux pas. Tâtonnant dans l'obscurité vers le bruit mat du vieux qui avançait, je vis bientôt poindre une éclaircie ; il y avait des arbres où pendaient des lanternes de papier faiblement éclairées, donnant une lumière roussâtre, diffuse ; et le silence était moins profond, car le vent semblait respirer lentement dans les branches.

En approchant, je vis que ces lanternes étaient peintes de fleurs orientales et qu'elles dessinaient en l'air les mots :

MAISON D'OPIUM

Devant moi se dressait une maison blanche, carrée avec des ouvertures étroites et longues d'où sortait une lente musique grinçante de cordes, coupée de battements, et une mélopée de voix rêveuses. Le vieux se tenait sur le seuil, et, agitant gracieusement son foulard rouge, il m'invitait du geste à entrer.

J'aperçus dans le couloir une mince créature jaune, vêtue d'une robe flottante ; vieille aussi, avec la tête branlante et la bouche édentée — elle me fit entrer dans une pièce oblongue, tendue de soie blanche. Sur les tentures des raies noires s'élevaient verticalement, croissant jusqu'au plafond. Puis il y eut devant moi un jeu de tables de laque, rentrant les unes dans les autres, avec une lampe de cuivre rouge où une fine flamme filait, un pot de porcelaine plein d'une pâte grisâtre, des épingles, trois ou quatre pipes à tige de bambou, à fourneau d'argent. La vieille femme jaune roula une boulette, la fit fondre à la flamme autour d'une épingle, et, la plantant avec précaution dans le fourneau de la pipe, elle y tassa plusieurs rondelles. Alors, sans réflexion, j'allumai, et je tirai deux bouffées d'une fumée âcre et vénéneuse qui me rendit fou.

Car je vis passer devant mes yeux aussitôt, bien qu'il n'y eût eu aucune transition, l'image de la porte et les figures bizarres du vieux homme au foulard rouge, du mendiant à l'écuelle et de la vieille à la robe jaune. Les raies noires se mirent à grandir en sens inverse vers le plafond, et à diminuer vers le plancher, dans une sorte de gamme chromatique de dimensions qu'il me semblait entendre résonner dans mes oreilles. Je perçus le bruit de la mer et des vagues qui se brisent, chassant l'air des grottes rocheuses par des coups sourds. La chambre changea de direction sans que j'eusse l'impression d'un mouvement ; il me parut que mes pieds avaient pris la place de ma tête et que j'étais couché sur le plafond. Enfin il y eut en moi un anéantissement complet de mon activité ; je désirai rester ainsi éternellement et continuer à éprouver.

C'est alors qu'un panneau glissa dans la chambre, par où entra une jeune femme comme je n'en avais jamais vu. Elle avait la figure frottée de safran et les yeux attirés vers les tempes ; ses cils étaient gommés d'or et les conques de ses oreilles délicatement relevées d'une ligne rose. Ses dents, d'un noir d'ébène, étaient constellées de petits diamants fulgurants et ses lèvres étaient complètement bleuies. Ainsi parée, avec sa peau épicée et peinte, elle avait l'aspect et l'odeur des statues d'ivoire de Chine, curieusement ajourées et rehaussées de couleurs bariolées. Elle était nue jusqu'à la ceinture ; ses seins pendaient comme deux poires et une étoffe brune guillochée d'or flottait sur ses pieds.

Le désir d'étrangeté qui me tenait devint alors si violent que je me précipitai vers cette femme peinte en l'implorant : chacune des couleurs de son costume et de sa peau semblait à l'hyperesthésie de mes sens un son délicieux dans l'harmonie qui m'enveloppait ; chacun de ses gestes et les poses de ses mains étaient comme des parties rythmées d'une danse infiniment variée dont mon intuition saisissait l'ensemble.

Et je lui disais, en la suppliant : — Fille de Lebanon, si tu es venue à moi des profondeurs mystérieuses de l'Opium, reste, reste... mon cœur te veut. Jusqu'à la fin de mes jours je me nourrirai de l'impréciable drogue qui te fait paraître à mes yeux. L'opium est plus puissant que l'ambroisie, puisqu'il donne l'immortalité du rêve, non plus la misérable éternité de la vie ; plus subtil que le nectar, puisqu'il crée des êtres si étrangement brillants ; plus juste que tous les dieux, puisqu'il réunit ceux qui sont faits pour s'aimer !

« Mais si tu es femme née de chair humaine, tu es mienne — pour toujours — car je veux donner tout ce qui est à moi pour te posséder...

Elle fixa sur moi ses yeux miroitants entre les cils d'or, s'approcha lentement et s'assit dans une pose douce qui faisait battre mon cœur. « Est-il vrai ? murmura-t-elle. Donnerais-tu ta fortune pour m'avoir ? » — Elle secoua la tête avec incrédulité.

Je vous dis que la folie me tenait. Je saisis mon carnet de chèques — je le signai en blanc et je le lançai dans la chambre — il rebondit sur le parquet. « Hélas ! dit-elle — aurais-tu le courage d'être mendiant pour être à moi ? Il me semble que je t'aimerais mieux ; dis — veux-tu ? » — Elle me déshabillait légèrement. Alors la vieille femme jaune amena le mendiant qui était devant la porte ; il entra en hurlant et il eut mes vêtements d'apparat avec lesquels il s'enfuit ; moi j'eus son manteau rapiécé, son feutre troué, son écuelle, sa cuillère et sa sébile.

Et quand je fus ainsi accoutré : — Va, — dit-elle, et elle frappa dans ses mains.

Les lampes s'éteignirent, les panneaux tombèrent. La fille de l'Opium s'évanouit. À la clarté confuse des murs je vis le vieux homme au foulard rouge, la vieille à la robe jaune, le hideux mendiant vêtu de mes habits qui se jetèrent sur moi et me poussèrent vers un couloir obscur. Je passai, je fus porté à travers des tunnels gluants, entre des murailles visqueuses. Un temps inappréciable s'écoula. Je perdis la notion des heures, me sentant toujours entraîné.

Tout à coup la lumière blanche me saisit tout entier ; mes yeux tremblèrent dans leurs orbites ; mes paupières clignèrent au soleil.

Je me trouvai assis devant une petite porte basse, en ogive, fermée d'une serrure à longs serpents de fer et croisée de traverses vertes : une porte rigoureusement semblable à la porte mystérieuse, mais percée dans un immense mur blanchi à la chaux. La rase campagne s'étendait devant moi ; l'herbe était brûlée, le ciel d'un bleu opaque. Tout m'était inconnu, jusqu'aux tas de crottins qui gisaient près de moi.

Et j'étais là, perdu, pauvre comme Job, nu comme Job, derrière la seconde porte ; je la secouai, je l'ébranlai — elle est fermée à jamais. Ma cuillère d'étain claque contre ma sébile. Oh ! oui, l'opium est plus puissant que l'ambroisie, donnant l'éternité d'une vie misérable — plus subtil que le nectar, mordant le cœur de peines si cruelles — plus juste que les dieux, punissant les curieux qui ont voulu violer les secrets de l'au-delà ! Ô très juste, subtil et puissant opium ! Hélas, hélas, ma fortune est détruite — oh ! oh ! mon argent est perdu !

Marcel Schwob [1]

1. *Les Portes de l'opium*, conte du recueil *Cœur double*, 1891.

3. LE GOLEM

Belle et fascinante figure de la tentation démiurgique de l'éternel Prométhée, le Golem, dans la tradition de la kabbale juive, est cet être à mi-chemin entre le robot et l'homme, que le rabbin (ancêtre ici du savant fou) façonne en argile rouge et dote de la vie ou renvoie à sa glaise originelle inerte en écrivant sur son front le mot VIE *ou le mot* MORT. *Cette créature hybride à laquelle le romancier allemand Gustav Meyrink (1868-1932) devait conférer, en la faisant évoluer dans le ghetto de Prague, une éclatante aura littéraire, source elle-même d'influences diverses (sur Kafka notamment mais aussi sur le développement du cinéma expressionniste après 1916, date de la sortie du livre*[1]*), a stimulé depuis le Moyen Âge l'imagination des artistes.*

Dans une des versions du mythe, c'est à un véritable dédoublement de lui-même que procède le rabbin inventeur du Golem, celui-ci n'étant que la matérialisation des aspects destructeurs de la nature humaine, puisque après avoir été dans son enfance (le Golem aussi est créé petit) un fidèle serviteur de son maître, il grandit bientôt au-delà de toute proportion et, loin d'aider les hommes, les détruit, eux et leurs demeures.

C'est cette forme de la légende, désormais coupée de son origine juive et laïcisée, jointe à des considérations philosophiques sur la responsabilité de la science moderne alors naissante, qui a fécondé l'imaginaire de la jeune Mary Godwin (elle avait alors dix-neuf ans), future épouse du poète Percy Bysshe Shelley lorsque, vivant en agnostique une union libre avec son amant, elle se mêla aux longues conversations qui groupaient près de Genève, pendant l'été 1816, Byron, son ami le Dr Polidori, sa maîtresse Claire Clairmont, demi-sœur de Mary, Mary et Shelley.

1. Cf. les trois versions du même sujet en 1914 — antérieurement par conséquent au livre de Meyrink — (*Der Golem*, du réalisateur tchèque Henrik Galeen, où le Prussien Paul Wegener, acteur chez Max Reinhardt, joue le rôle-titre dans des décors de Rochus Gliese), 1917 (*Der Golem und die Tänzerin*, de Paul Wegener, avec Rochus Gliese, qui signe aussi les décors, dans le rôle-titre) et enfin 1920 (*Der Golem*, de Paul Wegener, qui reprend le rôle-titre, et Carl Boese, créateur des effets spéciaux, décors de Hans Poelzig, architecte décorateur du fameux théâtre Schauspielhaus de Reinhardt ; photographie de Karl Freund).

De cet intense brain-storming *amical devait naître le projet d'un recueil commun d'histoires de fantômes auquel contribuerait pour sa part chacun de ces « Frères Sérapion » anglais. Mais seule Mary Shelley acheva sa tâche et ce fut* Frankenstein or the Modern Prometheus, *publié en 1818*[1].

Stevenson doit à l'évidence beaucoup à ce livre-phare, mais les extraits ci-après montrent bien que son puritain Dr Jekyll, à la fois attiré et terrorisé par le péché de chair qu'il porte en lui, n'a en commun avec le Dr Frankenstein[2] *que la pulsion qui le pousse au dédoublement par personne interposée.*

Quant au Golem criminel de Mary Shelley, il a, contrairement à Hyde, la langue bien pendue, et se pose à juste titre en victime presque innocente du savant Frankenstein qui, cédant par avance à ce qu'Edgar Poe nommera The Imp of the Perverse[3], *l'a fabriqué de pièces et de morceaux tirés des cimetières et non de bonne glèbe drue et féconde.*

1. *Naissance du monstre*

Ce fut pendant une triste nuit de novembre que je contemplai le résultat de mon labeur. Avec une anxiété qui devint une agonie, je réunis les instruments de vie pour en communiquer une étincelle à la chose inanimée couchée à mes pieds. Il était déjà une heure du matin. La pluie fouettait lugubrement les carreaux, quand, à la lumière à moitié éteinte de ma bougie, je vis s'ouvrir les yeux jaunes et mornes de la créature. Elle respira profondément et un mouvement convulsif agita ses membres.

Comment décrire mon émotion devant cette catastrophe et dépeindre le misérable que j'avais réussi à créer après tant de soins ? Ses membres étaient à sa taille et j'avais essayé de le rendre beau. Beau ! Mon Dieu !... Sa peau jaune recouvrait à peine ses muscles et ses veines. Ses cheveux étaient

1. Disponible chez Pocket.
2. Dans le roman de Mary Shelley, Frankenstein, est en effet le nom du fabricant du monstre. Mais c'est celui-ci, par une éclatante revanche, qui a dévoré son maître et s'est approprié jusqu'à son nom, dans les nombreuses adaptations cinématographiques de l'histoire en particulier. Cf. la première et la plus célèbre des versions conservées, celle des studios Universal (James Whale, 1931), où le comédien anglais William Henry Pratt, alias Boris Karloff, maquillé par Jack Pierce, donnait un visage comme définitif au monstre.
3. Cf. E. A. Poe, *The Imp of the Perverse* (1845), *Le Démon de la perversité* dans la traduction de Baudelaire.

pourtant abondants et d'un noir brillant. Ses dents étaient blanches comme des perles, mais ces splendeurs contrastaient d'une façon plus horrible encore avec ses yeux larmoyants et sans couleur, son visage ridé, le trait noir qui formait ses lèvres. J'avais travaillé durement pendant presque deux ans dans le seul but de donner la vie à un corps inanimé. Je m'étais privé de repos et de soins. Je l'avais désiré avec une ardeur sans borne, mais maintenant que c'était fini, la beauté du rêve s'évanouissait. Mon cœur se remplit de dégoût et d'une horreur indicible. Ne pouvant supporter la vie de l'être que j'avais créé, je me précipitai hors de la pièce et pendant longtemps je marchai de long en large dans ma chambre sans pouvoir me calmer. Enfin, épuisé, je me jetai tout habillé sur mon lit, essayant de trouver quelques moments d'oubli, mais en vain. En fait je dormis, mais d'un sommeil troublé de cauchemars. Je voyais Elisabeth en pleine santé, marchant dans les rues d'Ingolstadt. Surpris et heureux je l'attirais à moi, mais au moment où je l'embrassais pour la première fois sur les lèvres, celles-ci prenaient la teinte livide de la mort. Ses traits devenaient ceux de ma mère morte et j'étreignais un cadavre. Elle était enveloppée d'un linceul et je voyais des vers grouiller dans les plis du drap. Horrifié, je me réveillai brusquement. Lorsque tout à coup, à la faible lumière de la lune qui traversait les jalousies, je vis le misérable monstre que j'avais créé. Il soulevait le rideau du lit et ses yeux, si l'on peut leur donner ce nom, me fixaient. Sa mâchoire s'ouvrit et il murmura des sons inarticulés en faisant un horrible rictus qui ridait ses joues. Une de ses mains semblait vouloir me retenir mais je m'échappai et me précipitai dans l'escalier. Je me réfugiai dans la cour de la maison que j'habitais et j'y passai le reste de la nuit, en proie à la plus grande agitation, écoutant attentivement le moindre bruit, comme s'il avait été l'annonce de l'approche du démon à qui j'avais inconsidérément donné la vie.

Oh ! personne ne pourrait supporter l'horreur de ce visage. Une momie qui ressusciterait ne pourrait être aussi hideuse. Je l'avais vu inachevé, il était déjà laid, mais lorsque je l'eus animé, il devint une chose que Dante lui-même n'aurait pu imaginer.

Mary Shelley [1]

1. *Frankenstein*, chapitre V, trad. de Hannah Betjeman, éditions 10/18, n° 219-220, 1965.

2. *L'apprenti sorcier Frankenstein entrevoit le monstre qu'il a créé, assassin de son frère William*

Le voyage fut très triste. J'eus d'abord hâte d'arriver, car j'étais impatient de consoler les miens et de prendre part à leur chagrin ; mais en approchant de ma ville, je ralentissais.

[...]

Il faisait tout à fait nuit lorsque j'arrivai aux environs de Genève. Le ciel était serein, et comme je ne pouvais dormir, je décidai de visiter l'endroit où mon pauvre William avait été assassiné. Ne pouvant passer par la ville, je fus obligé de traverser le lac en bateau pour arriver à Plainpalais. Pendant ce court voyage, je vis des éclairs tracer de merveilleuses arabesques autour du sommet du mont Blanc. Un orage s'approchait rapidement, et, ayant débarqué, je grimpai en haut d'une petite colline pour mieux l'observer. Il avançait ; le ciel était couvert de nuages et je sentis bientôt la pluie tomber en grosses gouttes dont la violence s'accrut rapidement.

Je quittai cet endroit et continuai mon chemin. L'orage redoublait et le tonnerre éclata au-dessus de moi dans un fracas terrible dont l'écho se répercutait du Salève au Jura et aux Alpes de la Savoie. Des éclairs, qui m'aveuglaient, illuminaient le lac, lui donnant l'apparence d'une vaste étendue de feu, et puis pendant un instant tout paraissait plongé dans une obscurité complète tant les yeux étaient éblouis par la violente lumière.

Tout en regardant cette tempête magnifique et terrible, j'avançais d'un pas rapide. Cette bataille dans le ciel élevait mon âme. Je joignis les mains et criai à haute voix :

— William ! mon ange ! ce sont tes funérailles, ce sont tes chants funèbres !

En disant ces mots, j'aperçus dans l'obscurité une silhouette qui sortait furtivement d'un bouquet d'arbres, non loin de moi. Je restai immobile, la fixant intensément. Je ne pouvais me tromper. Un éclair l'illumina, et je vis distinctement la stature gigantesque, le corps difforme et hideux du misérable démon à qui j'avais donné la vie. Que faisait-il là ? Pouvait-il être (je frissonnais à cette idée !) le meurtrier de mon frère ? Aussitôt que cette pensée eut traversé mon esprit, je fus certain de la vérité ; mes dents claquaient et je fus forcé de m'appuyer contre un arbre. La silhouette passa rapidement devant moi et disparut dans la nuit. Nul être humain n'aurait pu tuer ce bel enfant. C'était lui le meurtrier. J'en avais la certitude. J'aurais voulu poursuivre le démon, mais c'eût été en vain, car un autre éclair me le montra grimpant aux rochers presque verticaux du Salève. Il atteignit bientôt le sommet et disparut.

Je restai immobile. Le tonnerre cessa de gronder, mais la pluie continua et le paysage fut plongé dans une obscurité impénétrable.

Je retournais dans mon esprit les événements que j'avais essayé jusqu'à maintenant d'oublier. Tous mes efforts pour créer cet être ; l'apparition du monstre au pied de mon lit, sa fuite. Deux années s'étaient écoulées depuis le soir où il reçut la vie ; était-ce son premier crime ? Hélas ! j'avais lâché à travers le monde un monstre dépravé dont le plaisir était le meurtre et la souffrance puisqu'il avait assassiné mon frère !

Frankenstein, chapitre VII.

3. *Dialogue du créateur et de la créature*

Je passai la journée suivante à errer dans la vallée. [...] Il était près de midi lorsque j'arrivai en haut [du Montenvers]. Je restai assis pendant quelque temps sur un rocher dominant la mer de Glace. Bientôt le vent dissipa les nuages et je descendis sur le glacier. Le champ de glace qui s'étendait devant moi n'avait qu'un mile de largeur, pourtant je mis presque une heure à le traverser. La montagne en face est une muraille de rochers nus. Du côté où j'étais maintenant, le Montenvers était à un mile de distance, au-dessus se dressait le mont Blanc dans toute sa splendeur. Les pics glacés et scintillants brillaient au soleil au-dessus des nuages. Mon cœur, lourd jusqu'alors, se gonflait de joie. Je m'écriai :

— Esprits errants, si vraiment vous flottez dans l'espace, laissez-moi ce faible bonheur, ou emmenez-moi avec vous, loin des joies de la vie.

À ce moment, j'aperçus la silhouette d'un homme s'avançant vers moi à une vitesse surhumaine. Il bondissait pardessus les crevasses parmi lesquelles j'avais marché avec précaution ; sa taille, à mesure qu'il approchait, semblait dépasser celle d'un homme. Je fus troublé. Mes yeux se voilèrent et je crus m'évanouir, mais je fus vite ranimé par le vent froid des montagnes. Je vis, horreur ! venir vers moi le misérable que j'avais créé. Je tremblais de colère et d'horreur, mais je décidai de l'attendre et d'en finir pour toujours avec lui. Il s'approcha. On lisait sur son visage une grande peur mêlée de dédain et de cruauté, et sa laideur inhumaine le rendait trop horrible à voir. Mais je remarquai à peine tout cela. La rage et la haine m'avaient d'abord ôté la parole, et je ne me dominai que pour l'accabler de ma colère et de mon mépris.

— Démon ! m'écriai-je, tu oses t'approcher de moi ? Ne crains-tu pas la farouche vengeance de mon bras levé au-dessus de ta misérable tête ? Va-t'en, vile créature ! ou plutôt, reste, que je puisse te réduire en poussière !... Oh ! si je pouvais, en supprimant ta misérable existence, rendre la vie aux victimes que tu as si diaboliquement assassinées !

— Je m'attendais à cet accueil, répondit le démon. Tous les hommes haïssent les malheureux ; comme je suis haï ! moi qui suis plus misérable que tout être humain ! Pourtant, toi, mon créateur, tu détestes et repousses avec mépris ta créature, à qui tu es lié par des chaînes que peut seule briser la mort de l'un de nous. Tu veux me tuer ! Comment oses-tu jouer ainsi avec la vie ? Fais ton devoir envers moi, je ferai le mien envers toi et le reste de l'humanité. Si tu veux te plier à mes conditions, je vous laisserai en paix ; mais si tu refuses, je me rassasierai du sang des amis qui te restent !

— Monstre abhorré ! Démon que tu es ! les tortures de l'enfer sont une vengeance trop douce pour tes crimes ! Tu me reproches de t'avoir créé ; approche alors, que je puisse éteindre l'étincelle de vie que je t'ai si imprudemment donnée !

Ma rage n'avait pas de bornes. Je sautai sur lui, poussé par tous les sentiments qui peuvent armer un homme pour en tuer un autre.

Il me repoussa sans peine et dit :

— Calme-toi !... Écoute avant de donner libre cours à ta haine ! N'ai-je pas encore assez souffert, que tu cherches à augmenter mon malheur ? Ma vie, ma triste vie m'est encore chère et je la défendrai. N'oublie pas que tu m'as fait plus fort que toi ; mais je ne veux pas lutter avec toi. Je suis ta créature et je serai doux et docile envers mon seigneur et maître, si tu veux jouer le rôle qui t'est dévolu. Oh ! Frankenstein, si tu es juste à l'égard de tous, ne m'écrase pas, moi, à qui tu dois non seulement ta justice, mais ta clémence et ton affection. Je devrais être ton Adam ; mais je suis plutôt l'ange déchu que tu bannis du paradis. Je vois partout un bonheur dont je suis irrévocablement exclu. J'étais bienveillant et bon ; le chagrin a fait de moi un démon ! Rends-moi heureux et je redeviendrai vertueux...

— Va-t'en ! Je ne veux pas t'écouter. Nous n'avons rien de commun, nous sommes des ennemis. Va-t'en, ou mesurons notre force dans un combat où l'un de nous succombera.

— Comment puis-je t'émouvoir ? Aucune de mes prières ne pourra-t-elle te faire regarder d'un œil favorable ta créature qui implore ta bonté et ta pitié ? Crois-moi, Frankenstein, j'étais bon, mon âme débordait d'amour et de charité ; mais ne suis-je pas seul, désespérément seul ? Toi, mon créateur, tu me détestes ; que puis-je espérer de tes semblables qui ne me doivent rien ? Ils me repoussent et me haïssent. Les montagnes désertes et les tristes glaciers sont mon refuge. J'ai erré ici pendant de nombreux jours ; les grottes de glace, que je suis le seul à ne pas craindre, sont ma demeure, la seule que les hommes ne me refusent pas. Je salue ce ciel inclément car il est meilleur pour moi que tes semblables. Si tous les humains connaissaient mon existence, ils feraient comme toi, ils s'armeraient pour me détruire ! Comment ne haïrais-je pas ceux qui me détestent ? Je n'épargnerai pas mes ennemis. Pourtant il est en ton pouvoir de me rendre justice. Laisse-toi attendrir et ne me dédaigne pas. Écoute mon histoire ; quand tu l'auras entendue, abandonne-moi ou plains-moi, mais entends-moi. Les coupables qui ont encore les mains couvertes de sang sont autorisés par les lois humaines à se défendre avant d'être condamnés. Frankenstein, tu m'accuses d'avoir assassiné, et pourtant tu me tuerais, moi, ta créature, avec une conscience tranquille. Belle justice de l'homme !

— Pourquoi me rappelles-tu, répliquai-je, des événements auxquels je ne pense pas sans trembler ? Maudit soit le jour où tu vis la lumière ! Maudites soient les mains, les miennes, qui t'ont formé ! Tu m'as rendu plus malheureux que l'on ne peut l'exprimer. Tu ne m'as pas laissé la force de savoir si je suis juste envers toi ou non. Va-t'en, délivre-moi de ton horrible présence !

Frankenstein, chapitre X.

4. L'EXPÉRIMENTATION DE SOI

À mesure que la distance se creuse entre la lecture dichotomique du mythe du double, ou de l'expérience du dédoublement, telle qu'elle a été conduite dans la tradition post-païenne par le monothéisme juif puis chrétien, des aspects positifs du clivage de ce monolithe apparent qu'est le moi apparaissent.

Déjà, dans cette admirable fiction qu'est Le Neveu de Rameau [1], *Diderot fait dialoguer sans terreur mais non sans malice les deux composantes principales de son être sous la forme de* MOI, *le philosophe, et de* LUI, *le cynique ou le sensible, mais il est bien conscient d'avoir une personnalité à ce point pulvérisée qu'elle demeure aux autres (et à lui-même d'abord) littéralement insaisissable.*

Au XX*e siècle, Henri Michaux, théorise en quelque sorte la variabilité du moi dans sa « Postface » à* Plume précédé de Lointain intérieur *(1938), et fait du dédoublement une expérimentation de soi (des potentialités presque infinies de soi) en désignant explicitement le personnage de Plume comme un « hétéronyme » chargé, dans les circonstances pénibles de la vie sociale, de prendre les coups à sa place.*

1. *Diderot vu par lui-même*

Critiquant le portrait trop sage peint de lui par Louis Michel Van Loo, il écrit en 1767, à cinquante-quatre ans :

J'avais en une journée cent physionomies diverses, selon la chose dont j'étais affecté. J'étais serein, triste, rêveur, tendre, violent, passionné, enthousiaste... J'avais un grand front, des yeux très vifs, d'assez grands traits, la tête tout à fait du caractère d'un ancien orateur, une bonhomie qui touchait de bien près à la bêtise, à la rusticité des anciens temps [2].

1. On sait qu'écrit en 1761 (probablement, voir la préface à l'édition procurée par Antoine Adam, Garnier-Flammarion, 1967, pp. 13 sq.), ce dialogue d'une modernité d'écriture et d'une audace de pensée fracassantes fut prudemment conservé inédit par le metteur en scène de *L'Encyclopédie*, et qu'une traduction allemande de Goethe le révéla pour la première fois au public cultivé européen en 1805, soit vingt et un ans après la mort du philosophe.

2. Cité dans *Diderot par lui-même*, par Charly Guyot, éditions du Seuil, collection « Écrivains de toujours », 1962, p. 25.

2. « *On veut trop être quelqu'un* »

J'ai, plus d'une fois, senti en moi des « passages » de mon père. Aussitôt, je me cabrais. J'ai vécu contre mon père (et contre ma mère et contre mon grand-père, ma grand-mère, mes arrière-grands-parents) ; faute de les connaître, je n'ai pu lutter contre de plus lointains aïeux.

Faisant cela, quel ancêtre inconnu ai-je laissé vivre en moi ?

En général, je ne suivais pas la pente. En ne suivant pas la pente, de quel ancêtre inconnu ai-je suivi la pente ? De quel groupe, de quelle moyenne d'ancêtres ? Je variais constamment, je les faisais courir, ou eux, moi. Certains avaient à peine le temps de clignoter, puis disparaissaient. L'un n'apparaissait que dans tel climat, dans tel lieu, jamais dans un autre, dans telle position. Leur grand nombre, leur lutte, leur vitesse d'apparition — autre gêne — et je ne savais sur qui m'appuyer.

On est né de trop de Mères. — (Ancêtres : simples chromosomes porteurs de tendances morales, qu'importe ?) Et puis les idées des autres, des contemporains, partout téléphonées dans l'espace, et les amis, les tentatives à imiter ou à « être contre ».

J'aurais pourtant voulu être un bon chef de laboratoire, et passer pour avoir bien géré mon « moi ».

En lambeaux, dispersé, je me défendais et toujours il n'y avait pas de chef de tendances ou je le destituais aussitôt. Il m'agace tout de suite. Était-ce lui qui m'abandonnait ? Était-ce moi qui *le* laissais ? Était-ce moi qui *me* retenais ?

Le jeune puma naît tacheté. Ensuite, il surmonte les tachetures. C'est la force du puma contre l'ancêtre, mais il ne surmonte pas son goût de carnivore, son plaisir à jouer, sa cruauté.

Depuis trop de milliers d'années, il est occupé par les vainqueurs.

MOI se fait de tout. Une flexion dans une phrase, est-ce un autre moi qui tente d'apparaître ? Si le OUI est mien, le NON est-il un deuxième moi ?

Moi n'est jamais que provisoire (changeant face à un tel, moi *ad hominem* changeant dans une autre langue, dans un autre art) et gros d'un nouveau personnage, qu'un accident, une émotion, un coup sur le crâne libérera à l'exclusion du précédent et, à l'étonnement général, souvent instantanément formé. Il était donc déjà tout constitué.

On n'est peut-être pas fait pour un seul moi. On a tort de s'y tenir. Préjugé de l'unité. (Là comme ailleurs la volonté, appauvrissante et sacrificatrice.)

Dans une double, triple, quintuple vie, on serait plus à l'aise, moins rongé et paralysé de subconscient hostile au conscient (hostilité des autres « moi » spoliés).

La plus grande fatigue de la journée et d'une vie serait due à l'effort, à la tension nécessaire pour garder un même moi à travers les tentations continuelles de le changer.

On veut trop être quelqu'un.

Il n'est pas un moi. *Il n'est pas dix moi. Il n'est pas de moi. MOI n'est qu'une position d'équilibre.* (Une entre mille autres continuellement possibles et toujours prêtes.) Une moyenne de « moi », un mouvement de foule. Au nom de beaucoup je signe ce livre.

Mais l'ai-je voulu ? Le voulions nous ?

Il y avait de la pression (vis a tergo).

Et puis ? J'en fis le placement. J'en fus assez embarrassé.

Chaque tendance en moi avait sa volonté, comme chaque pensée dès qu'elle se présente et s'organise a sa volonté. Était-ce la mienne ? Un tel a en moi sa volonté, tel autre, un ami, un grand homme du passé, le Gautama Bouddha, bien d'autres, de moindres, Pascal, Hello ? Qui sait ?

Volonté du plus grand nombre ? Volonté du groupe le plus cohérent ?

Je ne voulais pas vouloir. Je voulais, il me semble, contre moi, puisque je ne tenais pas à vouloir et que néanmoins je voulais.

... Foule, je me débrouillais dans ma foule en mouvement. Comme toute chose est foule, toute pensée, tout instant. Tout passé, tout ininterrompu, tout transformé, toute chose est autre chose. Rien jamais définitivement circonscrit, ni susceptible de l'être, tout : rapport, mathématiques, symboles, ou musique. Rien de fixe. Rien qui soit propriété.

Mes images ? Des rapports.

Mes pensées ? Mais les pensées ne sont justement peut-être que contrariétés du « moi », pertes d'équilibre (phase 2), ou recouvrements d'équilibre (phase 3) du mouvement du « pensant ». Mais la phase 1 (l'équilibre) reste inconnue, inconsciente.

Le véritable et profond flux pensant se fait sans doute *sans pensée consciente*, comme sans image. L'équilibre aperçu (phase 3) est le plus mauvais, celui qui après quelque temps paraît détestable à tout le monde. L'histoire de la Philosophie est l'histoire des fausses positions d'équilibre conscient adoptées successivement. Et puis… est-ce *par le bout « flammes » qu'il faut comprendre le feu* ?

Gardons-nous de suivre la pensée d'un auteur* (fût-il du type Aristote), regardons plutôt ce qu'il a derrière la tête, où il veut en venir, l'empreinte que son désir de domination et d'influence, quoique bien caché, essaie de nous imposer.

D'ailleurs, QU'EN SAIT-IL DE SA PENSÉE ? *Il en est bien mal informé.* (Comme l'œil ne sait pas de quoi est composé le vert d'une feuille qu'il voit pourtant admirablement.)

Les composantes de sa pensée, il ne les connaît pas ; à peine parfois les premières ; mais les deuxièmes ? les troisièmes ? les dixièmes ? Non, ni les lointaines, ni ce qui l'entoure, ni les déterminants, ni le « Ah ! » de son époque (que le plus misérable pion de collège dans trois cents ans apercevra).

Ses intentions, ses passions, sa *libido dominandi*, sa mythomanie, sa nervosité, son désir d'avoir raison, de triompher, de séduire, d'étonner, de croire et de faire croire à ce qui lui plaît, de tromper, de se cacher, ses appétits et ses dégoûts, ses complexes, et toute sa vie harmonisée sans qu'il le sache, aux organes, aux glandes, à la vie cachée de son corps, à ses déficiences physiques, tout lui est inconnu.

Sa pensée « logique » ? Mais elle circule dans un manchon d'idées paralogiques et analogiques, sentier avançant droit en coupant des chemins circulaires, saisissant (on ne saisit qu'en coupant) des tronçons saignants de ce monde si richement vascularisé. (Tout jardin est dur pour les arbres.) Fausse simplicité des vérités premières (en métaphysique) qu'une extrême multiplicité suit, qu'il s'agissait de faire passer.

En un point aussi, volonté et pensée confluent, inséparables, et se faussent. Pensée-volonté.

En un point aussi, l'examen de la pensée fausse la pensée comme, en microphysique, l'observation de la lumière (du trajet du photon) la fausse.

Tout progrès, toute nouvelle observation, toute pensée,

* La pensée importe moins aussi que la perspective où elle surgit.

toute création, semble créer (avec une lumière) une zone d'ombre.

Toute science crée une nouvelle ignorance.

Tout conscient, un nouvel inconscient.

Tout apport nouveau crée un nouveau néant.

Lecteur, *tu tiens donc ici*, comme il arrive souvent, *un livre que n'a pas fait l'auteur*, quoiqu'un monde y ait participé. Et qu'importe ?

Signes, symboles, élans, chutes, départs, rapports, discordances, tout y est pour rebondir, pour chercher, pour plus loin, pour autre chose.

Entre eux, sans s'y fixer, l'auteur poussa sa vie.

Tu pourrais essayer, peut-être, toi aussi ?

Henri Michaux [1]

1. *Plume précédé de Lointain intérieur*, postface, Gallimard, NRF, 1974, pp. 215 sq.

V. L'ÉTRANGE CAS DU Dr JEKYLL ET DE M. HYDE, NOUVELLE CODÉE : UN PEU D'ONOMASTIQUE

Avant d'inviter nos lecteur à délirer avec nous sur les noms de personnes dans L'Étrange cas du Dr Jekyll et de M. Hyde, *deux remarques préalables :*

1) Quoi qu'il puisse en être de nos élucubrations linguistiques — par exemple qu'elles soient toutes fausses, ce qui, à notre avis, n'ôterait que peu de chose à leur saveur — et pour rester dans le registre le plus sérieux, il nous paraît incontestable que Stevenson, comme d'ailleurs tout écrivain, et singulièrement tout poète, qui se respecte, ne peut avoir choisi les noms de ses personnages au hasard. Un hasard qui serait alors surprenant, tant ces noms se prêtent, tels ceux qu'utilisait Raymond Roussel comme matrices de fictions, à toutes sortes de procédures de triturage et de dislocation.

2) Stevenson, qui connaissait très bien l'espagnol, était, par rapport au français, sa langue d'élection, dans une situation de bilinguisme total. On sait par nombre d'anecdotes à quel point il jouissait, lors de ses séjours à Paris ou en province, d'aller s'accouder au zinc d'un café, vêtu en Anglais excentrique, et immédiatement entouré de la légère réserve qu'on témoigne à un étranger qui se fait remarquer, puis de commander une consommation avec une telle connaissance de l'argot ou du patois local qu'il était non moins immédiatement resitué, par ses interlocuteurs, comme parigot ou auverpin de souche.

Rien d'étonnant donc — c'est le contraire qui le serait — à ce que l'onomastique[1]*, à greffer sur son texte, s'appuie de-ci de-là sur de réjouissants jeux de mots bilingues. De nos*

1. Science des noms propres, particulièrement des noms de personnes.

jours et en France, Stevenson, écrivain vraiment savant aux yeux d'experts comme Mallarmé et faussement « populaire » d'une fin de siècle riche en virtuoses du langage (autres temps, autres mœurs), serait membre de l'OULIPO[1].

Cela posé, et pour plus de commodité, nos tentatives d'exégèse littéraire des curieux noms de Stevenson sont présentées ci-après par ordre alphabétique, sous forme de GLOSSAIRE (à rien). Celles d'entre elles qui reposent sur le bilinguisme sont signalées par un astérisque.

GLOSSAIRE

BRADSHAW* : *ce brave valet du Dr Jekyll, que l'on imagine long et maigre comme le clou (brad)* dont il porte le nom, sera le seul des serviteurs de la maison qui, malgré son effroi (il est le premier, peut-être, à avoir soupçonné quelque chose des bizarreries de son maître, ayant rencontré Hyde de grand matin dans la maison, accoutré de vêtements trop grands pour lui — ceux de Jekyll) soit jugé assez digne de confiance par Utterson et Poole pour se voir confier par eux « un gourdin solide » et le soin de garder « la porte du laboratoire ». Est-ce parce que, malgré sa « pâleur » de chaux, il a aussi des bras de chaux, — en somme il est bâti « à chaux et à sable » — et un cœur chaud, comme il sied à un homme de courage ?

CAREW* (Sir Danvers) : la plus retorse création bilingue du texte, et qui n'éclaire pas peu sur les mœurs du vieux lord à cheveux blancs. En anglais, *care you !*, qui correspond à la prononciation du nom, signifie : « Attention, vous là-bas ! » ou, plus vivement, « Fais gaffe ! », conseil un peu leste mais certainement justifié par la suite de l'aventure. Si le personnage avait fait un peu attention, il ne

1. OUvroir de LIttérature POtentielle, en abrégé OULIPO, fondé le 25 novembre 1960 par Raymond Queneau et François Le Lionnais. Ce remarquable cénacle d'amateurs de littérature et de joueurs/jouteurs en langage, espèces de créateurs/consommateurs d'art en voie de disparition accélérée, a compté et compte toujours des membres éminents et parfois fort actifs dans le domaine entre tous délectable de la jonglerie verbale (Albert-Marie Schmidt, Georges Perec, Italo Calvino ; aujourd'hui Marcel Bénabou, Jacques Bens, François Caradec, Jacques Roubaud, parmi de nombreux autres). On lira les travaux de ces écrivains d'une indispensable irresponsabilité dans les deux volumes de la *Bibliothèque oulipienne*, publiés aux éditions Ramsay en 1987.

se serait pas imprudemment jeté à la tête de Hyde. Mais son prénom, en français, transformé en nom aristocratique à particule — comme y autorise son titre nobiliaire de « sir » — est plus évocateur encore : M. d'Envers, n'est-ce pas un joli pseudo pour un inverti ?

COUTT'S* : les banquiers de Jekyll sont les premiers indicateurs sociaux repérables de sa déviance présente et surtout future. Le chèque qui porte leur nom signe en effet le « crime » initial, ou du moins celui qui a émergé le premier, en forme de scandale, de la vie secrète menée par Jekyll en Hyde. Il suffit de lire ce nom pour savoir que Jekyll/Hyde ne s'arrêtera pas en si bon chemin : n'est-il pas vrai, en effet, qu'il n'y a que le premier pas qui *coutt's* ?

DENMAN : *den*, c'est la tanière d'un animal sauvage. « L'homme à la tanière » est un chirurgien célèbre, fanatique (morbide par conséquent) de dissections. Entre Frankenstein et Jekyll, digne successeur de ce profanateur de sépultures qui rappelle de très près le « Dr K. » du conte *The Body-Snatchers* [1], commencé et abandonné par Stevenson en 1881, il n'y a donc que l'épaisseur — infime — d'un changement de passion.

ENFIELD* (Richard) : ce jeune homme propret mais amateur de virées nocturnes a les pieds sur terre (il est « dans le champ »), mais son nom rappelle aussi, par une équivoque obscène qui n'effrayait probablement pas Stevenson, lecteur d'Alphonse Allais (1854-1905), humoriste français célèbre à l'époque où lui-même hantait les cabarets et les cercles littéraires parisiens, le surnom affectueusement donné par l'auteur du *Parapluie de l'escouade* à plusieurs « chauds lapins » de ses contes brefs : « mon camarade Lenfileur ».

GUEST : dépourvu de prénom, l'honnête et clairvoyant clerc d'Utterson exerce son *hobby* de graphologue lors d'une soirée détendue où il est l'« hôte » (*guest*) de son patron. En bon serviteur du mystère, il se contente de porter un

1. Ce conte particulièrement sinistre tombera littéralement des mains de Stevenson, qui confesse l'avoir interrompu « par dégoût ». Nous croirions plutôt par peur. On en lira les lambeaux sous le titre « Les Pourvoyeurs de cadavres » dans *Janet la revenante et autres histoires écossaises*, traduction Jacques Parsons, édition procurée par Michel Le Bris, Éditions Complexe, collection « L'heure furtive », 1992, pp. 23 sq.

nom qui colle, sans équivoque visible, à l'épisode de la fiction où il s'insère. Mais, dans sa simplicité même, la traduction évidente de son nom milite pour un examen attentif de tous les autres noms du texte. Car on aurait pu supposer qu'un comparse a priori aussi insignifiant que celui-ci s'appelât tout bonnement Dupont (c'est-à-dire « Smith »), et il n'en est rien.

HYDE (Edward) : cela fait longtemps que l'on a remarqué la parenté transparente du nom d'un des deux héros du conte avec le verbe anglais *to hide* (cacher). Caché (*hidden*) en Jekyll, Hyde sert de manteau à ses vices. Remarquons que Stevenson, en écrivain subtil qu'il est, a évité que la dernière et fatale (en ce qu'elle sera désormais répétitive et impossible à juguler) métamorphose du médecin en son double pervers n'eût lieu à Hyde Park. C'est Regent's Park qu'il a choisi. La rigueur d'une écriture se mesure à ces petits riens, car soyons sûrs néanmoins que si la scène en question se déroule bien dans un parc, et non dans la rue ou en quelque autre endroit que ce soit, c'est parce que l'image de Londres pour tout lecteur est surdéterminée par le nom célèbre de « Hyde Park » qui se lit, en arrière de l'autre, comme émanant du nom de Hyde.

JEKYLL* (Henry, appelé familièrement « Harry » dans le monologue intérieur de son ami Utterson) : *I kill* aurait été en anglais trop clair. Transformé par le jeu de mots bilingue, « Je *kill* » (« je tue ») s'applique aussi bien que possible au médecin, assassin masqué. Notons qu'il partage avec son double le passage du *i* normal (« *hide* », « *kill* ») au *y* archaïsant : preuve qu'ils sont conjointement des expressions du fond le plus primitif de l'homme.

LANYON* (Hastie) : ce médecin esprit fort, ancien condisciple de Jekyll, a jugé bien légèrement et bien vite comme billevesées les travaux scientifiques de son confrère. Sa hâte d'âne (*to haste*, se hâter — « l'ânon ») lui sera fatale.

MAW* (MM.) : ces dignes fournisseurs de Jekyll en substances dangereusement transformatrices et lointainement homicides ont un nom de prédateurs (*maw* signifie « appétit, gueule, mâchoires »). Le pauvre Jekyll leur envoie des mots désespérés. Leur impuissance à le satisfaire, qui se double d'une exaspération croissante (leur employé jette à la tête de Poole la lettre où Jekyll réclamait sa drogue au dosage ancien), conduira Jekyll à mille maux.

NEWCOMEN (Inspecteur) : un peu novice, un peu nouveau venu dans les affaires criminelles (*new, come, in*), cet inspecteur de Scotland Yard ! Est-il étonnant que, malgré ses chances initiales (Utterson lui révèle dès le jour suivant l'assassinat de Sir Denvers Carew le repaire du coupable), il n'obtienne, au bout d'investigations décevantes, que le classement du dossier ?

POOLE* (sans prénom) : calme comme une eau qui dort (*pool* = mare), le majordome du docteur Jekyll est aussi dangereux qu'elle, et sait manier le verbe (contre la femme de chambre) et la hache (contre la porte du cabinet du docteur) avec une égale violence. Mais il a des circonstances atténuantes. « Au bout de vingt ans de service » il a avec Jekyll des rapports de piété filiale et d'affection, et va chercher Utterson, en mère poule qu'il est, pour que celui-ci l'aide à sauver (ou plutôt à venger, car il le croit déjà mort) son petit.

UTTERSON (John Gabriel) : le saint Jean (« John ») auteur de l'Apocalypse (qui signifie à l'origine « le dévoilement ») est le seul qui aura la clé du mystère, tout comme Utterson, qui verra l'énigme de la duplicité de l'homme se dévoiler grâce à deux lettres, ou plutôt se déchirer littéralement sous ses yeux, et d'une façon si complète que le conte dont il est un des acteurs essentiels s'arrêtera brusquement, alors qu'il promettait une suite (Utterson n'annonce-t-il pas à Poole, après la mort de Hyde, qu'il sera « de retour avant minuit, heure à laquelle nous appellerons la police » ?). Quant à son second prénom, Gabriel, il est celui de l'ange qui annonce à Marie et au monde la bonne nouvelle, celle de la défaite du Mal, qui coïncide ici avec la disparition de Hyde.

Mais c'est évidemment le nom de famille du vieux notaire qui se révèle le plus riche en connotations, d'ailleurs pourvues, comme il fallait s'y attendre pour cet être secret, détenteur de secrets et décrypteur d'énigmes, de multiples sens.

Le verbe *to utter* (« dire, révéler, crier quelque chose de caché »), associé au substantif *son* (« fils »), compose une excellente injonction impérative ou suppliante : « Parle donc, raconte-moi tout, avoue la vérité, mon fils ! » Le notaire est l'accoucheur des vérités difficiles à dire, le confesseur de cette histoire obscure et obscurément enroulée dans les replis de l'âme. Mais il est aussi (pour n'avoir pas écouté la voix ambiguë qui exigeait de lui qu'il ne forcât pas la porte) la cause directe de la mort de son ami — et l'on peut supposer que la lecture du journal de Jekyll lui léguera, outre la fortune du docteur, ce lancinant remords.

À qui s'adresse donc la parole qui le constitue comme être de papier ? À Hyde, juvénile hypostase dévoyée de son vieux compagnon Jekyll ? À son jeune parent trop aimé Enfield (« *Open the door, Richard !* ») ? Ou bien à lui-même, dont les culs-de-basse-fosse mentaux ne sont peut-être pas si nets d'ordure que sa conscience claire se plaît à le croire ?

VI. BIBLIOGRAPHIE

Œuvres de Stevenson :

La plus récente édition, en anglais, des *Œuvres complètes*, est *The Tusitala Edition*, publiée en 1923-1924, en 26 volumes, par Lloyd Osbourne et Fanny Van de Grift-Stevenson, Longman's and Co.

On lira en anglais *Treasure Island* dans l'excellente et commode édition d'Oxford University Press, collection « The World's Classics », préfacée et annotée par Emma Tetley, 1988.

Comme compléments à la présente édition, on pourra lire :

— en anglais : *The Strange Case of Dr. Jekyll and Mr. Hyde / L'Étrange Cas du Dr Jekyll et de Mr. Hyde*, traduit et annoté par Georges Hermet, Pocket, collection « Langues pour tous », édition bilingue, n° 2723, 1988.

— en français : *Œuvres* de Stevenson, édition établie par Francis Lacassin, éd. Robert Laffont, collection « Bouquins », 1984.

Olalla des montagnes et autres contes noirs, avec une préface de Pierre Leyris, Mercure de France, 1975.

Les Nouvelles Mille et Une Nuits : 1. *Le Club du suicide*, 2. *Le Dynamiteur*, 3. *Le Pavillon sur les dunes*, éd. 10/18, nos 1040, 1041 et 1141, 1976, 1977.

Voyages avec un âne dans les Cévennes, éd. 10/18, n° 1201, 1977.

La France que j'aime ou voyages sans âne, textes présentés et réunis par Francis Lacassin, Union Générale d'Éditions, série « L'Aventure Insensée », collection 10/18, 1978.

Essais sur l'art de la fiction, édition établie et présentée par Michel Le Bris, La Table Ronde, 1988, un remarquable travail, tout à fait indispensable à la connaissance de l'écrivain Stevenson.

Ceux de Falesa, édition établie et présentée par Michel Le Bris, La Table Ronde, 1990.

Janet la revenante et autres nouvelles écossaises, édition établie et présentée par Michel Le Bris, éditions Complexe, collection « L'heure furtive », 1992.

À travers l'Écosse, édition établie et présentée par Michel Le Bris, éditions Complexe, collection « Le regard littéraire », 1992.

Livres et articles sur Stevenson :

SCHWOB Marcel, *Spicilège*, éd. 10/18, n° 1300, 1979.

JACQUETTE Rodolphe, *Tusitala : la vie aventureuse de R.L. Stevenson*, Seghers, 1980.

TADIÉ Jean-Yves, « Stevenson », dans *Le Roman d'aventures*, P.U.F., collection « Écriture », 1982.

NAUGRETTE Jean-Pierre, *Robert Louis Stevenson, l'aventure et son double*, avec une excellente « bibliographie sélective », Presses de l'École normale supérieure, collection « Off-Shore », 1987.

Pour le centenaire de la mort de Stevenson, de nombreuses publications de et sur son œuvre sont annoncées, dont sa correspondance inédite (aux éditions Nil, en deux volumes), des nouvelles inédites (aux éditions Phébus), une biographie de R.L. Stevenson par Michel Le Bris (éditions Nil), un numéro spécial de la revue *Europe* et un *Cahier de l'Herne* sur Stevenson, etc.

Sur les thèmes du double et du dédoublement, voir :

BÉGUIN Albert, *L'Âme romantique et le rêve*, José Corti, 1939.

RANK Otto, *Don Juan et le double*, éditions Payot, collection « Petite Bibliothèque Payot », n° 211, 1973.

SCHOLEM Gershom G., *La Kabbale et sa symbolique*, éditions Payot, collection « Petite Bibliothèque Payot », n° 255, 1975.

L'ÉCUYER R., *Le Concept de soi*, P.U.F., 1975.

CAIN J., *Le Double Jeu. Essai psychanalytique sur l'identité*, éditions Payot, 1977.

VII. FILMOGRAPHIE

Liste des films inspirés (de près ou de loin) par *L'Étrange cas du Dr Jekyll et de M. Hyde* (par ordre chronologique).

1908 *Dr Jekyll and Mr Hyde*. Selig Productions, USA. Scénario : d'après la pièce en 4 actes de George Fish et Luella Forepaugh. Réalisation : Otis Turner. Interprètes : Hobart Bosworth, Betty Harle.
Dr Jekyll and Mr Hyde, Kalem Productions, USA. Scénario et réalisation : Sidney Olcott. Interprètes : Frank Oakes Rose, Gene Gauntier.

1910 *Den Skaebnesvangre Opfindelse (Dr Jekyll and Mr Hyde)*. Nordisk Films, Danemark. Scénario : August Blom. Réalisation : Vigo Larsen. Interprètes : Alwin Neuss, Emile Sannom, Oda Alstrup, August Blom, Einar Zangenberg.
I Tre Fiaschidi di Cretinetti (Les 3 flacons de Gribouille). Italie. Scénario : André Deed d'après « *J & H* ». Réalisation : André Deed. Interprètes : André Deed, Valentina Frascaroli.
Duality of Man. USA. Scénario : d'après « *J & H* ». Réalisation : A. Wrench.

1911 *Dr Jekyll and Mr Hyde*. Tanhouser Films, USA. Scénario et réalisation : Lucius Henderson. Interprètes : James Cruze (Jekyll), Harry Benham (Hyde), Marguerite Snow.

1913 *Dr Jekyll and Mr Hyde*. Independant Motion Pictures, USA. Scénario et réalisation : Herbert Brennon. Interprètes : King Baggott, Jane Gail, Matt Snyder, William Sonrell.
Dr Jekyll and Mr Hyde. Kinemacolor, Grande-Bretagne. Scénario et réalisation : Charles Urban.

1915 *Horrible Hyde*. Lubin Siegmund Productions, USA. Scénario : Epes Sargent d'après « *J & H* ». Réalisation : Howell Hansell et Arthur Hotaling. Interprètes : Bilie Reeves, Mae Hotely, Jerold Horner.

Miss Jekyll and Madame Hyde. Vitagraph Company, USA. Scénario : Charles Gaskill d'après « *J & H* ». Réalisation : Charles Gaskill. Interprète : Paul Scardon.

1920 *Dr Jekyll and Mr Hyde.* Pionner Films, USA. Interprètes : Sheldon Lewis, Gladys Field, Leslie Austin.

Der Januskopf (La Tête de Janus). Decla Bioscop, Allemagne. Scénario : Hans Janowitz d'après « *J & H* ». Réalisation : Friedrich-Wilhelm Murnau. Photo : Karl Freund et Karl Hoffmann. Interprètes : Conrad Veidt, Margaret Schlegel, Gustav Botz, Willy Kaiserheil, Magnus Stifter, Marge Reuter, Margareta Kupfer, Lansa Rudolph, Danny Gurtler, Jaro Furth, Bela Lugosi.

Dr Jekyll and Mr Hyde. Paramount, USA. Scénario : Clara Beranger. Réalisation : John Robertson. Interprètes : John Barrymore, Martha Mansfield, Brandon Hurst, Nita Naldi, Louis Wolheim, Charles Lane, George Stevens.

Der Selbsmorderklub (Le Club des suicidés). Allemagne. Réalisation : Richard Oswald.

When Quacked Did Hyde. USA. Scénario : d'après « *J & H* ». Interprète : Charlie Joy.

1925 *Dr Pyckle and Mr Pryde.* Standard Cinema, USA. Scénario : Stan Laurel d'après « *J & H* ». Réalisation : Percy Pembroke (et Stan Laurel non crédité). Interprète : Stan Laurel.

1930 *Der Andere (Le Procureur Hallers).* Tobis, Allemagne. Scénario : Paul Lindau. Réalisation : Robert Wiene. Interprètes : Fritz Korner, Kate Von Nagy, Heinrich George, Hermine Sterler, Eduard Von Winstertein. Remake du film de 1913 s'inspirant de Stevenson sans le préciser (histoire de la double existence d'un homme, assassin la nuit et juge le jour).

1932 *Dr Jekyll's Hide.* Court métrage Universal, USA. Réalisation : Albert De Mond.

Dr Jekyll and Mr Hyde. Paramount, USA. Scénario : Samuel Hoffenstein et Percy Heath. Réalisation :

Rouben Mamoulian. Photo : Karl Strauss. Maquillage : Wally Westmore. Interprètes : Fredric March, Myriam Hopkins, Rose Hobart, Homes Herbert, Edgar Norton, Halliwell Hobbes, Arnold Lucy, Temple Piggott.

1941 *The Daughter of Dr Jekyll.* Allied Artists, M.G.M., USA. Scénario : John Lee Mahin. Réalisation : Victor Fleming (et Victor Saville, non crédité). Photo : Joseph Ruttenberg. Maquillage : Jack Dawn. Effets spéciaux : Warren Newcombe. Musique : Franz Waxman. Interprètes : Spencer Tracy, Ingrid Bergman, Lana Turner, Donald Crisp, Barton McLane, C. Aubrey Smith, Peter Godfrey, Ian Hunter, Sara Algood, Frederic Worlock, Frances Robinson, Billy Bevan, Lawrence Grant, Dennis Green, John Barclay, Lundsen Hare.

1951 *El Extrano Caso Del Hombre y la Bestia.* Sono Films, Argentine. Scénario : Ulysse Petit de Marat d'après « *J & H* ». Réalisation : Mario Soffici. Interprètes : Mario Soffici, Ann Maria Campoy, Jose Cibrian, Olga Zubarry, Rafael Frontora, Federico Mansilia, Panchito Lombard, Arsenio Perdiguero.

The Son of Dr Jekyll. Columbia, USA. Scénario : Edward Huebsch d'après une nouvelle de Jack Pollexfen et Mortimer Braus, inspirée de « *J & H* ». Réalisation : Seymour Friedman. Photo : Henry Freulich. Maquillage : Clay Campbell. Interprètes : Louis Hayward, Jody Lawrence, Alexander Knox, Lester Matthews, Gavin Muir, Paul Cavanaugh, Doris Lloyd.

1953 *Shada Kalo.* Inde. Scénario : d'après « *J & H* ». Réalisation : Amal Bose. Photo : Dibyenda Ghose. Interprètes : Spira, Gurudas, Biren Chatterjee, Pahari Sanyal.

Abbott and Costello Meet Dr Jekyll and Mr Hyde (Deux Nigauds contre le Docteur Jekyll). Universal, USA. Scénario : Lee Loeb et John Grant d'après « *J & H* ». Réalisation : Charles Lamont. Photo : George Robinson. Maquillage : Bed Westmore et Jack Kevan. Effets spéciaux : David Horsley. Musique : Joseph Gershenson. Interprètes : Bud Abbott, Lou Costello, Boris Karloff, Helen Wescott, Reginald Denny, Craig Stevens, John Dierkes, Edwin Parker.

1957 *Daughter of Dr Jekyll.* Allied Artists, USA. Scénario : Jack Pollexfen d'après « *J & H* ». Réalisation : Edgar G. Ulmer. Photo : John Warren. Musique : Melvyn Leonard. Interprètes : Gloria Talbott, John Agar, Arthur Shields, John Dierkes, Millie McCart, Martha Wenthworth.

1959 *Le Testament du Dr Cordelier.* Pathé-ORTF, France. Scénario : Jean Renoir d'après « *J & H* ». Réalisation : Jean Renoir. Photo : Georges Leclerc. Musique : Joseph Kosma. Interprètes : Jean-Louis Barrault, Michel Vitold, Jean Topart, Jacques Catelain, Gaston Modot, Teddy Bilis, Micheline Gary, Jacqueline Morane, Jean Berto, Annick Allières, Dominique Dangon, Jacques Ciron.

The Ugly Duckling. Hammer Productions, Grande-Bretagne. Scénario : Sid Colin et Jack Davies d'après « *J & H* ». Réalisation : Lance Comfort. Photo : Michael Reed. Musique : Douglas Gamley. Interprètes : Bernard Bresslaw, Maudie Edwards, Reginald Beckwith, John Pertwee.

1960 *Il Mio Amico Jekyll.* Italie. Scénario : Marino Girolami, Giulio Scarnicci, Renzo Tarabusi d'après « *J & H* ». Réalisation : Marino Girolami. Photo : Lucciano Trasatti. Interprètes : Ugo Tognazzi, Abbe Lane, Helen Chanel, Raimondo Vianello, Carlo Croccolo, Anna Campori, Luigi Pavese, Linda Sini.

The Two Faces of Dr Jekyll. Hammer Productions, Grande-Bretagne. Scénario : Wolf Mankowitz d'après « *J & H* ». Réalisation : Terence Fisher.

1963 *The Nutty Professor (Dr Jerry and Mister Love).* Paramount, USA. Scénario : Jerry Lewis et Bill Richmond d'après « *J & H* ». Réalisation : Jerry Lewis. Photo : Wallace Kelley (Technicolor). Musique : Walter Sharf. Effets spéciaux : Paul Lerpae. Interprètes : Jerry Lewis, Stella Stevens, Del Moore, Kathleen Freeman, Buddy Lester, Howard Moriss, Elvia Allmann, Skip Ward, Stuart Holmes, Bill Richmond.

1964 *El secreto Del Dr Orloff (Les Maîtresses du Dr Jekyll).* Allemagne/Espagne. Titre allemand : *Die Geliebten der Dr Jekyll.* Scénario : Jesus Franco d'après « *J & H* ». Réalisation : Jesus Franco (sous le nom de Jess Frank). Interprètes : Agnès Spaak, Hugh White.

1968 *Pacto diabolico*. Filmica Vergara, Mexique. Scénario : Ramon Obon Jr d'après une histoire de Ramon Obon Jr et Adolfo Torrès Portillo inspirée de « *J & H* ». Réalisation : Jaime Salvador. Photo : Alfredo Uribe. Musique : Gustavo Cesar Carrion. Interprètes : John Carradine, Regina Torne, Miguel Angel Alvarez, Isela Vega, Guillermo Zetina, Andres Garcia, Laura Ferlo, Gloria Munhguia, Silvia Villalobos, Angel Di Stefani, Enriqueta Carrasco.

El Hombre y el monstruo. Mexique. Réalisation : Rakel Baledon. Interprète : Abel Salazar.

1971 *I Monster (Je suis un monstre)*. Amicus Productions, Grande-Bretagne. Scénario : Milton Subotsky d'après « *J & H* ». Réalisation : Stephen Weeks. Musique : Carl Davis. Maquillage : Harry Frampton et Peter Frampton. Interprètes : Christopher Lee, Peter Cushing, Mike Raven, Susan Jameson, Richard Hundall, George Merritt, Kenneth Warren, Margie Lawrence, Technicolor.

Dr Jekyll and Sister Hyde (Dr Jekyll et Sister Hyde). Hammer, Grande-Bretagne. Scénario : Brian Clemens d'après « *J & H* ». Réalisation : Roy Ward Baker. Photo : Norman Warwick (Technicolor). Musique : David Whitaker. Interprètes : Ralph Bates (Jekyll), Martine Beswick (Miss Hyde), Gerald Sim, Lewis Fiander, Susan Brodrick, Dorothy Allison, Tony Calvin (Hare), Ivor Dean (Burke), Julia Whright, Virginia Wetherall.

Dr Jekyll y el hombre lobo. Espagne. Scénario : Jacinto Molina (Paul Nashy) d'après « *J & H* ». Réalisation : Léon Klimowsky. Photo : Francisco Fraile (couleurs). Musique : Garcia Abril. Interprètes : Paul Nashy, Shirley Corrigan, Jack Taylor, Mirtha Miller.

1972 *The Adult Version of Jekyll and Hide (La Vie intime du Dr Jekyll)*. USA. Scénario : d'après « *J & H* ». Réalisation : Ray Monde (B. Ron Elliot). Interprète : Jennifer Brooks, René Bond, Jane Tsentas, Jude Farese, Linda York, Linda McDowell, Bruce Brightman, Harry Schwartz.

1973 *Scalawag*. Paramount, USA. Scénario : Albert Maltz et Sid Fleishmann d'après *L'Île au trésor*. Réalisation : Kirk Douglas. Photo : Jack Cardiff (Technicolor).

Musique : John Cameron. Interprètes : Kirk Douglas, Mark Lester, Neville Brand, George Eastman, Don Stroud, Lesley Ann Downes, Mel Blanc, Phil Brown, Shaft Douglas, Dan De Vito.

Treasure Island (L'Île au trésor). National General, Grande-Bretagne/Espagne. Scénario : Wolf Mankowitz et Orson Welles. Réalisation : John Hough. Photo : Cecilio Paniagua (Eastmancolor). Musique : Natal Massara. Interprètes : Kim Burfield (Jim Hawkins), Orson Welles (John Silver), Walter Slezak, Jean Lefebvre (Ben Gunn), Lionel Stander, Paul Muller, Maria Rohm, Rick Battaglia.

1976 *Dr Black and Mr Hyde.* Dimension Pictures, USA. Scénario : Larry Le Bron d'après « *J & H* ». Réalisation : William Crain. Interprètes : Bernie Casey, Rosalind Cash, Marie O'Henry, Milt Kogan, Stuart Gilliam.

Nightmare in Blood. Xeromega Productions, USA. Scénario : John Stanley et Ken Davis. Réalisation : John Stanley. Photo : Ken Davis (Technicolor). Maquillage : James Catania. Musique : David Plitwin. Interprètes : Jerry Walter, Dan Caldwell, Barry Youngfellow, Drew Eshelmann, Irving Israel, Morgan Upton, John Cochran, Ray Goman (Burke), Hy Pyke (Hare), Justin Bishop, Yvonne Young, Kervin Matthews.

1980 *Dr Heckyl and Mr Hype*, de Charles B. Griffith, avec Oliver Reed dans le double rôle.

1981 *Le Docteur Jekyll et les Femmes*, de Walerian Borowczyk, avec Udo Kier dans le double rôle.

TABLE DES MATIÈRES

II - DOSSIER HISTORIQUE ET LITTÉRAIRE

IMPRIMÉ EN FRANCE PAR BRODARD ET TAUPIN
6664V – La Flèche (Sarthe), le 15-03-1999
Dépôt légal : mars 1999

POCKET – 12, avenue d'Italie - 75627 Paris cedex 13
Tél. : 01.44.16.05.00